U0681738

撷花 文丛

野莽 主编

我在哪里丢失了你

范小青 著

中国言实出版社

图书在版编目（CIP）数据

我在哪里丢失了你/范小青著. —— 北京：中国言实出版社，2019.10
（"锐眼撷花"文丛/野莽主编）
ISBN 978-7-5171-3203-5

Ⅰ.①我… Ⅱ.①范… Ⅲ.①短篇小说—小说集—中国—当代
Ⅳ.①I247.7

中国版本图书馆 CIP 数据核字（2019）第 210259 号

出 版 人：王昕朋
总 监 制：朱艳华
责任编辑：崔文婷
责任校对：胡　明
出版统筹：史会美
责任印制：佟贵兆
封面设计：竹　子

出版发行　中国言实出版社
　　　　　地　　址：北京市朝阳区北苑路 180 号加利大厦 5 号楼 105 室
　　　　　邮　　编：100101
　　　　　编辑部：北京市海淀区北太平庄路甲 1 号
　　　　　邮　　编：100088
　　　　　电　　话：64924853（总编室）　64924716（发行部）
　　　　　网　　址：www.zgyscbs.cn
　　　　　E-mail：zgyscbs@263.net
经　　销　新华书店
印　　刷　北京中科印刷有限公司
版　　次　2020 年 1 月第 1 版　　2020 年 1 月第 1 次印刷
规　　格　880 毫米 × 1230 毫米　1/32　9.5 印张
字　　数　210 千字
定　　价　39.80 元　　ISBN 978-7-5171-3203-5

山花为什么这样红
——『锐眼撷花』文丛总序

在他们的日子里短简送别　怅远功的落花，这是诗人吟于二月的葬花词，因这株落花最初是诗人和诗评家。小说家不这样，小说家要用他生前所钟爱的方式让他继续生在生前。我从很多的送别文章里也像他撷花一样，选出十位情深的作者，自然首先是我，将他生前一粒一粒摩挲过的文字结集成一套书，以此来作别样的纪念。

这套书的名字叫"锐眼撷花"，锐是何锐，花是《山花》。如陆游说，开在驿外断桥边的这株花儿多年来寂寞无主，上世纪末的一个风雨黄昏是经了他的全新改版，方才蜚声海内，原因乃在他用好的眼力，将好的作家的好的作品不断引进这本一天天变好的文学期刊。

回溯多年前，他正半夜三更催着我们写个好稿子的时候，我曾写过一次对他的印象，当时是好笑的，不料多年后却把一位名叫陈绍陟的资深牙医读得哭了。这位牙医自然也是余华式的诗人和作家：

"野莽所写的这人前天躺到了冰冷的水晶棺材里，一会儿就要火化了……在这个时候，我读到这些文字，这的确就是他，这些故事让人忍不住发笑，也忍不住落泪……阿弥陀佛！""他把荣誉和骄傲都给了别人，把沉默给了自己，乐此不疲。他走了，人们发现他是那么的不容易，那么的有趣，那么的可爱。"

水晶棺材是牙医兼诗人为他镶嵌的童话。他的学生谢挺则用了纪实体："一位殡仪工人扛来一副亮锃锃的不锈钢担架，我们四人将何老师的遗体抬上担架，抬出重症监护室，抬进电梯，抬上殡仪车。"另一名学生李晃接着叙述："没想到，最后抬何老师一程的是寂荡老师、谢挺老师和我。谢老师说，这是缘。"

我想起八十三年前的上海，抬着鲁迅的棺材去往万国公墓的胡风、巴金、聂绀弩和萧军们。

他当然不是鲁迅，当今之世，谁又是呢？然而他们一定有着何其相似乃尔的珍稀的品质，诸如奉献与牺牲，还有冰冷的外壳里面那一腔烈火般疯狂的热情。同样地，抬棺者一定也有着胡风们的忠诚。

一方高原、边塞、以阳光缺少为域名、当年李白被流放而未达的，历史上曾经有个叫夜郎国的僻壤，一位只会编稿的老爷子驾鹤西去，悲恸者虽不比追随演艺明星的亿万粉丝更多，但一个足以顶一万个。如此换算下来，这在全民娱乐时代已是传奇。

这人一生不知何为娱乐，也未曾有过娱乐，抑或说他的娱乐是不舍昼夜地用含糊不清的男低音催促着被他看上的作家给他写稿子，写好稿子。催来了好稿子反复品咂，逢人就夸，凌晨便凌晨，半夜便半夜，随后迫不及待地编发进他执掌的新刊。

这个世界原来还有这等可乐的事。在没有网络之前，在有了文学之后，书籍和期刊不知何时已成为写作者们的驿站，这群人暗怀托孤的悲壮，将灵魂寄存于此，让肉身继续旅行。而他为自己私定的终身，正是断桥边永远寂寞的驿站长。

他有着别人所无的招魂术，点将台前所向披靡，被他盯上并登记在册者，几乎不会成为漏网之鱼。他真有一双锐眼，撷的也真是一朵朵好花，这些花儿甫一绽放，转眼便被选载，被收录，被上榜，被佳评，被奖赏，被改编成电影和电视，被译成多种文字传播于全世界。

人问文坛何为名编，明白人想一想会如此回答，所谓名编者，往往不会在有名的期刊和出版社里倚重门面坐享其成，而会仗着一己之力，使原本无名的社刊变得赫赫有名，让人闻香下马并给他而不给别人留下一件件优秀的作品。

时下文坛，这样的角色舍何锐其谁？

人又思量着，假使这位撷花使者年少时没有从四川天府去往贵州偏隅，却来到得天独厚的皇城根下，在这悠长的半个世纪里，他已浸淫出一座怎样的花园。

在重要的日子里纪念作家和诗人，常常会忘了背后一些使其成为作家和诗人的人。说是作嫁的裁缝，其实也像拉船的纤夫，他们时而在前拖拽着，时而在后推搡着，文学的船队就这样在逆水的河滩上艰难行进，把他们累得狼狈不堪。

没有这号人物的献身，多少只小船会搁浅在它们本没打算留在的滩头。

我想起有一年的秋天，这人从北京的王府井书店抱了一摞西书出来，和我进一家店里吃有脸的鲽鱼，还喝他从贵州带来的茅台酒。因他比我年长十岁，我就喝了酒说，我从鲁迅那里知道，诗人死了上帝要请去吃糖果，你若是到了那一天，我将为你编一套书。

此前我为他出版过一套"黄果树"丛书，名出支持《山花》的集团；一套"走遍中国"丛书，源于《山花》开创的栏目。他笑着看我，相信了我不是玩笑。他的笑没有声音，只把双唇向两边拉开，让人看出一种宽阔的幸福。

现在，我和我的朋友们正在履行着这件重大的事，我们以这种方式纪念一具倒下的先驱，同时也鼓舞一批身后的来者。唯愿我们在梦中还能听到那个低沉而短促的声音，它以夜半三更的电话铃声唤醒我们，天亮了再写个好稿子。

兴许他们一生没有太多的著作，他们的著作著在我们的著作中，他们为文学所做的奉献，不是每一个写作者都愿做和能做到的。

有良心的写作者大抵会同意我的说法，而文学首先得有良心。

野莽

2019年9月

目 录

又在秋天

在从前的一个秋天，秋琳为自己准备婚礼，沉浸在幸福之中。帮她一起忙的是她最要好的同学沈维，她们在某一天相约到郊外的山上看红叶，秋琳说，沈维，这也许是我做别人的妻子前的最后一次游玩呀，以后的事情，也不知怎么样呢，红叶和幸福将秋琳的脸映得红红的。沈维看上去有些忧郁，她的眼睛里含着些泪水，脸色也很苍白。秋琳说，沈维，你怎么啦？沈维弯腰捡起一片红叶，将红叶遮在自己的眼睛上。秋琳说，沈维，你说话。沈维摇摇头，说，我们回去吧。沈维一直就是一个忧郁的样子，秋琳也没有怎么在意，她已经习惯了沈维的样子。

回来后的第二天，陶柯来了，他盯着秋琳的眼睛，看了半天，陶柯说，秋琳，我对不起你，我决定和沈维结婚。秋琳笑了一下，说，陶柯，你做什么？陶柯说，秋琳，我不开玩笑，我能说出这句话，是下了很大很大的决心。秋琳看着陶柯的脸，说，你和沈维结婚？陶柯说，是的。秋琳又说，不和我结婚了？陶柯说，是。秋琳说，什么时候决定的？陶柯想了想，他摇摇头，我不知道，也许是刚刚决定，也许是早已经决定。秋琳又笑了一下，说，那我，我怎么办？陶柯说，我，我不知道，我对不起你，秋琳，你一定能找到比我更好的。秋琳"哈"了一声，说，爱情和婚姻，原来是找到的呀。陶柯有些紧张地看着秋琳，张了张嘴，他好像想说什么，却又没有说得出来。秋琳说，没事，我没事，你去吧，她指指门外，你去和沈维结婚吧。陶柯狐疑地向外退去，他一直盯着秋琳，退到门口。秋琳说，走吧，没事。

陶柯走了出去。外面的天气很好，秋高气爽，沈维正在某个街口等着陶柯，陶柯向沈维走去。沈维说，陶柯？陶柯轻轻地拍拍沈维的苍白的脸颊，没事，陶柯说，没事，我们走吧。沈维回头向秋琳家的方向看，她的眼睛里再次涌出一层又一层的泪水。陶柯搂着沈维，沈维的身体微微颤抖。没事，陶柯说，真的没事。

秋琳所有的亲戚朋友都为秋琳抱不平，秋琳的哥哥要去揍陶柯，秋琳的妈妈要到陶柯家去论理，秋琳的同事要给陶柯和沈维的单位写信揭露他们的不道德行为，秋琳和沈维共同的同学全部站在秋琳这一边，他们见到了沈维，不再为她的与生俱来的忧郁动心，他们丢给她一个鄙夷的眼神，他们说沈维原来是个阴险的女人，男生为自己曾经差一点着了沈维的道儿而后怕不已，女生庆幸自己没有像秋琳那样把毒蛇当成密友，否则的话，沈维很可能心狠手辣毫不留情像抢陶柯一样把她们的丈夫或男友抢去。

面对突如其来的沉重打击，秋琳始终不言不语。大家害怕秋琳这样会出什么事情，他们说，秋琳你想哭就哭出来。也有的人说，不哭，为那样的人哭，不值。他们说，秋琳，只要你开口，要我们做什么我们都会去做的。秋琳其实也不要他们做什么，她想做的事情，他们大概无能为力。

在陶柯和沈维举行婚礼的那一天，秋琳独自一人，悄悄地离开了这个城市。

事情就这么结束了，时间长了，大家渐渐将这事情淡忘，偶尔提起，情绪也不似当时那样激烈了，作为一件逝去了的往事谈谈说说，给现在的平淡的生活增添一些味料，也没什么不好。至于秋琳的母亲曾经咬着牙说要看一看陶柯和沈维的好下场，这话也不过是气头上说说，也没有哪个真的等着要看陶柯和沈维的结果如何，毕竟陶柯和沈维离他们都远了，以后，会越来越远。如果秋琳的境况不好，他们也许还会提到陶柯和沈维，说，都怪他们，害得秋琳怎样，而事实上，秋琳的情况很不错，而且一年比一年好，秋琳有了自己的事业，她嫁了一个好丈夫，正如陶柯所说，你会找到比我更好的。

　　多年以后的一个秋天，秋琳回到了自己的家乡。秋琳的母亲已经很老了。母亲并不知道秋琳的归来，秋琳事先没有告诉任何人她要回家。当秋琳出现在老家的街口时，她远远看到家门口有一位白发苍苍的老人迎风站着，秋琳走上前去，喊道，妈。母亲茫然地看着秋琳说，你是在喊我吗？秋琳止不住掉下眼泪来，说，妈，是我呀，我是秋琳。母亲的眼睛迎风掉泪，但她并没有避开风头，她仍然迎风站着，也许她终于想起她是有一个女儿叫秋琳，或者，她想起一个别的什么人叫秋琳。母亲笑了一下，脸上露出些不解的样子，是秋琳吗？母亲说，是秋琳吗？怎么会是秋琳，他们告诉我秋琳死了。秋琳说，不，妈，我没死，妈，你好好地看看我，我活着。母亲说，怎么会呢？秋琳说，出过一次车祸，但是我没有死。母亲将昏花的目光投到秋琳身上，看了半天，她仍然认不出秋琳是谁。母亲说，那么，死的是谁呢？是春琳吗？秋琳说，没有，春琳也没有死，他们都活得好好的。母亲有些奇怪地想了想，那么到底是谁死了呢，总是死了一个人的，我记得，他们告诉我的，有一个人死了。秋琳不知道这个死去的人是谁，秋琳想，这是正常的，总会有人死去，或者死的人很多，母亲搞不清楚了。

秋琳在离家许多年以后，重又回来，从前属于她的一间小屋依然和她走的时候一样布置，少女时代的相片依然在墙上挂着，镜框被擦得干干净净，没有一丝灰尘，床单和枕巾也都像从前一样洁净清爽。秋琳不知道是谁在为她的旧屋做这些事情，吃晚饭的时候，秋琳说，妈，我的小屋，是您打扫的吗？母亲疑疑惑惑地看看秋琳，你说什么，你说什么小屋？秋琳指指自己的小屋，就是那间，从前我一直住在里边。母亲动作缓慢地转过身体看那间屋子，慢慢地说，你住过这间屋子？秋琳的哥哥说，秋琳，妈糊涂了，房间确实是妈打扫的，但是她根本已经不知道她自己在做什么，许多年来，像已经成为一种形式，一种仪式。秋琳看着母亲，顿了好一会儿，说，妈，您都忘记了，是不是，从前的事情，您都不记得了？母亲笑了一下，又笑了一下，说，记得，记得，越是老了来，对从前的事情就越是记得清，常常就像在我的眼前，做戏似的，活灵活现，我一伸手，能抓住似的。母亲说着，向秋琳伸了一下手，摸到秋琳的脸庞，母亲高兴地笑了。抓到了，母亲说，我抓到了。秋琳说，妈，您觉得自己抓到什么了？母亲说，我抓到从前了。大家都笑了一下。嫂子说，妈见了秋琳，可能是想起什么了，神志也清醒多了。一家人一边吃饭一边说话，他们说了许许多多的事情，提到许多人，说了他们从前怎么样，后来又怎么样，以后还会怎么样，只是从头到尾谁也没有提到陶柯和沈维。他们也许怕我想起往事不高兴不快活吧，秋琳想，不提也罢。但是在秋琳的心里，一直搁着这两个名字。晚饭快结束的时候，大家喝了点酒，情绪也很高，秋琳终于说，你们知不知道他们的情况？她盯着哥哥，再看看嫂子，她想他们应该知道她问的是谁。可是哥哥和嫂子好像并不明白，他们想了一会儿，脸上有些茫然，看得出他们并没有想明白秋琳问的是谁。嫂子说，两个人，你说谁，哪两个人，我们认得吗？秋琳说，你们认得的，应该不会忘记。嫂子说，是谁？秋琳张了张嘴，她想说出陶柯的名字，但不知怎的，到嘴边，她说出来的是沈维的名字。沈维？嫂子愣了一会儿，又想了想，说，沈维？你让我想一想，我好像听到过这个人。我再想一想，噢，噢，我想起来了，沈维，是你的同学吧，是不是？秋琳说，是，你知道，她后来、她现在，怎么样了？嫂子说，我知道的，我听说过的，让我再想想，时间长了，有些不清楚了。哥哥说，沈维，我也能想起来，是不是和那个谁结婚的？秋琳说，是，她和陶……秋琳顿了一下，许多年没有再提过陶柯这两个字，现在重新说起，秋琳的心里咯噔了一下，她没有想到，再提陶柯的名字，竟是那么的陌生和遥远，又是那么的切近和熟悉。秋琳说，她和陶柯结婚。嫂子说，对了，说起陶柯，我想起来了，他们两个都是你的同学吧。秋琳说，沈维是我的同学，陶柯不是。嫂子说，噢，我听谁说过，沈维和陶柯，离了。秋琳说，离了，怎么会？嫂子说，说是沈维跟别的男人好了，后来就离了。秋琳愣了一会儿，说，怎么会，沈维怎么会这样？嫂子说，我也是听别人说的。哥哥想了想，说，不对吧，你可能搞错了，我听说不是沈维有事情，是陶柯有了女人，才离的，事情和你说的正好相反，你是不是搞错了？嫂子说，为什么是我搞错了，说不定是你搞错了呢，告诉我这事情的人，和他们很熟。哥哥说，你能肯定吗？嫂子说，什么肯定不肯定，这么顶真做什么，别人的事情，与我也没有什么关系，也是秋琳问起来，我也是随便说说罢了。秋琳说，哥哥，嫂子，你们说的，是沈维和陶柯吗？嫂子朝哥哥看看，哥哥也朝嫂子看看，他们一起说，是的吧，是的吧，不是你打听沈维的吗，我们是听了你提这个名字，才想起来的。秋琳说，会不会，你们都搞错了人，根本就不是我要打听的沈维和陶柯呢？哥哥和嫂子又想了想，哥哥说，也可能是搞错了。嫂子笑了一下，说，冬瓜缠到茄门里。哥哥说，许多年前的事情了，大家都淡忘了，记不很清了，谁是谁，谁谁和谁谁怎么样，有时候提起来，简直牛头不对马嘴了。嫂子说，就是，秋琳你还记得同学里有个谁谁谁呢，像我这样的记性，闹笑话多了，有的人还多少有些印象，名字却怎么也想不起来，见着了，也只好哼哼哈哈糊弄过去，也有的，干脆忘个一干二净，当面站着了，就像这一世里根本没碰过面似的，有一次，人家指着我说你不认得我了？我还和你同桌呢，我还偷过你的笔呢，弄得我好尴尬，硬是没有把人家想起来。秋琳说，那也是，到底多少年过去了，许多事情都随风飘去，只是，只是……秋琳停下，没有再往下说。嫂子看看秋琳，说，秋琳，是不是，是不是那个叫沈，沈什么，噢，对了，叫沈维吧，是不是这个同学和你特别要好，你所以……秋琳说，嫂子，你们真的不再记得他们？嫂子说，记得的，记得的，沈维是你的同学，对吧？哥哥说，秋琳，你是不是真的很想念你的同学？我和你嫂子，可以替你打听打听，很多年了，也许很难打听到，但我们可以试一试。嫂子点头，说，是，可以试一试，反正你这次回来，可以多住些日子。秋琳说，不用了吧，你们打听的，也许根本不是我要找的那个沈维。坐在饭桌边打瞌睡的母亲突然惊醒了，听到秋琳的最后两个字，母亲昏花的眼睛亮了一下，沈维，你们在说沈维是吧，她将这个名字重复了几遍，说，沈维，这个人，我应该是知道的，你让我再想一想。母亲果然想了一想，说，对了，我想起来了，母亲苍老的脸上出现了一种突然醒悟的表情，沈维，我想起来了，是沈维死了，我一直知道有一个人死了，现在我终于想起来了，那个死了的人，就是沈维。哥哥和嫂子都笑了。哥哥向秋琳说，瞧，咱老太太的结果，最彻底。

　　秋琳回自己的家乡并不是专程来探亲，秋琳是有一笔比较大的生意要做。其实这事情也可以让别人来做，但是因为这是到自己的家乡，所以秋琳就自己来了。秋琳回来以后，就投入生意中去。她在工作过程中，碰到了从前的一个同学大路，大路看到秋琳回来，很高兴，将这事情告诉了其他的同学，大家找个时间凑到一起，喝酒，唱歌，叙旧，他们聊得很开心，说了许多从前的事情，但是他们始终没有提到沈维，秋琳忍不住问了一下，大家说沈维前些年就走了，到美国继承遗产去了，后来就再也没有她的消息了。秋琳犹豫了一下，说，那么，他呢？同学都看着秋琳，谁，哪个他？秋琳说，沈维的丈夫，叫陶柯。同学说，对，沈维的丈夫听说是叫陶柯，一起跟去美国了吧。另一个同学说，没有吧，听说沈维没有带他走，给了些钱，算了断，那个姓陶的，结婚时大概没想到还有这么一笔额外收入。再一个同学说，我倒是听说，他自己不愿意走。大家笑了。秋琳听他们说着，也跟着他们一起笑笑，只是她的心里，老有一种感觉，飘飘忽忽的，好像有点不着边际，他们正在说着的沈维，还有陶柯，好像是两个和秋琳毫无任何关系的人，好像是两个生活在另一个世纪的人。秋琳说，哎，你们说的是沈维吗？大家想了想，说，是沈维呀，我们班的沈维，你怎么忘记了，你不是和她，最要好的吗？秋琳说，那么还有别的一些事情，你们都想不起来了？同学说，什么别的一些事情，同学之间，事情可多了，哪些事情留下来了，一辈子也忘不了，哪些事情你想留也留不下来，很快就忘了，都是命中注定。秋琳想了想，说，我怎么觉得，你们说的不是她，而是另一个人呢？同学疑惑地互相看看，再疑惑地看看秋琳。秋琳说，你们别这么看我，我还觉得你们奇怪呢，你们和我，我们，是不是一个班的？同学说，我们当然是一个班的。秋琳说，那你们看我是不是秋琳？同学哈哈笑了，说，秋琳你喝多了呀？又说，大路，你别给我们领了一个不是秋琳的秋琳来了呀。他们一起大笑，真痛快，许久没有这样痛痛快快地笑了。

秋琳在为自己的工作奔波忙碌的某一天，她经过一幢房子，猛然间想起这就是沈维从前的单位。秋琳让司机停了车，向那幢房子走去。开门的是一个男人，一开始秋琳没有认出他来，但是他的那一把大胡子很快让秋琳想起他来，他是沈维的同事，因为始终留着一把大胡子，大家都叫他胡子，秋琳曾经在沈维的办公室里见到过他。秋琳说，你还记得我吗？胡子愣了一下，他很快也想起秋琳了，笑着说，我知道了，你是秋琳，和沈维是同学，你们那时候，最要好，你常常来看沈维，对不对？秋琳想笑，却没有笑出来。胡子说，许多年了，一直没有见你再来。秋琳说，我在外地。胡子告诉秋琳，沈维已经从原来的地方搬走。秋琳说，是不是到美国去了？胡子愣了一下，笑笑，说，没有走那么远吧，只是搬到另一个地方去住。对了，她还给我留过一个地址，我找一找，抄下来给你。秋琳说，不必了，我只是路过这里，随便过来看看，没什么要紧的事情。胡子认真地看了看秋琳。秋琳说，你现在仍然和沈维是同事吗？胡子说，不了，她早就离开我们单位了。秋琳说，那么，你现在是不是知道一些沈维的事情？胡子想了想，说，怎么说呢，也许知道一些，你想听什么？秋琳说，她的家，我是说，她的家庭……胡子说，噢，看起来你也听说了，是的，她的家庭是遭遇不幸，有一天，她的丈夫，突然，失踪了。秋琳失口说，陶柯失踪了？胡子说，你和沈维的关系确实很密切，你知道她的丈夫叫陶柯，我们许多跟沈维关系不错的人，都不知道她丈夫叫陶柯，沈维这人你是知道的，不大和别人多说话。秋琳听胡子说这话时，又开始有一种飘飘忽忽的感觉，秋琳说，你说的是沈维和陶柯吗？胡子狐疑地看看秋琳，说，是呀，不是你来找沈维的吗？你来找她，我们才会聊起她来。秋琳说，会不会，我们两人都搞错了，我们说的会不会不是同一个人？胡子说，你的意思是说，还有另外一个沈维？既是你的同学，也是我的同事，但却不是我们现在说的这个人？秋琳说，那你觉得，我是不是秋琳呢？胡子"哈"了一声，说，秋琳，你真会开玩笑。说话间胡子找出一张纸条，写了一行字，交给秋琳，你还是拿着，也许你会去找她。秋琳犹豫了一下，接了纸条，放在提包里。胡子说，还有什么需要我帮助的？或者，有什么要问的，我可以告诉你。秋琳摇摇头，她慢慢地走出沈维曾经待过的地方，那张纸条一直在秋琳的提包里搁着，秋琳始终没有看一看上面写的什么。

秋琳的生意做得比较顺利，在不长的时间内，她基本上已经将该做的事情做得差不多，她的合伙人告诉她，最后只剩办一办手续，签个字。为了庆祝生意的圆满，秋琳和她的合伙人一起吃了一顿饭，在一个高档的饭店，要了一个包间，席间，大家情绪都很高，谈了这一次合作的成功，还谈到今后的继续合作。正说着话，服务员小姐进来，告诉秋琳，有个人在外面想见她。秋琳说，是什么人？小姐说是一位女士。秋琳说，能不能请她进来？小姐出去了一下，又进来，说女士不肯进来，说在外面等着。秋琳有些不放心，不知道是谁找她，便走了出来。在餐厅外面的休息间，秋琳愣住了，她看到的人，是沈维。

沈维正坐在沙发上，看到秋琳从包间出来，沈维笑了，她从沙发里站起来，向秋琳走来，走到秋琳面前，一把抓住了秋琳的手。秋琳，沈维说，你不认得我了？秋琳没有说话，想，我怎么会不认得你，我永远认得你呀！沈维感觉到秋琳的神态，有些迷惑不解的样子，拉着秋琳的手也有些犹豫了。你是秋琳吗？沈维说，你的手，怎么这么凉，冰凉冰凉的，怎么会？秋琳张了张嘴，她说不出话来，她不知道该说什么，也许，她应该说，你怎么好意思来看我，或者，她说，你应该知道我的手为什么冰凉，或者，她什么也不说，将自己的手从沈维的掌心里抽出来，转身就走，可是秋琳并没有说什么，也没有做任何事情，没有任何表情，也没有任何动作，秋琳只是木然地站在沈维面前。沈维惊讶地看着秋琳，说，秋琳，你怎么了？秋琳，你说话呀！秋琳突然笑了一下，说，我说什么呢？

沈维把秋琳拉到沙发上坐下。服务小姐端上咖啡。沈维用小勺搅拌着咖啡，眼睛仍然盯着秋琳，说，秋琳，我听他们说你回来了，就到处找你，追到这儿，终于看到你了。唉，多少年了，想不到，你一走就是这么多的日子，我还以为，这一辈子怕是见不到你了呢。秋琳说，你很想见我是吗？沈维说，我都想疯了。秋琳苦笑一下，说，见我做什么呢，是想向我说一声对不起，说你错了，说你对不起我，或者说，你后悔了？沈维听了秋琳这话，顿了一顿，过了会儿她笑了起来，说，什么呀，秋琳，你说什么呀，到底谁该向谁道歉，谁向谁说声对不起呀？你说说你，当年，怎么回事，突然一声不吭就走了，走得连个人影子也不见，招呼也不打，把我们急得到处找，咳，到哪里找呀，我们等呀，等呀，相信一定能把你等回来，可是，你却一直没有再回来，秋琳，你到哪里去了，也不告诉我一声，你说，该谁说一声对不起？秋琳惊讶不止地看着沈维，看了半天，把沈维看得有些惊疑了。秋琳说，你是沈维吗？沈维说，秋琳你干什么，装神弄鬼呀？秋琳说，你是不是和陶柯结婚的？沈维说，是呀，虽然你已经走了，我们还是给你发了请帖，我和陶柯都想，如果你没有走远，你看到请帖一定会来的，可是你没有来，你不来参加我们的婚礼，你没有喝我的喜酒，秋琳，你大概已经走得很远了，是不是？秋琳说，大概是吧。沈维说，我和陶柯说，以后等她回来了，我们补请她，咱俩的喜酒，别人可以不喝，可是秋琳不能不喝。陶柯也是这个意思，说，一定补请她。秋琳，你说，别人的喜酒你不喝，我和陶柯的喜酒，你不能不喝吧？

　　秋琳又陷入无话可说的状态，飘飘忽忽的感觉又笼罩了她，只有沈维关切的期盼的眼睛，使她知道自己应该再说些什么，便恍恍惚惚地向沈维说，喝你和陶柯的喜酒，那你、你和陶柯，好吗？沈维点点头，说，挺好的。秋琳犹豫了一下，说，陶柯呢，你来看我，他没来？在家？沈维说，噢，我还没告诉你，我和陶柯，早已经分手了。秋琳说，为什么？沈维说，也不为什么，就是分了手。说起来，他也是好人，我也是好人，沈维说着又笑了一下，只是我们分手了。离开那天，陶柯还笑着说，早知这样，我还不如娶秋琳呢。我说，娶秋琳你就能保证白头到老呀？陶柯说，那我也不敢保证，但我愿意试一试，不过现在说这话也已经迟了，秋琳大概早就嫁了别人，也未必再愿意回来了。

秋琳疑惑地说，你说的谁呀，你说的是哪个秋琳？沈维指指秋琳，笑了，说，除了你这个秋琳，哪里还有别的秋琳吗？秋琳说，我不知道。

她们谈了一会儿话，秋琳的合伙人等不见秋琳进去，有些急，出来叫秋琳。秋琳说，这是我的老同学，多年不见了。合伙人说，那是，那是，老同学，是该聊聊，只是里边，大家等着敬你酒呢。看看沈维，道，没事，既然是老同学，一起进去，也喝几杯。沈维说，不了，你们谈你们的事情，我走了。秋琳，你走之前，我会再去看你的。秋琳说，不用了吧。沈维说，这叫什么话，什么不用了，你知道你这一走多少年，看你一两次就能把丢失的友谊和别的一切补回来吗？你若是不走，我说不定天天去看你呢。沈维笑着向秋琳挥挥手，走出饭店。秋琳的合伙人对秋琳说，你这位老同学，挺念旧情的呀。秋琳说，也许吧。

下一天，秋琳正在家里和哥哥嫂子聊天，有人敲门，哥哥去开门，开了门返进来，满脸喜色向秋琳说，秋琳，你猜猜，谁来了？秋琳已经看到站在哥哥身后的人正向她笑着。嫂子问哥哥，是谁呀？哥哥说，秋琳不是一直挂记着的吗？回来第一天就说起来。嫂子笑了，说，呀，是陶柯呀。陶柯说，是我，你们都还记得我呀。嫂子说，也记不很清了，也是秋琳回来后才想起来的。哥哥向嫂子说，我们走吧，让他们聊聊。他们走出去，秋琳呆呆地站立着，陶柯自己先坐下来，指指椅子，说，坐，秋琳你坐。看秋琳坐了，陶柯说，沈维给我打了电话，告诉我，你回来了，已经待了很长时间，很快就要走了，是不是，秋琳？秋琳说，是，机票已经订了，陶柯摇了摇头，说，秋琳，这就是你的不对，怎么回来这么长时间，也不来找我，也不通点信息给我，你是不是对我，有什么想法，有什么意见？秋琳盯着陶柯看了半天，终于说，陶柯，你真的不记得从前发生的事情了？陶柯沉思了一会儿，说，从前发生的事情，什么事情？事情很多，你说的哪个事情？秋琳说，我，你，还有沈维三个人的事情。陶柯想了又想，直挠头皮，说，我们三个人，我，你，沈维？我们三个人的事情。终于他"哈"了一声，说，你是不是说我先和你谈恋爱，后来又和沈维谈了？秋琳的心突然落到很深很深的地方去了，她好像感觉不到她的心脏了。陶柯见秋琳不吭声，也没有表情，无奈似的摇摇头，自言自语地说，不是，不是这事情，我搞错了，我就知道你不是说的这事情。不会是这样的事情，那是什么呢？再又挠起头皮来。秋琳站起来，说，陶柯，别挠头了，也别再想了，就这样吧，我还有一些事情没有处理，我没有时间陪你聊了。陶柯说，秋琳，我还有话跟你说呢，我知道你这次来投了一个大项目，我现在也在搞项目投资，这次来不及了，下次你若回来投资，一定找我啊，我们合作，一定很成功。秋琳点点头，说，好吧。

陶柯走后，哥哥嫂子问秋琳，陶柯现在情况怎么样，是不是和沈维离了，有没有再婚。秋琳说，他不是陶柯，哥嫂惊讶地看着秋琳，他们看不出秋琳在开玩笑。

秋琳在整理行装时，发现了胡子留给她的那个写有沈维地址的纸条，秋琳看了看，胡子的字写得龙飞凤舞，每一个字都得猜一猜，秋琳笑了一下，她不再费心思去猜那些字以及由那些字组成的某一个地址，她将纸条揉成一团，扔了。

　　临行前的一天，秋琳来到郊外的山上，看漫山红遍，秋琳弯腰捡起一片红叶，将它遮在自己的眼睛上，阳光将红叶照射得通体透明，穿过红叶，秋琳看到沈维站在她的面前，说，回去吧，明天要做新娘了。

豆粉园

一

天气并不太好，时间也是下午了，游人不多，有两个老人坐在茶室里，他们每人面前有一杯茶，但不怎么喝，茶水清绿，茶叶沉淀在杯底，他们看看茶水，茶水很平静的。

嗳，她说。

你还是叫我嗳，他说，我们两个人在一起的时候，你从来没有叫过我的名字。

我不习惯的，她的脸好像有一点红了，她说，我昨天给你打电话的。

我在三清殿晒太阳。

昨天好像没有太阳的，昨天有太阳吗？她怀疑了一下，就认定了，昨天是阴天，像今天一样的。

也不算阴天，有一点太阳的，虽然不旺，但是有一点太阳的，他说。

一点点太阳也要去晒。

服务员从茶室的柜台下探出头来，他摘下耳机，看看他们，你们的茶凉不凉，要不要替你们倒掉一点凉的，加一点热水？

不要的。

不要的。

茶室里一片安静，园中的鸟在叫，起了一点风声，有一种快要天晚的意思弥漫着。

你跟谁一起去的？她重新拾起刚才的话题。

你说晒太阳？我一个人去的，他说。

是一个人，她说。

我到面店吃了一碗面，就去了，面下得太烂，没有骨子了，他说，肉也不太好。

你老了，她说，你的牙也没有几个了，你还是要吃硬面。你从前说要做饭给我吃的，你说一定找个机会做一顿好的饭给我吃，你还说等你老了开个面店下面给我吃。我不喜欢硬面的，我喜欢烂一点。

他看着她。时间过得真快，他说。

你老是说，等到老了，等到老了，我那时候其实不想承认自己会老的，我一直担心脸上有皱纹，我又一直担心头发不好看，她说，你不会一个人到三清殿去晒太阳的。

我是一个人去的，他说。

你们家接电话的是谁，她说。

是儿媳妇。

豆粉园的领导在茶室门口看了看，快要关门了，她说，除了这里两个，其他也没有什么人了。

服务员摘下耳机，什么？

她摇了摇头，退了出去。

老人互相看看，他们说，要关门了。

我们也该走了。

站起来的时候，他挽了她一下，她说，不用的。服务员过来收拾茶杯。他将剩茶倒掉，洗干净杯子。

老人走到茶室门口，天开始飘起雨丝来，天气突然冷起来。

下雨了，他说。

下雨了，她说，我的布鞋要踩湿的。

他看了看她的鞋，说，我说今天天气不好，我想跟你说改日的。

我知道你不想出来的。

我没有不想出来。

服务员在他们身后锁门，他说，石子上有些滑的，你们小心一点。

你从前说过的话你忘记了，她说，你老是说等到老了，等到老了。

你不要这样说我，我心里难过的，他说，我是真心的。

三清殿那里晒太阳的人多不多？她说，我年轻的时候经过那里，看到许多老人，我坐下来听他们聊天的。

雨下得大了些，他看看天，又看看她。你的头发要淋湿的，他说，我把外衣脱下来你披在头上。

我不要的。

服务员骑着自行车从他们身边经过，他跟着耳机在唱歌，一只手脱开车把，向他们挥一挥。

你总是要把话题扯开去的，你不想回答我的问题，她说。

你说三清殿人多不多？多的，他说。

过几天我也去三清殿晒太阳，她说。

我和你一起去，他说。看了看她的脸，他又说，不过你大概不会去的，你只是说说的，你不会去的。

你怕我去的，是不是？她说，你不想我去的。

我没有不想你去。

三清殿又不是你的，她说。

我真的没有不想你去，我想最好你和我一起去的，他说，那里人很多的。

你是怕我去的，我知道你的，她说，你从前老是说，等到老了，等到老了。

你不要这样说我，我心里难过的，他说，我是真心的。

你从前就要把我打发走的，你说要把我打发到很远很远的地方，要到一个你不知道的地方，到一个你忘记了地址的地方，到一个你找不到的地方。

是书上这样写的，我从书上抄下来送给你，他说，我用余下的生命到处寻找你，我要在风烛残年，喊着你的名字，倒在异乡的小旅店里。

她笑了起来，嘿嘿，她嘻开没有牙的嘴，我不到三清殿去晒太阳，我家门口也有太阳的。

他也笑了，嘿嘿。

这时候他们听到安静的豆粉园里传来一些声音。

二

游人穿过狭长的小街，来到豆粉园，他要买票进去，但是卖票的窗口关上了。游人看了看门前的告示，向看门人说，你们不是五点关门吗，现在还不到五点。

四点半停止卖票，看门的人指着规章制度让他看。

游人愣了一愣，我是外地来的，他说。

外地？看门人说，到我们这里来玩的，大多数是外地人，本地人倒来得不多的。

我是从很远的地方来的，游人说，很远的地方。

很远的地方？看门人说，都是很远的，有的人是从外国来的，外国都很远的。

游人又愣了一愣，一时间他好像不知道说什么才好，他用祈求的眼光看着看门人。

看门人说，不行的，已经停止卖票了，我不能让你进去的，我让你进去我要犯错误的。

游人说，还没有到五点。

看门人说，四点半停止卖票，你没有门票就不能进去，这是我们的规章制度，我不好违反的。

游人叹息了一声，我迟了一点，他说，他的目光越过看门人的头顶，往豆粉园里看着，雨中黄昏的豆粉园，十分的安静。我应该早一点来，游人说，唉，我迟了一点。

看门人看看他，说，你可以明天来。

我明天就要走了，游人说，明天一早就要走了。

那你以后再来，看门人说。

以后我不会来了，游人说。

为什么？看门人道，我们这个地方，人家都不止来一次两次，很有看头的，这地方叫园林城市，你知道的吧，值得再来一次，甚至再来几次的。

我知道的，游人说，我知道这是个园林城市，有很多很好的园林，但是我想看一看豆粉园的。

看门人心里有些高兴，但他没有表露出来，他说，可惜了，你今天晚了一点，你以后再来。

以后我不会来了，游人又说了一遍。

那就可惜了，看门人的心有点动了，他说，你以后真的不再来了？

游人笑了一下。

看门人说，我知道你是想留一点纪念的，你有照相机吗，你可以拿出来，你就站在这里，从这个门口拍进去，可以拍出许多好照片的，你可以带回去留念。

我没有照相机，游人说，我没有的。

那就没有办法了，看门人有些不相信地看看他，你不带照相机的？现在人家出来旅游，没有不带照相机的。

游人又笑了一笑。

要不你买一些明信片？这是一套风景明信片，其中有一张是豆粉园，看门人说，不贵。

我不要买明信片，游人说，你一定不能让我进去吗？

不能的，看门人重新又坚定起来，不能的，你不能进去的，他说，我们要关门了，你出去吧，我要负责任的。

游人有些无可奈何了，但是很快他的目光停留在蒙蒙细雨中豆粉园的某一处。因为黄昏，他的目光变得有些朦胧了，但是他的心里有一种特别的东西，游人不知不觉往里走了。

看门人有些生气了。你怎么能这样，他说，你怎么自说自话？谁让你进去的？你不能进去的！看门人除了这么说话，他也没有别的什么办法了。他突然想到他们的领导，他说，你找我们领导说，我们领导同意你进来你就进来。

领导？游人说，你们领导在哪里，在里边吗，我进去找他好不好？

看门人说，不行的，你不能进去，你在这里等一等，她马上就会出来的，到下班时间了。

你们领导，游人说，姓什么？

刘，看门人说。

服务员骑着自行车从里边出来，游人迎上去说，你是领导？我想进去看一看，我进去一会儿就出来。

服务员摇摇头，我不是领导，他说，骑着车子走了。

你们领导呢？游人在他的背后问道。

在后面，服务员说。

看门人不屈不挠地盯在他的身边。你怎么可以这样，他反反复复地说。

一位中年妇女拎着包走出来，游人说，刘主任你好。

我不是刘主任，她看了看游人，你是哪里的？旅游的？

我想进去看一看，但是我迟了一点，你们已经停止卖票了，我只是想进去一会儿，只要一点点时间，刘主任——

我不是主任，我们这里没有主任的，她神态坚决地说。

刘科长。

我不是科长，我们这里没有科长的，她仍然神态坚决。

总之你是领导，游人说，总之我知道你是领导，只要你同意了，我就能进去看一看。

谁说的？她脸色严肃地说，我不好随便做主的，关门就关门了，不好让人进来的。

游人已经无法可想，但是他仍然坚持又说了一遍，我只是想进去看一看。

看一看，刘的脸色和缓了一些，但口气仍然是坚决的，你看一看能看出什么呢？这里的园林，走马观花是看不出味道的，要细细品味的。

我知道的，游人说，他的目光停留在某一处，他的目光牵动了刘的心思，她转过头去，随着游人的视线往豆粉园里看。

你看什么，她说。

那个屋顶，上面的瓦，游人说。

哪个屋顶，刘说，锄月轩？

那一个，游人指着。

是远香楼，刘说，瓦怎么了？

瓦，游人说。

刘看了看屋顶，你说瓦怎么了？

游人没有说。

那你，刘用心地看着游人的脸和他的衣着，那你，你从哪里来？

他从很远的地方来，他以后也不会再来了，看门人说，所以，他想进去看一看。

你是不是有什么事情，你是不是——刘欲言又止，停顿了一会儿，她说，你有没有和园林管理处联系，你如果找他们说一说，如果他们同意，我也没有意见的，但是我不能做主的，关门的时候就关门，我们就是这样的，不可以破例的。

瓦，看门人疑疑惑惑地说，瓦怎么呢？

我不知道的，刘说，我不知道瓦怎么了。

明瓦清砖，游人说。

噢，看门人说，这有什么，我们这地方，很多明清建筑，都是明瓦清砖的。

刘紧紧追随在游人身后，你怎么搞的，跟你说不能进去，跟你说不能进去，你怎么搞的？她说了一遍又说一遍，后来就转身走开了。

看门人很想听游人说些什么。你从哪里来的，他说，你说很远的地方，是哪里呢？有多远呢？

刘又急匆匆地跑回来，她喘着气对游人说，不行不行，我打电话到管理处请示过了，他们说不行的。

哦，游人说。

你可以走了，刘反复地催促他，你可以走了。

游人没有听到刘说话。刘生气地看着他，你这个人怎么这样，你又不是小孩子，怎么说话不听的。

三

服务员停好自行车，走进理发店。

剪头。

剪头。

理发师是个年轻的姑娘，她在豆粉园隔壁租了这间屋，开理发店。服务员经常到她这里来剪头。这里靠近，方便一点，服务员对他的同事刘和看门人说。

下班了。

下班了。

理发师抬头看看墙上的钟，不知不觉，她说，天已经晚了。

是的，服务员说，日子过得很快的。

尤其是冬天，理发师给服务员围上白色的围兜，说，天一会儿就黑了。

再过几天就冬至了，冬至是一年中白天最短的一天，服务员说，冬至大如年，这是我们这地方的老风俗了。

是的，理发师说，你们这地方是这样的，在我们那里，冬至没有什么的，不会有人想起冬至的。

我们这地方冬至全家人都要在一起吃饭，饭菜比过年吃得还要丰富，这是老习惯。

理发师将洗头液倒一点在服务员头顶心，开始搓揉，她说，去年我来开店的时候，正是冬至前几天？

是冬至夜那一天吧，服务员说，是冬至的前一天。

是的，冬至的前一天，冬至夜，理发师回想起来，那一天生意特别好，因为许多理发店都提早关门了，他们找不到洗头的地方，都到我这里来了。

嘿嘿，服务员说，他们关了门回去吃冬酿酒。

一个老农挑着一担苗木盆景走到理发店门口，他担着担子，向里边看着。

剪头吗？理发师问。

剪头。

老农把担子停下来，向豆粉园那边指一指，已经关门了，他说，现在关门关得这么早。

服务员说，不早的，一直都是五点钟关门。

怎么不早的，老农说，从前的时候，还开夜花园，开到晚上十点的。

从前的时候，服务员侧过头来看着老农，从前的时候？

那时候夜花园里还有唱昆曲的，老农说。

现在没人听昆曲，服务员说，开夜花园没有人来的，白天也没有什么人的。

老农坐下来，看了看镜子里的自己，咧着嘴笑了一下，说，门倒还是那扇门，黑漆大门，有很多铜环的。

重新油漆过的，服务员说，铜环也重新配过的。

那门还是老的门，老农说，我知道的。

理发师让服务员到水龙头下冲洗。服务员听到老农对理发师说，我挑一担苗木从乡下出来，走了一天，一盆也没有卖掉。

理发师说，现在的人，是不大要盆景的。

你要不要？老农说，你要的话，我给你一盆，你自己挑一盆，这个，小黄杨，好的，这个，雪松，也是好的，我的品种都是好的。

不好意思的，理发师说，你辛辛苦苦从乡下挑出来，送给我，我怎么好意思拿？

不碍事的，老农说，要不，就算我剪头的钱，你帮我剪头，我就不给你钱了。

好的，理发师说，这样也好的。

嘿嘿，服务员说，你倒会算的，乡下人都会算的。他从水池里抬起头来，有几点水珠挂在他的脸上。

你是豆粉园的吧？老农问。

你怎么知道，服务员说，你认得我？

我猜的，老农说，里边的茶室还摆在小姐楼吗？

我就是茶室的服务员，服务员说，天阴下雨的时候，小姐出来看看我，跟我说话的。

老农笑起来，他向理发师看看，理发师也微微地笑了一笑。瞎三话四，服务员说，我瞎三话四。

吹风。

吹风。

吹风机响起来，老农说，要等多长时间？天要黑了。

快的，理发师说，你的苗木怎么办呢？

再挑回去，老农说。

这一担很重的。

空着身体也是走，挑一担也是走，老农说。

小姐跟一个唱戏的走了，后来又回来了，服务员说，是不是这样的？

好了，理发师往服务员头上喷了定型水，好了。

服务员走下椅子，老农坐上去，不用洗头的，他说，只要剪短一点。

有一个孩子，送给人家了，服务员说，男孩女孩？

这里再短一点，老农说，耳朵边上长了难看的。

服务员走到理发店门口，看看老农的一担苗木，他用脚点了一下装苗木的筐子，这些苗木，他说，很好的。

都是不错的品种，老农说，你们园里要不要，反正也不贵的。

我们不要的，服务员说，我们自己也多得是。

园林里又不怕苗木多的，老农说，多总比少好。

不行的，服务员说，就算要增加，也要管理处统一进货的，我们不好自作主张的。

服务员转身看看老农，他的头发已经剪短了。理发师说，吹一吹风。

不要的，老农说。

理发师说，不收你的钱。

不要的，老农说，不要的。

老农又看了看镜子，笑了一笑，他出来挑起担子。走了，老农说，下次再来。

下次再来，理发师说。

斜风细雨刮打着。服务员说，我请你吃火锅。

理发师说，万一有人来剪头呢。

不会有人来了吧？服务员说。

万一呢。

会吗？

万一有人来了，看见关了门，下次可能就不来了，理发师说，我的师傅一直跟我说，做生意最重要的就是要有信用。

这倒也是的，服务员说，那，我就走了。

再见。

再见。

哎，理发师在他身后说。

服务员回头看着她。

你拿一把伞去。

不用的，服务员说，不用伞的，再说，你万一要出去怎么办。

我这里有备用伞，有好几把伞，理发师说，再说，我也不会出去。

服务员接过伞，外面的天已经完全黑了。

六福楼

一

钱三官头一次踏进老茶坊六福楼的时候，店里新来的伙计不认得他，把他引到靠门的一个位置，这里人进人出，吵吵闹闹的，钱三官说，我是钱三官，伙计愣了一愣，他向钱三官躬一躬腰，说，是钱少爷，请，里边请。

钱三官就在里边安静的位子坐下来，这里靠窗，窗下是河，河上有船。

那一年钱三官十七岁，他是应邀来劝别人讲和的，这叫作吃讲茶，也就是在吃吃茶的过程中，把大事化小，小事化了。钱三官没有想到这一坐竟是坐下去几十年的时光。

那一天钱三官坐在靠窗的位子上，天色阴沉沉的，布着乌云。对岸陆家小姐的身影出现了，她婀娜的身姿倚在窗框一侧，就像一幅忧郁而美丽的风景画一样嵌入了钱三官的心里。河里有一条农船经过，船农在船上叫卖水红菱。陆小姐说，船家，称两斤水红菱。陆小姐的声音差不多像河水那样的柔。她从窗户里放下吊篮，船农看看吊篮里是空的，船农说，钱呢？

你先把菱称上来，陆小姐说。

你先把钱放下来，船农说。

我放了钱你不称菱怎么办？

我称了菱你不给钱怎么办？

钱三官在这边茶坊里笑起来，这时候吃讲茶的双方都到了，他们向钱三官致意，说，钱少爷，有劳你的大驾了。

钱三官说，坐，坐吧。

大家坐下来，他们向钱三官说自己的道理，说对方的不是，钱三官摆摆手，吃茶，他说，吃茶。

大家听他的话，都吃茶，茶是上好的龙井茶，喝到第二开，已经很有滋味，他们互相仇视地看着，然后又求助地看钱三官，他们憋了一肚子的委屈，快要爆炸了，钱三官却依然摆手，说，吃，吃茶。

吃茶。

吃茶。

终于把茶吃得淡了，钱三官向他们看看，说，怎么样？

他们想了想，可以了，他们说，觉得心头轻快，再没有什么委屈，可以了，钱少爷，可以了。

走出茶馆的时候，拨开乌云，太阳出来了，他们向钱三官致意，谢谢钱少爷。

钱三官说，不用谢。

林老板也在门口躬送，钱少爷，慢走。

等到钱三官慢慢地从钱少爷变成钱先生的时候，吃讲茶的仪式越来越少了，但是大家仍然请钱三官替他们调解矛盾，钱三官一直坐在靠窗沿河的老位子上，他总是一如既往请大家吃茶，他摆着手，说，吃，吃茶。

于是，大家吃茶。

吃茶。

吃茶。

等到茶吃得淡了，他们站起来，说，谢谢钱先生，然后心平气和地走出去，什么想法也没有。

等到钱三官慢慢地从钱先生变成钱老伯，他仍然坐在六福楼的老位子上吃茶，大家说，钱老伯，他们……我们……

钱三官说，吃，吃茶。

于是，大家吃茶。

吃茶。

吃茶。

等到茶吃得淡了，他们站起来，说，谢谢钱老伯，他们走出去，这时候外面的世界阳光灿烂。

钱三官从十七岁坐到七十七岁，始终是这个固定的位子。后来河对岸人家的陆小姐已经不在了，再后来河对岸的房子也没有了。钱三官整整坐了一辈子，终于有一天，钱三官觉得自己要离开这个世界了，他再也不能在六福楼这个靠窗沿河的位子继续坐下去，便写了一份遗嘱，过了不久他就走了。

钱三官的儿子钱继承是在一个偶然的机会发现父亲有遗嘱的，这已经是很多年以后的事情了。钱继承回想小时候奉母亲之命到茶坊叫喊父亲回家，他看到父亲坐在靠窗的位子上吃茶。

二

方志馆在整理从前茶馆史料的过程中，搜集了一些老茶坊六福楼的资料，觉得这是茶馆史上不能遗漏的一笔，他们沿着来路慢慢地往回走，看到了历史过程中发生的一些事情。

方志是这样记载的：六福巷，因六福楼茶坊得名，茶坊于某年（年代不详）大雨中倒塌。

其他的一些资料中还有一些补充，比如：林姓业主于雨中号啕大哭；河水猛涨，漫上街面；等等。

方志馆的年轻人小西决定要写一篇老茶坊六福楼的文章登在《方志资料选辑》上，他从资料中认识了钱三官，钱三官在小西心里活起来。小西费了一番周折，找到了钱三官的儿子钱继承。

你父亲十七岁就开始孵茶馆，小西说，我看到史书上有你父亲的名字，钱三官。

是的，钱继承说。

钱三官在六福楼的一个位子上坐了六十年。

是的。

六十年中，他每天孵茶馆。

是的。

一直是一个固定的位子。

是的。

是茶坊里靠窗的位子。

是的。

是茶坊沿河的一角。

是的。

他喜欢吃龙井茶。

是的。

你父亲有一个遗嘱。

是的。

但是你当时并没有发现。

是的。

后来当你知道有这个遗嘱的时候，六福楼已经没有了。

是的。

在钱三官十七岁之前发生过一件事情。

是的。

河对岸的陆小姐死了。

是的。

其实钱三官坐在茶坊的位子从来没有看见过陆小姐。

是的。

因为陆小姐已经死了。

是的。

小西喝了一口茶，继续说，关于你父亲，你没有更多的话可以跟我说了。

没有。

谢谢了，再见。

再见。

晚上小西和朋友在酒楼吃饭喝酒聊天，倩倩穿着高跟皮鞋咯噔咯噔地走过街面，小西有一点激动起来，他红着脸向朋友说，赌不赌，我一个星期把她搞到手！

朋友异口同声说，赌，赌什么？

三

钱朝辉和江小桐谈对像，父母亲知道了，他们不大同意，他们对朝辉说，朝辉，你再考虑考虑，这么一个人，合适不合适？

我们的想法，他是不合适的，你应该再好好考虑考虑的，如果你要问我们的意见，我们是不能同意的。江小桐问钱朝辉怎么办，钱朝辉说，不管，大不了脱离关系。她不在乎父母亲。

但是江小桐在乎的，他好像觉得自己比钱朝辉成熟一些，他想，女儿不可能真的和父母脱离关系，他是要和钱朝辉结婚的，以后的日子很漫长，因此江小桐决心不惜一切去融化他们的铁石心肠。

其实也谈不上不惜一切，也就是一个年轻人的面子罢了。江小桐觉得与他对钱朝辉的爱和钱朝辉对他的爱比较，面子也是可以不要的，江小桐想通了这一点，觉得一切都是美好的。

江小桐带着礼物去看钱朝辉的父母，他们有些冷淡地接待他，他们的脸上没有什么笑意，他们对江小桐说，你是来找朝辉的吧，她不在家。江小桐说，我知道她不在家，我不是来找她的，我是来看你们的。他恭恭敬敬地坐在他们面前，说，我叫江小桐。

江小桐在冷冷淡淡的气氛中坐了一会儿。过了几天，他又来了，他仍然带着礼物，不是很贵重的，他说，伯父，听朝辉说你肠胃功能不太好，我替你买了一盒昂立一号，你试着看看。

我从来不用补品，朝辉的父亲说。

昂立一号不是补品，是保健品，像喝饮料一样喝一点就行，江小桐说。

无论碰到什么样的钉子，江小桐不屈不挠，他的精神终于有点感动钱朝辉的父母，他们觉得对这么一个懂事的年轻人摆脸，不像做长辈的，他们反倒有点不好意思了，母亲说，小江，听朝辉说你在吴门小学工作。

江小桐再来的时候，他们的谈话内容就更多一些，以后，再更多一些，再以后，几乎是无话不谈了。江小桐终于融化了他们的心肠。江小桐想，他们其实也不是铁石心肠，他们的心肠一点也不硬。

现在父母反过来关心朝辉和江小桐的关系进展，他们问朝辉，小江怎么几天没来了。

朝辉说，我叫他不要来。

为什么，父母亲从朝辉的话里听出些什么，他们有些担心，为什么不叫他来？

朝辉说，不为什么。

你们闹矛盾了？

就算是吧。

父母亲有些生气，他们说，小江是个知书达理的年轻人，肯定是你太任性，是我们宠坏了你。

朝辉哼着歌曲走出去，她没有把父母的话放在心上。看着她快快活活的样子，一点也不像和江小桐闹了意见的，父母亲心里踏实一些，他们想，就算有问题，问题也不大的。

又过了一些日子，有一天钱朝辉说，我今天带他回来吃饭噢。

他们听了都很高兴，忙了一个下午，为江小桐做菜烧饭，他们回忆和江小桐谈话中江小桐说过他喜欢吃什么，不喜欢吃什么，根据这种回忆做出一桌丰盛的晚餐，但是最后来的并不是江小桐，而是另一个男青年。

朝辉，怎么不是江小桐呢？他们好不容易等到那个男青年走了，便着急地甚至略有些迫不及待地问钱朝辉，朝辉，你怎么这样的，小江呢？

朝辉说，小江？你们是说江小桐吗？我不和他谈了。

为什么，为什么？他们又急又难过，他们觉得与自己有关，他们觉得很对不起江小桐，他们告诉朝辉，朝辉朝辉，你误解了，你一定是弄错了，其实我们早已经不反对你和小江的事情了，甚至可以说，其实我们早已经喜欢小江了，我们觉得小江是个很好的青年。

和你很相配的。

和我们也很谈得来。

知书达理的。

善解人意的。

现在像小江这样的年轻人不多的。

现在像小江这样的年轻人打着灯笼也难找的。

朝辉说，但是我现在不爱他了。

朝辉，你怎么这样的，你怎么这样的，他们几乎说不出其他的话来，只会反反复复地说这一句，你怎么这样的！小江呢？

朝辉说，我已经拒绝他了，他也没有说什么。

小江这样好的人你不跟他好，朝辉的父母亲有些难过，他们说，小江这样好的人你跟他分手，朝辉，我们是想不通的。

什么呀，朝辉笑了起来。

许多年以后钱朝辉成了新开张的旧式茶馆六福楼的女老板，江小桐进来喝茶，钱朝辉说，江小桐你好。

朝辉你好，江小桐说。

你过得好吧。

好的，你过得好吧。

好的。

江小桐坐在靠窗沿河的位子上，河对面人家的情景可以历历在目的。钱朝辉笑着，说，当年我差点和你私奔。

江小桐说，是的，我的想法和你不一样，我的工作重点在你父母身上，后来我的工作做得很好的。

也不知怎么搞的，后来就没有了，钱朝辉说。

也没有什么要死要活的，江小桐说，就像是人家的事情。

我父母亲反对我的，钱朝辉说，我一直记得他们想不通的样子。

他们都好吗？江小桐说。

前几年他们先后去了，钱朝辉说，你吃吃这茶看，是我刚从杭州进的特级龙井。

江小桐吃茶，他说，我在美国的这些年里，常常想念家乡的茶，虽然也有茶吃，但是总感觉味道不大一样的。有一天我从一本书中看到你的爷爷，也许是你爷爷的爷爷，一个叫钱三官的人，一辈子坐在一个固定的位子上吃茶。

他死的时候写了一个遗嘱，钱朝辉说，但是没有人看到过那个遗嘱。

那时候，我就特别地想回来，想回来坐一坐这个位子，江小桐说，你怎么会来开这个茶坊呢？

阴差阳错，钱朝辉说。

江小桐吃着茶，太阳渐渐西斜，从河对岸人家房子的隙缝中照射过来，旧式的茶坊里红红的。

四

乡下的亲戚阿四到城里来了，他来找工作做，他的爷爷告诉他，你到了那里，你说钱三官的名字。

阿四不知道钱三官是谁，爷爷说，你也不用管他是谁，你说他的名字。

阿四来到这里，他一眼就看到了崭新的旧式茶坊，阿四有点激动，我就在这里工作了，他想。

阿四看到有人站在茶坊门口，他就说了钱三官的名字。钱三官，阿四说，那个人果然朝阿四看看。

阿四又说，钱三官。

那个人点了点头，他认出阿四来，你是乡下的阿四吧，他说。

阿四说，你是钱三官。

那个人笑了起来，他没有说他是不是钱三官，只是说，你是来找工作的，你想在这里工作。

阿四高兴地说，你一定是钱三官，一定是我爷爷告诉你的，我爷爷知道我来找工作，他叫我说出钱三官的名字。

那个人又看了看阿四，说，你力气大不大？

大的。

那里边的大茶壶你拿得动拿不动？

拿得动。

你脚头子活不活的？

不活的。

阿四留下来，在茶坊里做伙计，事情也不多，替吃茶的客人泡茶加水，偶尔回答客人的一些问题，来茶坊的客人，也没有很多话要问，他们多半是来吃茶的。吃茶就吃茶，话不要太多，他们这么想。

很多年过去，阿四成了茶坊的主人，大家仍然叫他阿四。有一天红花来了，她对阿四说，你走了以后，我等了你一天又一天，等了你一年又一年，你一直不回来。

红花留下来，给阿四做帮手，慢慢地红花也懂得了茶和茶坊的一些事情，她到茶庄买茶叶的时候，认识了茶庄的一个人，过了一些时候，她就和那个人结婚了，大家说，阿四，原来红花不是你的老婆。

阿四说，我原来也以为是的，后来才知道不是。

茶坊的生意冷下去，又热起来，热起来，又冷下去，时间过去了一天又一天，有一天一位老人来到老茶坊，他在沿河靠窗的位子上坐下。阿四说，你要什么茶？

龙井。

阿四替他泡了龙井茶，阿四认出他来，是你。

是我。

红花呢，阿四说，我有好多年没有见到她。

她死了。

哦，阿四说，吃，吃茶。

门前的街上响起鞭炮声，但是老人的耳朵并不太好，他们听到的鞭炮声不太响。

现在的鞭炮，也没有过去的响，他们说。

是的，鞭炮的声音也不脆，从前的鞭炮是震耳欲聋的，他们说。

放鞭炮是因为要过年了，小孩子在街上窜来窜去，用稚嫩的声音声嘶力竭地叫喊，他们唱道：

两只老虎

两只老虎

真奇怪

真奇怪

一只没有耳朵

一只没有尾巴

真奇怪

真奇怪

他们在说什么？

没有人回答他们，茶坊里没有别人，只有他们。他们坐在沿河靠窗的位子，听着小孩子们在门外的街上叫叫闹闹，听了一会儿，他们说，吃，吃茶。

东奔西走

　　家住在青石弄的顾好婆早晨起来洗漱完毕，吃了早饭，对子媳说，我到公园去啊。子媳说，妈慢慢走，路上小心车子。顾好婆说，我知道的。她沿着长长的窄窄的青石弄走出去，步履有些蹒跚，她毕竟已经七十多岁，不再是年轻时的样子了。顾好婆小心地避让过快车道上的汽车摩托车和慢车道上的自行车，左拐右转地穿过几条街，朝公园的方向走去。

　　她的小辈中的某一个，跟在她的身后，一直看到她进了公园的大门，小辈才返回去。好婆是去公园了，他向家里其他人汇报一下，然后大家放心了，就上班的上班，上学的上学，各管各做自己的事情去了。

　　这时候顾好婆已经穿过公园从公园的后门出来了，不远处就是她要去的那所医院。医院里有不少人认得她，他们都跟她打招呼，顾好婆，来了啊。顾好婆一边答应着，来了来了，一边走进病房。她负责护理的一位李老伯，看见她来了，笑了。嗯嗯，我今天想吃小馄饨，他说。他的口气甚至有点嗲兮兮的，口齿也变得不太清楚，将"吃"说得有点像"气"，这样说话，使得他有点像个小孩了。有一次他的子女来看他，听到他这样的口气，脸上都有点尴尬。咦咦，他们想，他在家里不这样说话的，他在家里面孔一直是板板的，不肯笑的，没有好声好气的。不过，尽管他们觉得这样有点怪怪的，但是他们不仅不能说什么，而且还要尽量地讨好顾好婆，因为他们的父亲脾气古怪，已经气走三个护工，顾好婆是第四个了。如果顾好婆再不肯做了，他们很怕再也找不到人了。

等顾好婆从外面买了小馄饨回来，李老伯的吊针已经打上了。顾好婆小心地喂他吃馄饨。他可能有点饿了，想要狼吞虎咽，但是顾好婆不会让他狼吞虎咽的。慢慢地好了，顾好婆说，你又不用去上班，不急的。

唔唔。李老伯嘴里有馄饨，说不出话来。

烫不烫啊？顾好婆问。唔唔，唔唔。

今天馄饨鲜不鲜啊？

唔唔，唔唔。

验血的单子出来了噢。

唔唔，唔唔。

护士小姐告诉你了？

唔唔，唔唔。

我早就说过，你没有什么毛病的，你是自己大惊小怪。

唔唔，唔唔。

有一天有几个人来到李老伯的病床前，他们看着他的气色，谈论起来，一个人说，看起来快了，你看他气色这么好，哪里像个生病的人。另一个说，你看他吃这么多，比我们没病的人还吃得多，他的毛病肯定已经好了。他们议论了一会儿，就有一个人上前问李老伯，老先生啊，他说，你什么时候出院啊？李老伯说，我不晓得，我要听医生的。那个人又说，医生说你好多了吧，医生叫你出院了吧。他们这么自说自话地说着，后来李老伯终于听出一点奇怪来了，你们是谁？你们要干什么？他警惕地瞪着他们，你们到底要干什么？那几个人被李老伯一追问，显得有点慌张了，他们说，我们不想干什么，我们只是想请顾好婆照顾我们的老娘，我们的老娘就躺在隔壁的病房里，就是三十五床的那个老太，她不要别人伺候，一定要顾好婆，所以我们来看看你的身体是不是好了，我们这一看啊，就放心了，老伯你的身体真的好了哎，马上可以出院了哎，这下我们就可以雇顾好婆了，这下我们就有救了。李老伯一听，气得脸都涨红了，啊啊，他说，你们想赶我走啊？你们要抢顾好婆啊？你们做梦吧，你们休想吧。我告诉你们吧，我的病没有好呢，我的病重着呢，我的病好不了了，我要一直住下去了。

这时候顾好婆的子女在自己的单位里上班，同事之间，如果谈起家常，也可能会问起顾好婆的情况，她的小辈总是欣慰地说，我们家老太太现在想得穿了，不再去伺候人了，她天天到公园去白相（玩耍），身体好得咪。

但是有一天事情快要穿帮了，一个熟人可能是看到了顾好婆在医院里，他问起她的子女，你们家老太太生病了啊？没有啊，她的子女觉得有点奇怪。熟人也奇怪了，咦，那我怎么在医院里看见她的？你可能看错人了，顾好婆的子女说，我们家老太太身体好得很，好多年都不上医院了。是吗？熟人疑疑惑惑地说，那也可能是我看错了，但是那个老太太真的很像你们家的老太太。

顾好婆的子女这一次还没有往心上去，认错人的事情也是经常有的，并没有什么稀奇。可是过了几天又发生了同样的事情，仍然是一个熟人，当然不一定是上次那一个，但是他说的内容和上次是一样的，他在医院的住院部看见老太太，他以为老太太生病住院了。

这一次引起了顾言的警惕，他不再犹豫，就到医院里去了，他根据熟人提供的情况，来到住院部，找到那个病房，他站在门口往里边一看，就看见了顾好婆，顾好婆正在帮李老伯换衣服，她嘀咕地说，怎么像个小人，两天不换衣服，就臭烘烘的。李老伯像个小孩似的笑着，嘿嘿，嘿嘿。

事情真相大白了，顾好婆又一次瞒着他们去做伺候人的事情，她的子女们很生气。顾好婆一次次答应他们，一次次信誓旦旦地保证，不再出去做保姆了，但是她一次次地说话不算数。你怎么可以这样呢？顾言严厉地说。可是顾好婆狡猾地说，顾言哎，你把事情弄清楚再生气好不好，这不是保姆，这是护工哎，什么叫护工？护工差不多就是护士。顾言说，护工怎么是护士？根本不一样的嘛。顾好婆说，差不多的，差不多的，反正都是姓护的。顾言知道她马上还会有许许多多无数条的理由说出来，他已经很无力反驳了，只是说了一句，就算护工和护士差不多，你也不能做了，你看到过有七十多岁的护士吗？

顾好婆又会说什么什么，然后顾言也会说什么什么，比如会有以下这样的对话：

是不是我们待你不好啊？

不是的。

是不是我们家庭条件不好啊？

不是的……

是不是……

不是的。

是不是……

不是的。

那你为什么还要出来做保姆？

嘿嘿，顾好婆笑，嘿嘿。

你还笑呢，顾言说，我们气都气死了。

我们的脸都被你丢尽了。

我们单位要罚我们款了。

我们被送上道德法庭了。

我们差不多要被曝光了。

等等，等等。总之他们真的是憋了无穷无尽的气在肚子里，他们的这个老娘，唉，不说了。

如果顾言走进病房，必定发生以上这样一段事情，但是这样的事情过去发生得太多太重复，以至于顾言已经不愿意再走进去重复一遍，他觉得实在没有意义，太没有意义，所以他没有进去，而是退了出来。

顾言垂头丧气地回去了，他走在青石弄里，响底的皮鞋敲打着青石弄的石头，咯噔咯噔，敲得他心里很乱，煨煨糟糟的，无处着落的感觉。

他们在家里商量来商量去，也没有商量出来办法。后来他们终于泄气了，算了算了，随便她吧，让她去吧，他们说。可是他们又说，不行不行，不能让她去的，人家要骂我们的。然后他们又说，哎呀呀，骂也骂了几十年了，再骂骂也无所谓啦，反正我们面皮也被骂厚了。他们一会儿这样说，一会儿那样说，颠来倒去，一会儿觉得这样好，一会儿觉得那样好，一会儿又觉得这样不好，一会儿又觉得那样不好，最后在他们都无可奈何的时候，顾言心生一计，他说，不如去找李家的子女吧，跟他们商量商量。

好啊好啊，他的弟弟妹妹都赞成他的主意，他们说，哥啊，这个事情就交给你啦。

在去李老伯家的路上，顾言准备着说词，等会儿他要对李家的子女说，请你们替我们的老娘想想吧，我们的娘已经七十多了，还要叫她伺候你们的老爹，你们的老爹看起来比我们娘年轻得多，身体也强健得多，你们怎么好意思做这样的事情。他推测李老伯的小辈也许会说，我们本来也觉得不好的，可是你们的娘一定要来做这个护工。如果是这样的对话，顾言就接着说，你们就算不替我们娘想，也替我们想想，我们的娘七十多岁的人了，还在外面做护工，伺候别人，人家会怎么看我们做小辈的，以为我们是忤逆子孙呢。顾言想，我这样说了，李老伯的小辈肯定会赞同，他们会说，这倒也是的。如果到了这一步，事情就比较好商量了，他们都是通情达理的人，甚至连老先生本人，虽然极愿意顾好婆伺候，但是被小辈晓之以理之后，也会同意忍痛割爱的。那么，到最后事情会怎样解决呢？顾言想，最后可能只有我妈一个人很不通情达理，她对老先生说，好的呀，你不要我伺候，我就不伺候你了，不过，我不伺候你，我去伺候别人，一样的。

顾言一路这么想着，开始觉得能成功的那一股劲又渐渐地减消了，既然最后老太太仍然是要去伺候别人的，他不是又多此一举了？这些年来，他做的多此一举的事情还少吗？

但是现在顾言已经不好回头了，因为他已经站在李家的门口了。门并没有关闭，虚掩着，他轻轻地一推，门就开了。里边有三个人，围坐在一张方桌前，他们听到门声，眼光立刻投过来。

啊哈哈，来了来了，他们说。但是他们显然等错人了，顾言不是他们要等的人。他们愣了片刻之后，回过神来。啊哈哈，他们说，是李炎叫你先来顶替的吧？

顾言知道他们搞错了，他急忙摆手说，不是的不是的，你们搞错了，我是来找李炎的。

他们没有问他找李炎干什么，也没有问他是李炎的什么人，朋友，同事，债主，情敌，等等之类，他们一句话也没有问，只是眼巴巴地盯着他，拿眼神勾着他。

李炎什么时候回来？顾言问。

他们也没有说李炎什么时候回来，是要回来的，还是不回来，还是快回来了，还是早着呢，还是怎么怎么，他们不说话，仍然眼巴巴地盯着他，拿眼神勾着他。

那我等他，顾言说。

他们一起笑起来，这就对了，他们说，既然你坐在这里等他，还不如替他玩两把，输了叫他付，赢的你带走，规矩。

说话间一个人已经捣了牌，另一个人已经抓了牌，抓了三抓就轮到顾言了，顾言一伸手，就抓到一张大鬼，啊哈，他失声笑了出来。

顾言牌运极好，捉了两把全鸡，还弄了人家一个金太阳，三次倒迁王分，等到李炎来的时候，顾言手里又抓了一副鸡牌了。顾言说，你让我打掉这一副啊。李炎说，你打你打，我上个厕所，泡杯茶，正好。李炎上好厕所泡好茶过来，站在顾言的身边，顾言果然捉了一全鸡，带着胜利的微笑在数钱，他一边数一边说，让你让你，今天手气太好了，但是他并没有站起来，甚至连屁股也没有挪一下，他的手仍然伸向叠着的牌，抓了一张，又抓了一张。

姨姨，李炎说，你怎么老占着我的位置呢。

是呀，那三个人中的一个说，你只是来替一替李炎的，怎么烧香赶出和尚了呢？另一个人则肯定地对顾言说，你的手气不可能永远这么好下去，你就要转霉运了，不信你打下去看。他们中的最后一个人说，输赢是无所谓的，大丈夫能输能赢，但是老顾你把我的意志挑起来了，跟李炎打牌，死样活气的，叫牌都不敢叫的。

姨姨？李炎觉得莫名其妙，他很生气，他认定是他们三个人中的某一个带来了顾言，他说，你们搞搞清楚啊，这是我的家啊，这是我李炎的家啊。

李炎？他们听到李炎的名字，好像才清醒过来，回头去看李炎，他们这么看了一下，忽然想到了什么，他们说，姨，李炎啊，你家老爷子都生病住医院了，你还有心思打牌啊？李炎说，有护工的。他们说，护工不是炒了你们鱿鱼吗？李炎说，走了一个，又来了一个。

他们一边抓牌一边对顾言说，老顾你知道李炎家老爷子吗，你知道他用过多少个阿姨了？一个五十多岁的，走了；一个四十多岁的，也走了；一个三十多岁的，后来又走了。

现在的这个，肯定是二十多岁啊。他们异口同声地说，边说边笑，李炎也跟着他们一起笑，但是顾言没有笑，因为他抓到了一个三联对，又抓到一个二联对，他的眼睛都弹出来了，他激动得大声地叫起分来：180分！

顾言的老婆邱小红在家里等顾言回来，他们约好了上街买一个壁挂的空调，她左等右等也不见顾言回来，就对女儿说，顾丽萍啊，我先出去啦，你爸爸回来，叫他到购物中心来找我啊。顾丽萍说，知道啦。邱小红又说，你告诉他在购物中心一楼，要是一楼找不到我，就到二楼。顾丽萍说，我知道啦。邱小红又说，要是二楼也找不到我……顾丽萍说，我知道啦，就到三楼，要是三楼也找不到你，就到四楼，要是四楼也找不到你，就到五楼。邱小红说，五楼？购物中心有五楼吗？

邱小红穿过青石弄出来的时候，有一个小孩正穿过青石弄进去，她是顾丽萍的同学。

阿姨好，她说。

刘香啊，邱小红说。

她们擦肩而过。

邱小红来到购物中心，她先在一楼看了看空调，营业员蜂拥而上地向她介绍空调，这使得邱小红有些手足无措，脸色也尴尬起来。后来她决定先不看空调了，反正顾言还没有来，买空调的事情她一个人决定不了，不如先去看看其他。邱小红往二楼去的时候，注意到了一条标语，十分醒目地挂在楼梯口：母亲节女式服装七至八折优惠。邱小红心里也忽然地一悠，就想到了母亲。母亲是跟她的哥一起住的，因为嫂子比较凶，母亲总是有点愁颜不展。邱小红想着，心里就有点难过，她本来是要登电扶梯上楼的，现在她退了下来。她到商场一楼入口处的角落里，那里有几部公用电话。邱小红给哥哥家打了电话，电话正是母亲接的。母亲在电话那头，一听是女儿的声音，立即紧张地说，小红啊，没出什么事吧？母亲的声音里充满了牵挂和不安。邱小红赶紧说，没有没有，我好好的。母亲说，丽丽好吧？邱小红说，好的。母亲说，顾言好吧？邱小红说，好的。母亲说，这我就放心了，你突然打电话来，我还以为有什么事情呢，吓了我一跳。邱小红的眼泪差一点掉下来，她的喉头有点哽咽了，她说，妈妈，女儿想念你，妈妈，你的养育之恩，女儿永远不会忘记。邱小红先是拿方言说的，但是拿方言说这些话，邱小红觉得有些别扭，她就改用普通话了。妈妈，你虽然是一个劳动妇女，但是女儿为有你这样的妈妈感到骄傲，感到无比的幸福。妈妈，我爱你。邱小红说到这里，听到母亲在那边急切地说，什么？什么？小红，你说什么？小红，你怎么啦？邱小红的眼泪已经哗哗地淌下来了，她说，妈妈，我爱你，永远爱你，就挂断了电话。

虽然有人朝邱小红看，但是邱小红并不觉得难为情，她情绪得到了宣泄，心里畅快，轻松，她用纸帕揉了揉眼睛，重新乘了电扶梯上到二楼，这里是女装天地，可能为赶母亲节的商机，又增添了不少新品，一上来，邱小红就觉得眼花缭乱，心驰神往。

家里衣服够多的了，衣橱里都挂不下了，邱小红想，我看看而已，打发时间而已，她打定主意今天不买衣服。但是顾言一直没有来找她，邱小红转了都快一个小时了，衣服也试过好几回，营业员说，这件衣服太适合你了，好像是给你定做的，或者说，你皮肤白，穿这种颜色显得年轻。邱小红说，我再到别处看看。营业员说，好的，或者说，想买你再回头好了。她们的态度很好，没有一个人因为邱小红试了衣不买而耍态度的，这使得邱小红觉得很过意不去，最后她终于坚持不住了，拿起一件款式新颖的连衣裙，其实刚才已经试穿过了，实在是挑不出什么毛病，但是邱小红仍然要求再试穿一遍。营业员替她拉开了试衣间的门，邱小红进去穿了，出来照镜子，两位营业员异口同声地赞叹起来。邱小红也很满意，镜子里的她，是那么的年轻漂亮，像是换了一个人。哎哎，人是衣装啊，邱小红正想着，忽然从镜子里看到有一男一女两个中年人扶着一位步履蹒跚的老太太走过来，这一瞬间，邱小红心里感动起来，老太太的子女真孝顺，还陪这么老的老人来逛商场，不知道是儿子和媳妇还是女儿和女婿。就在邱小红这么想着的时候，她又觉得这三个人面熟得很，这使得她不由回过头来，脱离镜子，正面去看他们。她看清楚了他们脸上的焦虑和担心，邱小红失声地叫起来，妈！哥！

因为邱小红穿着的是那一件新款新潮的连衣裙，使得她的妈妈哥哥和嫂子，顿了一下才认出她来，老妈妈当即就哭了起来，小红啊，小红啊，你把妈妈急煞了，你把妈妈急煞了。

哥哥对邱小红说，妈妈接了你的电话，就认定你出事了，就一直哭到现在了，我问她，小红到底说了什么啊，她又说不出来，只是哭，只是说，小红啊，小红啊，你千万不要想不开啊，你千万不要做傻事啊，你叫我们怎么办啊，急煞了。电话打到你家里，也没有人接，打顾言的手机，也是关机的，只好查你的来电，查到是购物中心的公用电话，赶紧打的来了，你想想，从我家到这里，多远的路，哥哥最后说，小红啊，你可害苦我们了，是不是顾言欺负你了？是不是丽丽惹你生气了？是不是要下岗了？是不是又跟老婆婆闹矛盾了？小红啊，你到底跟妈妈说了些什么呀？

我跟妈妈说，妈妈我爱你，邱小红说，今天是母亲节。

邱小红的哥哥和嫂子这才发现，商场里到处打着母亲节打折的标语。既然打折，邱小红的嫂子说，我们也看看服装。

哥哥说，你今天家里怎么一个人也没有？邱小红说，丽丽个小猢狲，我叫她在家里做功课的，又逃出去了。

邱小红走后，刘香就来找顾丽萍了。刘香说，顾丽萍，我们干什么呢？顾丽萍说，看书吧。刘香说，好的，看书吧。她们各拿了一本书，就看起来了。看了一会儿，顾丽萍说，看书没有劲。刘香说，嗳，看书真没劲。她们放下书本，在屋子里转了转，想找一点有趣的事情做做，她们看到了邱小红的化妆品。顾丽萍说，刘香，你要不要化妆？刘香说，顾丽萍你要不要化妆？她们笑起来，就化妆了，画了眉毛，又描了眼线，涂了口红和胭脂。她们对着镜子看看，又互相看看，这件事情总算做完了。现在她们又觉得无事可做了，顾丽萍说，刘香，我们再干什么呢？刘香说，顾丽萍，我们再干什么呢？顾丽萍说，讲故事吧。刘香说，讲故事吧。

故事是顾丽萍讲的，是来娣的故事。

来娣像个小女孩的名字，但是她已经七十多岁了。

那时候隔壁邻居家的媳妇生了小孩之后就死了，虽然家里还有爸爸爷爷和奶奶，但是因为没有了妈妈，这个小孩老是生病，老是哭，哭得她的爸爸爷爷和奶奶都没有办法，都朝她哭了。但是因为她是一个小孩，她是不懂事的，她不会因为大人都哭了，自己就不哭了，她仍然是要哭的，而且哭得更响亮，好像是要和大人比一个高低，结果，比得大人都败下阵去，她自己的嗓子也哭哑了。哭哑了嗓子的小孩子还在哭着，她是没完没了了，决心要哭到底了。

来娣十二岁，她坐在自家的房间里，她妈妈教她做刺绣，来娣不大喜欢做这样的事情，但是她没有理由不做，一个女孩子，不做刺绣干什么呢？后来来娣有点生气地将手里的针线一扔，烦得咪，她说，吵死了，隔壁的小死人吵死了，来娣很气愤。

咦，来娣的妈妈看看来娣，她说，她那样哭的时候，还有她家里大人一起哭的时候，才烦人呢，像哭死人，你倒不说什么，现在已经没有什么声音了，你倒嫌烦了。

怎么没有声音，来娣说，怎么没有声音？

来娣的妈妈认真地听了听，她说，确实的呀，她的声音已经哭哑了，已经很轻了。

她的声音太难听了……来娣的话还没有说完，人已经站了起来，一阵风一样地奔了出去。

来娣奔到隔壁，指着那个仍然在哭的小孩说，你再哭，你再哭！

小孩家的大人说，来娣呀，你叫她不要哭，你有办法吗？我们都被她哭得没有办法了。

来娣说，有办法，打屁股，我哭的时候，我妈妈打我的屁股，我就不哭了。

小孩家的大人说，可是不行呀，她那么瘦，屁股上全是骨头，我们舍不得打她的。

另一个大人说，她这么小，打她她也不懂的。

来娣说，我就打，我就打。她抱起那个小孩，对着她的瘦小的屁股打了两下，你再哭，我打你，你再哭，我打你，来娣露出很凶的表情说。

后来的事情就很奇怪，小孩真的不哭了，小孩家的大人耳根一下子清静下来，他们简直不敢相信，咦，她不哭了？咦，她不哭了？他们疑疑惑惑地说，他们甚至有点失落和手足无措，他们呆呆地站在那里，眼巴巴地看着小孩，紧紧地盯着她的嘴巴，他们好像在等待，等待什么呢？等待从小孩的嘴巴里，再次传出号嗬的哭声。他们可能以为小孩是暂时休息，她休息一会儿，就会重新开始的，所以现在他们有时间喘一口气。

但是小孩一直没有再哭，不仅没有哭，她好像还笑了一下。

嘿嘿，她不哭了。

嘻嘻，她不哭了。

她家的大人惊喜不已，有一个大人甚至喜极而泣，又掉下了眼泪，谢谢你啊来娣，谢谢你啊来娣，他们一迭声地感谢来娣，来娣却没有觉得有什么好谢的，她把小孩放下来，就要走了，可是来娣刚一把小孩放下来，她还没有走到门口，撕心裂肺的哭声又爆炸了，哇——

来娣啊，来娣啊，小孩家的大人惊慌失措，来娣啊，来娣啊，她又哭了。

来娣皱了皱眉头，烦不烦啊，她回过来，抱起小孩，说，看你个死样，哭你个死！

她骂了两句，小孩不哭了，瞪着泪眼看着来娣的脸，但是来娣还是继续骂道，哭你个死啊，你妈妈死了，还有你爸爸呢，就算你爸爸也死了，还有你爷爷呢，就算你爷爷也死了，还有你奶奶呢，他们还没有死呢，你哭来哭去是要哭他们死啊？

来娣真是很不会说话，她说的话太难听了，但是小孩家的大人并没有在意，可能因为来娣自己也是一个小孩，也可能因为他们被小孩的哭搞得已经不知道青红皂白了，所以他们只是看着来娣骂这个小孩，只是听着她的那些难听的骂人的话，他们唯一期待的就是小孩不再哭，他们的想法是很简单的，只要小孩不再哭，来娣干什么都不要紧，不要说骂娘，骂祖宗十八代也不要紧的。

来娣仍然在骂着，她又想出了新鲜的骂法，你在你妈妈肚子里就哭了，你把你妈妈都哭死了，你还要哭，你这个哭人精，你要把你家大人都哭死啊，等等，等等。

小孩再也没有哭，她睡着了。

来娣的家，在东采莲巷。这条街巷的民居，是那种前门沿街后门面水的格式，来娣和她的妈妈那时候临水而坐，刺绣的绷子正架在临水而筑的那间屋子里。隔壁小孩的哭声，是先传到河面上，再从河面上传到来娣家的。

刘香你知道来娣是谁吗？顾丽萍问刘香。

我知道，刘香说，她就是你奶奶。

那时候来娣的妈妈很生气，我们家来娣，也是金枝玉叶的，她说，但是隔壁的人家已经把付给来娣的工钱拿来了，这使得来娣的妈妈动心了，因为来娣的爸爸病重躺在床上，等着钱去看大夫呢。

东采莲巷已经是另外一种模样了，那家人家早已不在那里，那个哭闹不停的小孩，也该是一个六十多岁的老太婆了。

顾丽萍讲完了来娣的故事，她们又和顾丽萍饲养的一只小乌龟玩了玩，后来顾丽萍说，刘香，我们出去吧。刘香说，出去吧。

顾丽萍和刘香走出家门，今天是休息日，难得不上学，她们要出去尽情地玩一玩。顾丽萍关上了房门，又锁了防盗门，她将钥匙挂在颈脖上，她的钥匙圈上，套着一个小流氓兔，刘香看了看，她蛮喜欢这个可爱的兔子。这时候屋里的电话铃响了，刘香说，顾丽萍，你家有电话，要不要进去接？顾丽萍说，不高兴去接。她们边说边离开了家，在青石弄巷口的小店里，顾丽萍和刘香一人买了一支口香糖，她们边嚼边走。

拐上大街的时候顾丽萍说，那时候我爷爷拿着一根棍子对我奶奶说，你再出去做用人，我就打断你的腿。

打断了吗？刘香问。

顾丽萍生气地朝刘香翻了一个白眼，就快步往前走了。

苏杭班

苏杭班是仍然在航行着的，但是乘船的人比过去少了，虽然航船上的设施比过去好，有卧铺，也干净。从苏州到杭州，是一个晚上的时间，天黑的时候离开苏州，天亮的时候就看到杭州了，所以有些人为节省时间，他们还是会乘航船的。他们是些什么人呢？我们也不太了解了。据说有一些出来旅游的人，他们会乘苏杭班的。好像报纸上也登过苏杭班的消息。我们只是偶尔经过轮船码头，这时我们会看到有一艘苏杭班停泊在岸边，它叫"沧浪号"，或者叫"平江号"，船身是白的，但不是通体雪白，也会有些其他的颜色相间。岸上会有几个人在走动，他们可能是工作人员。现在还不到开船的时候，旅客还没有上码头呢，到检票的时候，才会有人从栅栏里边走出来。但是他们不会是蜂拥而出的，不像在火车的站台上，也不像在长途汽车站那里，现在坐船的人总是少数了，他们零零星星地穿过候船大厅，走到码头上。他们走上码头后也许会四处看一看的，但是码头上没有什么好看的，甚至有一点败落的景象，有一点萧条的样子。石缝里有几根野草长着，也有几个烟头，但是不多，所以看上去也不脏。不脏的地方可能会有一点意境的，但是乘客们也可能不去注意意境的，他们就上船去了，船就停在他们的眼前，脚下有一块跳板，不过不是从前那种狭窄的一条。现在乘船的这些人里边，有没有过去曾经在农村里待过的人呢？也可能是有的。他们会想起从前在乡下时的事情，如果河滩比较浅，船不能靠岸很近，这样跳板就要很长的，那个跳板又长又软，有弹性的，走上去晃来晃去，胆子小的人会叫起来，但是农民是无所谓的，他们好像是走在平地上一样，仍然可以大步大步的。

这就是轮船码头了，它是一个比较老的码头了，它的位置好像好多年都没有挪动过，在我们小的时候，如果要乘船，也是从这里出发的，现在我们都已经是中年以上的人了，我们仍然是要从这里上船。只不过，现在我们也不坐船了，虽然我们常常会想起从前乘船的事情，也常常会在心里涌起一点感想，我们想，其实乘船是有一种浪漫的情调，有时候会有一种忧伤的情绪，船的汽笛声，把我们带到很远很远的陌生的地方，我们这么想着，就会向往乘船的日子，又怀念乘船的时光，但是毕竟我们不再去乘船了。

其实乘船也不是一件难的事情，如果我们决定要乘船，也是方便的，我们就到轮船码头去买票，就上船了，就是这样简单。可能我们中的许多人还记得年轻的时候，会有三五结队的朋友，突发奇想地在某一个夜晚就出发了，走到哪里就停下来了，坐了一坐以后可以继续往前走的。

现在我们出行的脚步比从前沉重一些，苏杭班仍然是在开着的，仍然会有人步履轻松地来到轮船码头，他背着一个包，带着一点钱，还有几包烟，就出现在售票的窗口了。

梅埝。

到梅埝吗？售票员的口气有点奇怪，好像有点不理解他的行为，或者觉得没有听清楚他的话，所以她重新又问了一遍。

但是售票员的口气并没有影响到他。梅埝，他说。

一张吗？

一张。

停靠梅埝的苏杭班不是下晚（近黄昏的时候）出发早晨到达的苏杭班，它是苏杭班里的另一种，是每一个小码头都要停靠的苏杭班，它的终点也是杭州，但是它十分慢，几乎要走二十四小时才能到达，我们要有足够的耐心呀。

它沿途停靠的码头是这些：吴江，同里，七都，南麻，屯村，黎里，梅埝，铜罗，桃源……

以上是属于江苏省的。属于浙江省的有这样一些：嘉兴，嘉善，湖州，乌镇，塘栖，西塘，余杭……

另有一班更慢的苏杭班，现在肯定已经停航了，它停靠的站埠更多，除了以上这些，至少还有以下这些：尹山湖，庞山湖，南塘，塘南……

这些是在江苏境内的一部分，还有浙江境内的，比如像余墩，严墓，窦庄，等等。

这些站点，是在运河上的，或者是在与运河相沟通的岔河上。在我们有兴致的时候，不妨阅读这些站名呢。

有关运河的知识是这样的：大运河即京杭运河，简称运河。我国古代伟大水利工程。北起北京，南至杭州，经北京、天津两市及河北、山东、江苏、浙江四省。沟通海河、黄河、淮河、长江、钱塘江五大水系。全长一千七百九十四公里，等等。

现在乘客已经上船来了。船是一艘旧船了，油漆是斑斑驳驳的，坐凳也有些七跷八裂，不过他并没有很在意，他随便拣一个座位坐下，船就快要开了，船上有几个农民，他们互相是认得的。

老八脚，上同里啊。

丝瓜筋，回南麻啊。

他们都是短途的旅客，跨上船，坐一站，至多两三站，他们就要下去了，然后又有另外几个农民上船来。

阿六头，交茧子啊。

阿妮毛，拷头油啊。

在他们说话的时间里，汽笛已经响起来。

到了。

到了。

再会啊。

再会啊。

他们下去了。船稍稍地停一停，等候上船的人上来，船又开了。

只有乘客是一个像模像样的乘客，他身背行囊，脚上穿着旅游鞋，农民朝他看了看，咦咦，他们想，这个人是干什么的呢？

从前像这样的乘客在船上是多的，他们可能是下乡工作的干部，是插队的青年，是走乡下亲戚的城里人，是从别的地方到这里来外调的人，是读书的学生，是来画画的画家，是什么什么人，但是现在船上没有这些人了，所以这一个乘客就显得比较突出，农民们会互相地探询一下。

陌生面孔啊。

陌生面孔。

从苏州下来的。

苏州下来的。

要到哪里去呢?

不晓得的。

要去干什么呢?

不晓得的。

他们也许可以问一问他本人,这样他们的疑团就解开了,但是他们并没有去问他,因为毕竟他和他们是没有什么关系的。农民并不一定知道萍水相逢这个词语,但是这个词语的意思他们是了然于胸的,他们不一定要去关心一个陌生人,他们还是愿意谈谈自己的事情。

街上头油也拷不到了。

人家现在不用头油了。

今年茧子又不灵了。

不灵的。

辛辛苦苦的。

辛辛苦苦的。

江南运河的两岸,从前是有许多桑地的,现在养蚕的人家比过去少了,但也还是有一些。他们在早春的时候到镇上的茧站买蚕种,用棉花捂着,然后看着蚕种慢慢地变成又瘦又黑又小的蚕,再然后这些小蚕就慢慢地长大了,变成又白又胖的蚕。它们吃桑叶的声音是沙沙沙沙,如果家里养蚕养得多,这声音听起来有些壮观的。

乘客是不大了解这些内容的,这是江浙农村的生活,与他的老家是不一样的。那么他的老家是在哪里呢?

农民间或又会议论他一两句的。

看起来人高马大的,会不会是北京人啊。

东北人也高大的啊。

大概不是广东啦什么的，他们想，广东什么的，还有福建那样的，人都长得矮小。改革开放以后，农民的知识也多起来了，他们甚至还会学一两句广东普通话。

生生（先生）啦。

稍载（小姐）啦。

农民笑了笑，汽笛又响了。

到了。

到了。

再会啊。

再会啊。

他们有的下去，有的上来，上来的人先看一看有没有熟悉的人，如果没有，他们就不打算多说什么。有一个人往地上吐了一口痰，一个妇女把一个包紧紧地搂在胸前，并且有些警惕地看看别的人。

有一个船上的服务员来扫地，她可能看到地上有许多瓜子壳，觉得有点脏了，就过来扫一扫。她扫的时候，大家自觉地把自己的脚抬起来，让她的扫帚从脚底下过去，只有那个陌生的乘客他没有注意到，因为他的目光一直是看着船窗外的。在看什么呢？可能是运河两岸的风光，也可能是天空，但是天空灰灰的，并不好看呀，所以服务员有些不高兴地说，喂。

他这才惊醒过来的样子，学着其他农民，也把脚抬起来，等到服务员扫过他脚底下这一块，他问她：请问……

什么？

到梅垱是什么时候？

下午五点。

服务员走开了，听到他们的问答的农民想，噢，原来他是到梅垲的。

他们又想，咦，梅垲有什么呢？

他到梅垲去干什么呢？

他们这么想着，就会发出一些议论的。

他们说的话，那个乘客可能是听不懂的，因为从他的脸上有些茫然的表情看起来，他是不知道他们在说他的。也许他也想听听他们说话，消解掉一点坐船的枯燥和单调，但是因为语言的不通，他无法介入他们中间。但是他对他们是友好的，他是和他们同舟共济的，他从心底里觉得他们质朴亲近。

因为他们都是上上下下的短途旅客，所以现在坐在船上的他们，几乎没有一个人是和他一起从苏州上船的，他们中间已经有了时间和空间的差异，不过这一点乘客却不是太清醒的，在他的眼里，虽然也看着他们上来下去，但他并没有牢牢地记住谁从哪里上来，谁又从哪里下去了。

农民们接着梅垲的话题仍然把注意力集中在他身上。

他是从哪里上来的呢？

不晓得呀。

不晓得。

他们上船的时候，他已经坐在那里了。

你是从哪里上来的呢？有一个农民终于去问他了。问话的农民会说一点乡间的普通话。

他看起来是似懂非懂，但是他稍微地想一想，把几个不太明白的词语连起来想一想，就明白了农民的意思。

苏州。

喔哟哟，苏州。

苏州到梅埝，坐船坐煞人哉。

苏州到梅埝，老早就通汽车哉。

他会不会不晓得噢。

他会不会头一次来噢。

他们的这些说话，乘客仍然是听不懂的，因为他们中间虽然有人会说一点乡间普通话，但毕竟只会一两句，只能在要紧的时候应付应付，要想用乡间普通话来谈论事情是不行的，也是不习惯的，所以他们一交谈起来，又是乡音了。

他们对他做了一个手势：汽车。

什么？

他们又做那个开汽车的手势，是手握住方向盘转一转那样，然后嘴里发出像声词：巴巴呜，巴巴呜。

噢噢，他笑了笑，汽车，我没有坐汽车，他说。

噢噢，他们点了点头。

他是要乘船到梅埝去，他们想，他是有意要乘船去的。

梅埝有个插青叫小卫的，有一个人的思路突然地一跳，跳到从前的日子里去了。你们从前有没有听过梅埝小卫的名气啊？

听到过的。

听到过的。

咦咦，我怎么没有听到过。

他们冲这个说话的人笑笑，你还小哚，你那时候穿开裆裤哚。

嘻嘻，这个人也笑了笑，是从前啊。

当然是从前啦，插青的时候，那时候早啦。

小卫有一次带了几十个插青，每人拿一把菜刀，冲到桃源去打架，把乡下人吓煞了。

小卫有一次到三里桥去捉鬼，鬼没有捉到，捉到三个背娘舅。

小卫有一次把公社知青办的主任一把拎起来掼到地上。

小卫有一次……

小卫有一次……

他们知道小卫的人，都不由得想起了从前小卫的一些事情。

喂，你姓卫吗？

韦？我不姓韦。

怎么会是小卫呢？要是小卫，他肯定听得懂我们的话，一个有点见多识广的农民说。

是的呀，另一个农民也想到了另一个问题，年纪也不对的，小卫要五十出头了呀。

小卫要是回来，也是老老头了。

眼睛一眨，真是快的。

不会是小卫的，再一个农民现在也想起来了，他们刚才都被一时的单纯的念头冲淡了理智和信息，现在他们慢慢地想起其他一些事情来了，所以这个农民把他的信息提供出来了，他说，小卫后来到美国去了。

咦咦。

到美国做什么呢？

到美国管他做什么呢？

唉唉。

美国，唉唉。

他们谈论小卫的话题，乘客肯定是听不懂的，在他听起来，他们像是在学鸟叫，因为他们的话都是在舌尖上滚来滚去的，不是从胸腔里发出来的，甚至也不用震动喉咙口的，他们的舌头和牙齿很精巧灵活，不断有声音穿透齿缝渗出来，在他的眼前绕来绕去。

离梅埝还远着呢，但是乘客已经有点饿了，他从背包里拿出了面包和矿泉水。农民注视着他的一举一动，他们的眼睛直勾勾地看着他，这是他们的习惯，他们从小到大，再到老了，就一直是这样看人的，直勾勾的，眼珠子弹出来。他们不管人家是不是不自在，也不管人家是不是不愿意他们盯着看，他们从来不会想到这一点的，他们想看就看，坦白的，直率的，不知道掩饰一些，也不知道拐弯抹角一些，并且他们也从来不掩饰看过以后他们有些什么想法，这些想法先是从他们的脸上明显地流露出来，紧接着他们就开始说了。

乘船到底不惬意的，突突突，突突突。

颠得骨头酥。

震得肉麻。

他们的中心思想，仍然是想不通这个乘客为什么要坐船，因为从苏州坐汽车到梅埝，只要一个多钟头时间，而坐船呢，几乎要大半天呢，他还要在船上吃干粮，只是他们不能和他深入地探讨这个问题，一来因为语言不通，二来呢，他们也没有时间了，因为他们很快又要到达自己的目的地了，他们又下去了，又有人从他们下去的地方上来了。

喔哟哟，上来的人有一点大惊小怪，她说，喔哟哟，今朝轮船晚点哉。

其实只是稍微晚了一点，可能是因为她有事情，等得心急了，喔哟哟，慢得味，等煞人哉，她说。

咦，船上的一个人说，你等不及可以去乘汽车的呀。

我不乘汽车的，这个刚刚上船的妇女说，我喜欢乘轮船的。

轮船是慢的呀。

我宁可慢的，她说，我到屯村湾，汽车要绕一大圈。

她从屯村湾嫁过来，已经好多年了，她总是乘这个轮船回娘家的，从前这样的大大小小的航船一天有好几班的，后来少了一点，再后来就剩下这一班了，再以后呢，这一班也要取消了。

我也听一个人说，是要取消了。

不取消也不行了，另一个人说，轮船公司没有生意。

蚀本生意。

轮船公司不开轮船开什么呢？

开汽车。

那可以叫汽车公司了。

嘿嘿嘿。

他们笑了笑，好像取消不取消航船跟他们没有关系似的，好像他们现在不是坐在船上似的。

连那个喜欢坐船的妇女也没有觉得有什么不好的，她说，没有航船，我叫他们机帆船送一送好了，也方便的。

在运河里航行了多年的航船也许就要停航了，但是没有人对这件事情表示惋惜，他们说了说航船的事情，又去说其他了。妇女说她的弟媳妇和她的嫂子打架，她回去劝架，说着说着她自己生气了，就转过身子，背对着其他人，好像是他们惹她生气的。

嫁出去的女儿还要去管娘家的事啊，一个人说。

本来以为她听见了要更加生气的，不料她转回身来却有点精神振奋的样子，她说，哎，我是要管的，她们服帖我管的。腊烛呀，我不回去，她们凶煞人啊，我一到，她们放屁也要夹紧屁眼的。

嘿嘿。

老鼠看见猫啊。

你雌老虎啊。

我是要做雌老虎的，她说，我不做雌老虎，她们就做雌老虎，我老爹老娘兄弟阿哥，给她们活吃了。

在他们说话期间，那个陌生的乘客曾经站起来，走到张贴着时刻表的地方看了一会儿，又回到自己的位子上，他的头脑里回想着时刻表上写着的一排站名，屯村湾，他不由得说出了其中的一个。

有一个人听见并且也听懂了他的普通话，是屯村湾，他说，前面一站就是屯村湾。

咦，那个屯村湾出来的妇女有点兴奋地看看他，你到屯村湾吗？

他到梅埝，别人代他回答了。

那他怎么说屯村湾呢？妇女有点不甘心的，她是希望他和屯村湾有些什么关系的。

你们屯村湾有名气的，他们说，你看人家外地人也晓得。

屯村湾嘛，也没有什么值得的，妇女说，要么，要么一个沈园。

沈园厉害的，他们说，外国人也要来看的。

要么是故居。

是宰相的故居哎。

要么是什么什么，妇女说，虽然她一开始说屯村湾没有什么值得的，但是其实她后来说出来的都是屯村湾厉害的东西。

这时候汽笛响起来了，屯村湾到了，妇女说。

我也要下船了，乘客自言自语地说着，拿起了自己的背包，站到靠船头近一点的地方去。

咦咦。

他是要到梅埝的呀。

他怎么到屯村湾下了呢？

他难道是想到哪里就到哪里的吗？

其中有一个农民是到梅埝去的，他的一个老乡在梅埝做一个工程，他想去看看有没有活做，他一开始听说这个陌生人是到梅埝去，竟也有点开心的，现在看他要在屯村湾下了，这个农民就有一点后悔，会不会刚才我们说梅埝其实没有什么的，被他听懂了，他想。

农民们这么想着，他们就眼看着他下船去了。他们从船窗往码头上看，看到他站在码头上停了一会儿，有一点茫然四顾的样子，那个妇女跟他说了几句话，他摇了摇头。

她在跟他说什么呢？他们想。

你要到沈园吗？往那边走。

你要到故居吗？往这边走。

你要到……

这些话都是他们猜测的，他们并没有听到妇女和这个远方乘客的对话，只是他们的想象而已。

后来他们发现乘客又朝船上看了看，甚至有点犹豫的样子。他是不是又想回到船上来呢？他们想，其实回来也好，屯村湾其实没有什么的，说起来好听，从前只不过是一个小镇而已，乡下的农民只不过到那里买点猪肉剪段布料而已，你要是到梅埝办事情的，还是不要下去的好，这一下去了，就要等到明天这时候再上船，你就耽搁一天了。

但是乘客听不见他们的想法，最后他终于是下定决心往外走了。农民们看见他和那个妇女一起走出码头。他们沿着一条路走进屯村湾后便分头走开了，这个结果农民们没有看见，因为码头外面的建筑物挡住了他们的视线。

唉，走了走了，他们想着。

其实他们见识的人生是很多的了，上来下去，走了又来，一切都是无所谓的，他们很快又会看见别的人上来下去，走了又来，就算没有别人，也有他们自己呀，他们自己不也是一直在上来下去，走了又来吗？

现在陌生的乘客已经走进屯村湾了，他走在古镇的古老的街上。

先生哎，进来坐坐，喝口茶吧。

先生哎，买个纪念品啊。

他只是随意地看了看他们的店和商品，并没有停下来，等他看到一个客栈的时候，他才停了下来。

先生，来了啊。

要一个房间。

好的。

服务台上的女孩子穿着民俗服装，她把登记表给他，他就登记了一下。

她看着他填的登记表，一字一字地念着他的名字：王——家——卫。她一边念着，一边又去看他的身份证，她又要去念身份证上的号码了。

不是王，他纠正说，是黄。

是王呀，她说，我知道是王，王家卫。

咦咦，有人从服务台旁边走过的时候，停了下来。他的女朋友勾住他的手臂，性急地要拖他走开。

咦咦，你干什么停下来？

看看，他说。

看什么呢？

王家卫？他看了看服务员，又看了看这个正在登记的旅客，王家卫？不会吧？他说。

不是王家卫，这个人说，是黄家卫，他指了指服务员，她说错了。

我没有说错，是王家卫呀，服务员说，我是说王家卫呀。

什么王家卫呀，他的女朋友是急于要出去，所以又来勾他，并且又拖他。

噢噢，被女朋友拖拖拉拉的他现在明白过来了，服务员是王黄不分的，他说，我还以为那个什么呢，但是想想也不可能的，哪有这么巧的事情。

嘿嘿，黄家卫笑了笑。

我哪里王黄不分了，服务员有点不高兴，她拿出一把钥匙交给他，喏。

他看了看钥匙牌上的号码，是208。噢，在二楼，他说。

苏杭班在继续开着，它仍然是那样的速度，仍然是那样的姿势，船头把水劈开，船尾那儿，水又合拢了。天色渐渐地往下晚去了。苏杭班驶离屯村湾的时候，有长长的悠悠的笛声从水面上传过来了。

我们的战斗生活像诗篇

　　姐妹三个都有大名，但是大家不喊她们大名，喊她们姐姐、妹妹和小妹妹，喊习惯了，不仅家里大人喊，邻居也这么喊，同学里有熟悉这个家的，也都跟着这么喊。喊妹妹和小妹妹还说得过去，但是喊姐姐就要看人了，比如她们的爸爸妈妈也喊她姐姐，不了解的人，就会觉得奇怪。再比如邻居家六十多岁的一个老奶奶，也喊姐姐，姐姐哎，老奶奶说，你过来，你帮我怎么怎么。姐姐就应声而去，帮助老奶奶做些什么。姐姐是个热心的女孩，她喜欢帮助别人，她知道老奶奶每天大概什么时候要去公共厕所倒马桶，她一边踢毽子，一边守候在院子里，等老奶奶拎着马桶过来的时候，姐姐假装正好看到，顺便就帮老奶奶去倒掉了马桶，还刷干净了提回来，斜搁在台阶上，让太阳晒。

　　在妹妹心目中，姐姐就是姐姐的样子，姐姐就应该是这样的。姐姐跟妹妹说，妹妹，我们上街吧。在街上姐姐给妹妹买了一块奶油雪糕。姐姐说，妈妈给我钱了，妈妈说，我现在不能吃凉的东西，要吃点营养，我要去买一包龙虾片吃。她们还看了一场阿尔巴尼亚电影《宁死不屈》。电影散场的时候，姐姐唱道，战斗战斗新的战斗，我们的战斗生活像诗篇。这是电影里的插曲。妹妹说，姐姐你已经会唱了？姐姐说，看一遍是不会唱的，要看好几遍才会唱。姐姐又说，我要是被敌人抓去了，我也不会投降的。

姐姐有时候和小妹妹一起出去，姐姐说，小妹妹，我们吃南瓜子好吗？姐姐买了南瓜子，她和小妹妹一起，坐在巷口的书摊那里看小人书，姐姐看的是一本《三国演义》，小妹妹看《桃花扇》，然后她们交换了看，看完了，天也快黑了，她们就回家了。

那一年姐姐十四岁，妹妹十一岁，小妹妹八岁，她们中间都是相差三岁。姐姐是妹妹和小妹妹的灵魂，她还是院子和巷子里的小孩们的灵魂。姐姐不仅带妹妹和小妹妹上街去，她也带其他孩子出去，他们也和妹妹小妹妹享受同等待遇。如果钱不够多，只够一个人花的，姐姐就说，我今天不想吃东西，你吃吧；我今天不想看电影，你进去看吧。姐姐就在电影院外面等，等到电影散场，她和那个看电影的孩子一起回家。后来大家给姐姐起了个绰号叫她阔太太。

她们回家的时候，婆婆坐在马桶上哭。婆婆有便秘，每天要坐很长时间的马桶。她泡一杯茶，点一根烟，坐在马桶上哼哼。然后用手捶腰眼，婆婆说，要先捶左边的腰眼，捶四十九下，再捶右边的腰眼，四十九下，大便就出来了。可是婆婆捶了左边的腰眼，又捶了右边的腰眼，大便还是不下来，婆婆就哭起来，婆婆哭着说，日子怎么过哇，日子怎么过哇，我们要没饭吃了。

爸爸已经从这个家里消失了。爸爸到哪里去了并不重要，重要的是和爸爸一起消失了的爸爸的工资。现在家里只有妈妈一个人工作。妈妈是个二十三级的干部，工资四十多元。妈妈总是把工资的一部分自己收起来，另一部分做菜金，就放在抽屉里。妈妈三天两头下乡去劳动，有时候一去就是几个月。妈妈不在家的时候，婆婆管菜金，婆婆从抽屉里拿钱去买菜买米，或者到食堂去打饭，抽屉里的菜金很快就没有了。婆婆说，钱不经用，也没怎么用，就没有了。你妈妈怎么还不回来？

妈妈从乡下回来了，又把钱放在抽屉里。妈妈跟姐姐说，姐姐，婆婆年纪大了，搞不清楚钱了，你把每天用的钱记下来，我回来看你的账本。姐姐就开始记账，但是她记得不准确，比如买了半斤兔肝，她就记一斤兔肝，还有半斤的钱，姐姐就自己拿去用了。不过姐姐从来没有独自去享受，她总是要带上谁一起去，但每次都只带一个，姐姐说，带多了，大家互相知道了，会说出去的。其实姐姐不知道，她的事情，大家都知道，大家都知道姐姐偷家里的钱，只有姐姐自己不知道。

姐姐记的账后来也引起妈妈的怀疑，妈妈说，你们四个人，都是女的，三个小孩，一个老人，这么能吃？昨天吃了一斤兔肝，今天又吃了三盆炒素，这么吃法，也不见你们长胖起来。记账的事情仍然回到了婆婆那里。但是婆婆年纪大了，而且婆婆的注意力永远在大便上，菜金仍然搁在抽屉里，少钱的事情也仍然发生。妈妈开始用心了。这一阵妈妈不去乡下劳动了，她的眼睛露出怀疑的光，在三个女儿身上扫来扫去，当然她最怀疑的肯定是姐姐。只是姐姐不知道。

妈妈使出的第一个心眼，就是一个厉害的杀手锏，如果不出什么意外，拿钱的人肯定栽在妈妈手里。这天早晨她们还没有起床，妈妈就守在她们的床前了，妈妈说，昨天晚上我睡觉的时候，数过抽屉里的钱，但是今天早晨起来，就少了一张钱，你们谁拿的，说出来吧。

钱到底是谁偷的大家心里都有数，但是谁也没有说出来，谁也没有告诉妈妈，没有叛徒，也没有内奸和特务，不像那时候社会上，一会儿就抓出一个，一会儿又抓出一个。她们是一边的，妈妈是另一边的，婆婆的态度总是很暧昧，谁也搞不清她到底是哪一边的。

妈妈说，你们不要说是外面的人进来拿的，从昨天晚上到现在，我们家的门开也没有开过，不会有人进来偷钱。你们谁要是觉得难为情，也可以等一会儿悄悄地告诉妈妈，还给妈妈就行了。但是仍然没有人吭声。妈妈又说，要是不肯说出来，那就把你们的皮夹子拿出来，让妈妈看看。

她们每人都有一只皮夹子，都是姐姐用报纸折的，起先姐姐自己折了一只，后来她又给妹妹和小妹妹每人折了一只。皮夹子的形状是一样的，但大小不一样，姐姐根据年龄的差别，折出了大中小三种皮夹子。

毫无疑问，妈妈认为那张钱正躺在其中的某一只皮夹子里，它很快就会被捉住，暴露在光天化日之下。从妈妈尖锐的目光可以看出来，妈妈已经断定它是躺在姐姐的皮夹子里。可是妈妈想错了，姐姐的皮夹子里没有钱，一分钱也没有，空空荡荡。胜券在握的妈妈颇觉意外，愣了一会儿才说，姐姐，你的皮夹子里没有钱，你要皮夹子干什么？姐姐说，我夹糖纸。妈妈说，也没有见你有糖纸呀。姐姐说，我送给张小娟了。当然妈妈也检查了妹妹和小妹妹的皮夹子，妈妈肯定也是一无所获，只有小妹妹的皮夹子里有五分钱。

妈妈失败了，但是妈妈并不甘心，失踪的那张钱，成了妈妈的心病，她决心和三个女儿斗争到底。妈妈沉着冷静地想了想，又说，你们把鞋脱下来让我看看。把钱藏在鞋里，也是聪明的一招，隔壁的张小三，再隔壁的李二毛，他们都使用过这种办法，但是姐姐却没有用这一招，她的鞋子里，除了有一点汗臭，什么也没有。姐姐还把袜子也脱下来给妈妈看，姐姐说，妈妈你看，袜子里也没有。

但妈妈还有办法，妈妈的办法总是层出不穷，妈妈每想到一个办法，她都以为这一回姐姐肯定要暴露了，可姐姐却一次次地躲过了妈妈的盘查，一次次地让妈妈败下阵去。败下阵去的妈妈，最后竟还笑了起来，妈妈笑着说，好了好了，不说钱的事情了，你们出去玩吧。妈妈的笑里藏着阴谋诡计。

妈妈果然不再提这个话题了，日子又恢复了正常，但这一阵姐姐很小心，她始终没有喊妹妹和小妹妹出去消费。谁都知道，妈妈其实并没有把这件事情丢开，妈妈还在跟女儿们玩计策，只是不知道妈妈下面的手段是什么。那一段时间里，妹妹在家里大气都不敢出，她看到婆婆坐在马桶上便秘，就去试探婆婆的口气。妹妹说，婆婆，你知道是谁拿的钱吗？可婆婆总是含混不清地说，唉，你们的妈妈，唉唉，我大便大不出来，我要胀死了。

后来就发生了高国庆主动上门认账的事情。高国庆胆子很大，他去买萝卜，穿上他爸爸的衣服，腰里扎一根皮带，萝卜在他手里跳来跳去，就顺着袖管滚到腰里，在皮带那里停住了。高国庆的办法，是让院子里的小孩吃较多的萝卜。但是萝卜很刮油，本来没有油水的肚子，吃了萝卜就更饿更馋，高国庆说，别着急，我再去偷。这一点上，高国庆和姐姐很像，如果用现在的眼光看，他们一个是大哥大一个是大姐大。高国庆还去撬人家窗上的铜搭链卖到废品收购站。有一次还引来公安人员。公安人员走进院子的时候，妹妹吓得两腿直打哆嗦，差点瘫倒下来，但高国庆一点也没有害怕。高国庆还有个绰号叫"高盖子"，他喜欢打玻璃弹子，但他水平不高，又没有钱买弹子，就到机关的会议室里，把茶杯盖子偷走，然后把盖子上的滴粒子砸下来当弹子打，最后他的杯盖滴粒子也都输掉了。那天高国庆来的时候，不像一个偷了别人家钱的孩子，他像个英勇的中国人民解放军，他勇敢地说，冯阿姨，我偷了你们家的钱。妈妈笑眯眯地看着他，说，高国庆，你是怎么进来的呢？高国庆说，我爬窗子进来的。妈妈说，可是我们家的窗子上装了栏杆，你钻不进来啊。高国庆说，噢，我记错了，我是从你们家的门进来的。妈妈说，可是那天晚上门是我锁的，到第二天早上也是我开的锁，钥匙一直在我手里，你怎么进来的呢？高国庆说，我是隔天就躲在你们家床底下的，等第二天你们都出去了，我再爬出来。妈妈点了点头，她相信了高国庆的话，说，那你把我们家的钱还给我们吧。高国庆说，可是我已经用掉了，我请小三二毛他们去溜冰，送了一个蟋蟀盆给大块头，买了三块夜光毛主席像。妈妈无奈地摇了摇头，说，既然已经用掉了，就算了，我也不去告诉你的爸爸妈妈了，但是以后不可以了，听到了没有？高国庆说，听到了。高国庆走了以后，妈妈说，姐姐你以后少和高国庆来往，从小偷偷摸摸的孩子，长大了没出息的。

其实大家都知道高国庆是姐姐让他来的，高国庆说的那些话，都是姐姐教他的。看起来妈妈是相信了高国庆的话，可妈妈是假装的，她还让姐姐少和高国庆来往，完全是为了迷惑姐姐，千万不要相信妈妈，妈妈根本就不相信钱是高国庆偷走的。因为高国庆走后，妈妈又以迅雷不及掩耳之势，再一次搜查了女儿们的皮夹子。皮夹子里仍然空空荡荡，头一次检查时，小妹妹还有五分钱，现在连那五分钱也没有了。

那张失窃的钞票，就像在人间蒸发了，始终没有出现在任何人的眼里。

许多年之后，小妹妹已经是一位检察官了，她负责审理一件受贿案，贪官的家属用了一个自以为巧妙的办法给被关押的贪官传递东西，她将一只新脸盆敲出一个洞，然后用橡皮膏粘上，她要传递的东西，就被夹在两层橡皮膏中间带了进去。当然她要传递的不是钱，而是信息。但是这种自以为巧妙的做法，在检察官眼里，简直是雕虫小技，当场就可以被揭穿。那天下午，小妹妹撕开粘在脸盆上的橡皮膏，发现了那张纸条，小妹妹的思绪忽然就飘忽到了从前，小妹妹想，这一着，当年姐姐有没有用过呢？可她很快否定了自己的这个想法，她还记得，那时候脸盆漏了不是用橡皮膏粘的，而是到街角拐弯处的生铁铺，请修搪瓷家什的人熔化一小块锡将这个洞搪起来的，所以，那时候姐姐还不能从洗脸盆或洗脚盆里想出些什么办法来。

妈妈终于彻底失败了，妈妈日益暗淡下去的目光让女儿们预感到，妈妈不想再斗下去了。催促妈妈回五七干校的通知已经来了三次，妈妈说，他们在我的床头上贴了揪出历史反革命的标语，不知道是不是贴的我。

妈妈终于上路了，她走出院子的时候，还回头向里边挥了挥手。望着妈妈远去的背影，妹妹心里，终于有一块石头落地了，她不再心慌意乱，不再手心里出汗，笼罩了多日的阴云终于散去了。

中午家里吃了姐姐从面馆里下回来的面条。一碗猪肝面，加两碗光面，拌在一起，就都是猪肝面了。姐姐吃得很少，姐姐说，婆婆，你多吃点猪肝，猪肝有营养。妹妹和小妹妹都分到了猪肝。吃过面，婆婆又开始了她这一天的第二次坐便，姐姐在洗碗，妹妹和小妹妹在等姐姐喊，她们不知道今天姐姐会喊谁出去。姐姐最后决定带妹妹去，姐姐说，小妹妹，今天我们要去采桑叶，会走得很远，还要摆渡，你就别去了。小妹妹说，好的，我陪婆婆大便。当然，如果反过来，姐姐喊了小妹妹去，叫妹妹不要去，妹妹也会像小妹妹一样听话，因为姐姐就是她们的灵魂，姐姐说的任何话，姐姐做的任何事情，都是至高无上的。

姐姐牵着妹妹的手，她们去开门了，可就在这一瞬间，门却从外面被推开了，姐姐和妹妹一抬头看到了站在门口的那个人，吓得魂飞魄散。

是妈妈。

谁也没想到妈妈杀了回马枪。

妈妈微微笑着，可她的眼睛却尖利而警惕地盯着女儿。妹妹顿时听到心里"咯噔"一声。只是她一时间辨别不清，是谁的心在狂跳，是自己的，还是姐姐的，或者，所有的人心都在狂跳？

可妈妈还是扑了个空，临出门的姐姐，身上竟然没有钱。妈妈的回马枪就像是铁拳砸在棉花上，棉花没有疼，铁拳却打疼了。

妈妈闷声不响，在床沿上坐了半天。妈妈的眼睛里，渐渐地有了一种近似疯狂的东西，只是孩子们还小，看不出来。妈妈呆坐了一会儿之后，开始在家里翻箱倒柜。我就不相信，妈妈说，我就不相信，它能藏到哪里去。妈妈反反复复地说着这句话。一直坐在马桶上的婆婆终于看不下去了。别找了，婆婆说，是我拿的。妈妈说，你别搅和进来。婆婆说，你说给我配开塞露回来的，你没有配回来，我就自己去买了，我大便大不出来，我要胀死了。妈妈说，那你为什么不报账？婆婆说，我回来用了开塞露，大便大出来了，我就轻松了，我就忘记了。妈妈说，你大便大得出来也忘记，大便大不出来也忘记，你是存心跟我作对？妈妈这么说，看起来她是相信了婆婆的话，但是大家都知道妈妈并没有相信，警觉性仍然在大家的心里坚守着，不敢离开半步。果然，片刻之后，妈妈说，开塞露多少钱一个，你买了几个？婆婆说，我买了三个。妈妈冷笑一声，说，你以后把账算清楚了再跟我说话好不好？婆婆说，你到底丢了多少钱？妈妈说，两元钱，是一张绿色的两元钱。我清清楚楚记得，我放在抽屉里，最上层。婆婆说，我买了三个开塞露，药店里的人说，吃猪头肉滑肠，好大便，多下的钱，我买猪头肉吃了。

可能绝大多数人都相信钱是姐姐拿的，但谁也不知道姐姐到底把钱藏在哪里了。后来妈妈真的走了，没有再杀第二个回马枪。妈妈也许真觉得是自己搞错了，冤枉了姐姐，或者，她已经不想再为了那一张两元的钞票和女儿无休无止地斗下去了。

这件事情最后到底被大家淡忘了。那时候很多人家的小孩都偷偷摸摸拿大人的钱，被大人捉到了算倒霉。但是无论捉到捉不到，也无论捉到了会受怎样的惩罚，会丢多大的脸，会吃多痛的皮肉之苦，这样的事情还是经常发生，生生不息。当然也有一些人是例外的。许多年以后，妹妹曾经问过一个和她年龄相仿的朋友，妹妹说，你们小时候，偷家里的钱吗？可怜的他，想了半天，仍然一脸茫然，说，钱？那时候我们根本看不到钱，不知道钱是什么样子，到哪里去偷的？但他也不甘落后，说，虽然偷不到钱，但是我们偷其他东西。他就说了偷萝卜和偷茶杯盖子的事情，这些事情后来就算是高国庆干的了。也就是说，小孩能够偷家里的两块钱，这种人家在当时也算是比较富裕的人家了。

不知道是不是妈妈的一再盘查，不肯善罢甘休，把姐姐吓着了，一直到妈妈走了很长时间，姐姐也始终没有拿出钱来花。妈妈丢失的那张绿色的两元钱始终没有出现，到后来连姐姐都怀疑起来，姐姐说，到底有没有那张钱啊？大家听姐姐这样说，无疑都会想，难道连姐姐自己都忘记了？难道姐姐自己都不记得那张钱到底藏在哪里了？或者，姐姐早就花掉了它，所以妈妈永远也找不到它了。

倒是小妹妹活得轻松，她好像完全不知道在姐姐和妈妈之间，曾经发生了惊心动魄的布满计策的拼搏。小妹妹这一阵的全部心思都集中在她的一件宝物上，这是一个彩色的绒线团，比鸡蛋小一点，比鸽蛋大一点，是用各种颜色的绒线接起来，然后绕成线团。这些绒线都是小妹妹精心收集起来的，张家织毛衣，她去讨一段，李家织围巾，她去讨一段，一段一段的，竟然就绕成了一个绒线球了。小妹妹说，等到再多一点，她要学着织一副彩色的手套，是没有手指的那种手套，她要送给姐姐，因为那种手套，又暖和，又不妨碍劳动。婆婆年纪越来越大，家务事大半都是姐姐做的。

绒线球小妹妹是不离身的，有时候她高兴起来，把它拿出来，当成毽子踢两下，又赶紧收起来，但后来绒线球不见了，小妹妹急疯了，一边哭一边趴在地上到处找。姐姐说，小妹妹你放心，我一定帮你找回来。姐姐的感觉灵敏准确，她带着妹妹和小妹妹找到了那几个男孩，他们正在河边把小妹妹的绒线球当皮球一样扔来扔去。姐姐说，把绒线球还给小妹妹。男孩子中的一个就是高国庆，他把绒线球拿在手里，一会儿扔上天空，一会儿又抛到另一个男孩子手里，一会儿又拿回来，当球踢它两下。他每玩一次，小妹妹就喊一声，我的绒线球。他再玩一次，小妹妹又喊一声，我的绒线球。高国庆说，姐姐你上次还叫我承认偷你妈妈的钱呢，你说送我一副癞壳乒乓板的，你说话不算数。姐姐说，可是我给你买过很多东西吃。高国庆说，那不算，我又没有叫你买给我吃，是你自己要给我吃的，但乒乓板是你答应我的。姐姐说，乒乓板我会给你的，你先把绒线球还给小妹妹。高国庆狡猾地说，我才不上你的当，你拿乒乓板来换。姐姐不说话了，她咬了咬嘴唇，就上前去抢高国庆手里的绒线球。高国庆把绒线球高高地举起来，姐姐够不着，她急了，张嘴就咬了高国庆一口。高国庆被咬疼了，也被咬愣了，愣了好一会儿他回过神来，气急败坏地说，你咬人？让你咬，让你咬。他一边嘀咕，伸手一甩，就把小妹妹的绒线球扔到河里去了。小妹妹"哇"的一声大哭起来，她的哭声又凄惨又尖利，她边哭边喊，我的绒线球啊，我的绒线球啊。一直到许多年以后，当时的感受还一直萦绕在妹妹的灵魂深处。妹妹当时就觉得，小妹妹反应过度了，一个小小的绒线球，值得她这么嚎吗？绒球绕得不紧，所以分量不够重，没有一下子沉下去，姐姐赶紧捡来一根树枝去打捞，可树枝够不着它，反而使绒线球在水里越荡越远了。大家乱七八糟地说，快点，快点，要沉下去了，沉下去就拿不到了。姐姐急了，往前一冲，整个人就扑到河里。扑下去的时候，她的手正好抓住了绒线球，姐姐笑了，她"啊哈"一声，就呛了一口水，这时候她才发现河水很深，她的脚够不着河底，姐姐慌了，姐姐一慌，就吃了更多的水，很快就沉下去了。留在妹妹最后印象中的是混浊的河水里姐姐漂起来的几缕头发。姐姐沉下去的整个过程，妹妹看得清清楚楚，她想跳下河去救姐姐，她又想大声地喊救命，她还想转身跑去喊大人，可是她像中了魔似的，一句话也说不出来，身子一动也不能动，就这样妹妹和岸上一群吓呆了的孩子眼睁睁地看着姐姐沉下去。水面上咕噜咕噜地冒出泡泡，冒了一阵以后，水面就平静了，姐姐好像藏了起来，就像孩子们藏起从家里偷来的钱一样，藏到了水底。不多久姐姐又出来了，她是浮起来的，那时候，姐姐已经死了。

后来姐姐被大人打捞起来，她手里攥着绒线团，本来就绕得松松的绒线团，被水一泡，就彻底地松散开来了，里边露出一张折叠得很小很小的纸头，差不多只有大人的指甲那么大，因为被绒线绕着，绒线湿了，纸头却没有湿。妹妹慢慢地将这张纸头展开来，竟是一张纸币。只是这张纸币肯定不是妈妈一直在追查的那张绿色的两元钱，因为那张绿色的两元的钱是我偷的，而且早就被我藏起来了。你们已经知道了，我是这个家里的老二，我就是"妹妹"。

那一天妈妈疯了，她没有参加劳动，也没有去开会，而是一直躲在五七干校的床上，她放下蚊帐，两只手紧紧地揪住帐子的门缝，不断地说，我是日本特务，我是日本特务，我是日本特务。妈妈的同事说，冯同志，你出来吧，没有人说你是日本特务。但是妈妈始终没有出来。

姐姐的死讯正走在去往五七干校的路上。

城乡简史

自清喜欢买书。买书是好事情，可是到后来就渐渐地有了许多不便之处，主要是家里的书越来越多。本来书是人买来的，人是书的主人，结果书太多了，事情就反过来了，书挤占了人的空间，人在书的缝隙中艰难栖息，人成了书的奴隶。在书的世界里，人越来越渺小，越来越压抑，最后人要夺回自己的地位，就得对书下手了。怎么下手？当然是把书处理掉一部分，让它还出位置来。这位置本来是人的。

自清的家属特别兴奋，她等了许多年终于等到了这一天，对于家里摆满了的书，她早就欲除它们而后快。在自清的决心将下未下、犹犹豫豫的这些日子里，她没有少费口舌，也没有少花心思，总之是变着法子说尽书的坏话。家里的其他大小事情，一概是她做主的，但唯一在书的问题上，自清不肯让步，所以她也只能以理说服他，再以事实说话。她拿出一些毛料的衣服给他看，毛料衣服上有一些被虫子蛀的洞，这些虫子，就是从书里爬出来的，是银灰色的，大约有一毫米长短，细细的身子，滑起来又快又溜，像一道道细小的闪电，它们不怕樟脑，也不怕敌杀死，什么也不怕，有时候还成群结队大摇大摆地在地板上经过，好像是展示实力。后来自清的家属还看到报纸上有一个说法，一个家庭如果书太多，家庭里的人常年呼吸在书的空气里，对小孩子的身体不好，容易患呼吸道疾病。自清认为这种说法没有科学性，但也不敢拿孩子的身体来开玩笑。就这样，日积月累，家属的说服工作，终于见到了成效。自清说，好吧，该处理的，就处理掉，屋里也实在放不下了。

处理书的方法有许多种，卖掉，送给亲戚朋友，甚至扔掉。但扔掉是舍不得的，其中有许多书，自清当年是费了许多心思和精力才弄到手的，比如有一本薄薄的书，他是特意坐火车跑到浙江的一个小镇上去觅来的，这本书印数很少，又不是什么畅销书，专业性比较强，这么多年下来，自清从来没有在别的地方看到过它，现在它也和其他要被处理的书躺在了一起。自清看到了，又舍不得，又随手捡了回来，他的家属说，你这本也要捡回来那本也要捡回来，最后是一本也处理不掉的。家属的话说得不错，自清又将它丢回去，但心里有依依惜别隐隐疼痛的感觉。这些书曾经是他的宝贝，是他的精神支柱，一些年过去了，他竟要将它们扔掉？自清下不了这样的手。家属说，你舍不得扔掉，那就卖吧，多少也值一点钱。可是卖旧书是三钱不值两钱的，说是卖，几乎就是送，尤其现在新书的书价一翻再翻，卖旧书却仍然按斤论两，更显出旧书的贱，再加上收旧货的人可能还会克扣分量，还会用不标准的秤砣来坑蒙拐骗。一想到这些书像被捆扎了前往屠宰场的猪一样，而且还是被堵住了嘴不许嚎叫的猪，自清心里就有说不出的难过。算了算了，他说，卖它干什么，还是送送人吧。可是谁要这些书呢？自清的小舅子说，我一张光盘就抵你十个书屋了，我要书干什么？也有一个和他一样喜欢书的人，看着也眼馋，家里也有地方，他倒是想要了，但他的老婆跟自清的家属不和，说，我们家不见得穷得要捡人家丢掉的破烂。结果自清忍痛割爱的这些书，竟然没个去处。

正好这时候，政府发动大家向贫困地区的学校捐赠书籍或其他物资，自清清理出来的书，便有了去处。捆扎了几麻袋，专门雇了一辆人力车，拖到扶贫办公室去，领回了一张荣誉证书。

时隔不久，自清发现他的一本账本不见了。自清有记账的习惯，从很早的时候就开始了，许多年坚持下来，每年都有一本账本，记着家里的各项收入和开支。本来记账也不是一件很特别的事，许多家庭里都会有一个人负责记账，也是长年累月坚持不变的。但自清的记账可能和其他人家还有所不同，别人记账，无非就是这个月里买了什么东西，用了多少钱，再细致一点的，写上具体的日期就算是比较认真的记法了。总之，家庭记账一般就是单纯地记下家庭的收入和开销。但自清的账本，有时候会超出账本的内容，也超出了单纯记账的意义，基本上像是一本日记了。他不仅像大家一样记下购买的东西和价钱，记下日期，还会详细写下购买这件东西的前因后果，时代背景，周边的环境，当时的心情，甚至去哪个商店，是怎么去的——走去的，还是坐公交车，或者是打的，都要记一笔。天气怎么样，也是要写清楚的。淋没淋着雨，晒没晒着太阳，路上有没有堵车，都有记载。甚至在购物时发生的一些与他无关、与他购物也无关的别人的小故事，他也会记下来。比如某年某月某日的一次，他记下了这样的内容：下午五时二十五分，在鱼龙菜场买鱼，两条鲫鱼已经过秤，被扔进他的菜篮子，这时候一个巨大的霹雳临空而降突然炸响，吓得鱼贩子夺路而逃，也不要收鱼钱了。一直等到雷雨过后，鱼贩子不知从哪里冒了出来，自清再将鱼钱付清，以为鱼贩子会感动，却不料鱼贩子说，你这个人，顶真得很。好像他们两个人的角色是倒过来的，好像自清是鱼贩子，而鱼贩子是自清。这样的账本早已经离题万里了，但自清不会忘记本来的宗旨，最后记下：购买鲫鱼两条，重六两，单价：5元／斤，总价：3元。这样的账本，有点喧宾夺主的意思，记账的内容少，账外的内容多。当然也有单纯记账的，只是写下，某年某月某日某时在某某街某某杂货店购买塑料脸盆一只，蓝地红花，荷花，价格：1元3角5分。

但是自清的账本，虽然内容多一些杂一些，却又是比较随意的，想多记就多记一点，想少写就少写一点，心情好又有时间就多记几笔，情绪不高时间不够就简单一点。也有简单到只有自己能够看得懂的，比如，手：175元。这是记的缴纳的手机费，换一个人，哪怕是他的家属，恐怕也是看不懂的。甚至还有过了几年后连他自己都看不懂的内容，比如，南吃：97元。这个"南吃"，其实和许许多多的账本上的许许多多内容一样，过了这一年，就沉睡下去了，也许永远也不会再见世面的，但偏偏自清有个习惯，过一段时间，他会把老账本再翻出来看看，并没有什么目的，也没有什么意义，甚至谈不上是忆旧什么的，只是看看而已。当他看到"南吃"两个字的时候，就停顿下来，想回忆起隐藏在这两个字背后的历史。但是这一小段历史躲藏起来了，就躲藏在"南吃"两个字的背后，怎么也不肯出来。自清就根据这两个字的含义去推理：南吃，吃，一般说来肯定和吃东西有关。那么这个南呢，是指在本城的南某饭店吃饭？这个账本是五年前的账本，自清就沿着这条线去搜索：五年前，本城有哪些南某饭店，他自己可能去过其中的哪些？但这一条路没有走通，现在的饭店开得快也关得快，五年前的饭店现在已经没有人记得清楚了。再说了，自清一般出去吃饭都是别人请他，他自己掏钱请人吃饭的次数并不多，所以自清基本上否定了这一种可能性。那么"南吃"两字是不是指的在带有南字的外地城乡吃饭，比如南京，比如南浔，比如南方，比如南亚，比如南非，等等，采取排除法，很快又否定了这些可能性，因为自清根本就没有去过那些地方，他只去过一个叫南塘湾的乡镇，也是别人请他去的，不可能让他买单吃饭。自清的思路阻塞了。他的儿子说，大概是你自己写了错别字，是难吃吧？这也是一条思路，可能有一天吃了一顿很难吃的饭，所以记下了？但无论怎么想，都只能是推测和猜想，已经没有任何的记忆更没有任何的实物来证明"南吃"到底是什么，这90多块钱，到底是用在了什么地方。好在这样的事情并不多，总的说来，自清的记账还是认真负责的。

　　自清的账本里有许多账目以外的内容，但说到底，就算是这样的账本，也并没有什么重大的意义，甚至也没有什么实际的作用。自清的初衷，也许是想用记账的形式来约束自己的开销花费，因为早些年大家的经济都比较拮据，总是要想尽一切办法节约用钱，记账就是办法之一，许多人家都这么办。而实际上是起不到多大作用的，该记的账照记，该花的钱还是照花，不会因为这笔钱花了要记账，就不花它了。所以，很多年过去了，该花的钱也花了，甚至不该花的也花了不少，账本一本一本地叠起来，倒也壮观，唯一的用处就是在自清有闲心的时候，会随手抽出其中一本，看到是某某年的，他的思绪便飞回这个某某年。但是他已经记不清某某年的许多情形了，这时候，账本就帮助他回忆。

从账本上的内容，他可以想起当年的一些事情，比如有一次他拿了1986年的账本出来，他先回想1986年是一个什么样的年头，但脑子里已经没有具体的印象了，账本上写着：86年2月，支出部分。2月3日支出：16元2角（酒：2元；肉皮：1元；韭菜：8角；点心：1元；蜜枣：1元3角；油面筋：4角；素鸡：8角；花生：5角；盆子：8元4角）。在收入部分记着：1月9日，自清月工资64元。

当年的账本还记得比较简单，光是记账。但只是看看这样的账，当年的许多事情就慢慢地回来了。所以，当自清打开旧账本的时候，总有一种淡淡的个人化的享受。

如果一定要找出一点实际的作用，在自清想来，也就是对下一代进行一点思想教育，跟小孩子说，你看看，从前我们是怎么过日子的，你看看，从前我们过个年，就花这一点钱。但对自清的孩子来说，似乎接受不了这样的教育，他几乎没有钱的概念，就更没有节约用钱的想法，你跟他讲过去的事情，他虽然点着头，但是目光迷离，你就知道他根本没有听进去。

自清开始的时候可能是因为经济条件差，收入低，为了控制支出才想到记账的，后来条件好起来，而且越来越好——自清夫妻俩的工作都不错，家庭年收入节节攀升；孩子虽然在上高中，但一路过来学习都很好，肯定属于那种替父母扒分的孩子，以后读大学或者出国学习之类都不用父母支付大笔的费用；家里新房子也有了，还买了一辆车，由家属开着。条件真的不错，完全没有必要再记账。更何况，这些账本既没有什么实际的用处，却又一年一年地多起来，也是占地方的。自清也曾想停止记账这一种习惯，但也只是想想而已，他做不到，别说做不到不记账，就算只是想一想，也觉得不行。一想到从此以后就再也没有账本了，心里就立刻会觉得空荡荡的，好像丢失了什么，好像无依无靠了。自清知道，这是习惯成自然。习惯，真是一种很厉害的力量。

那就继续记账吧。于是日子就这样一年一年地过去了，账本又一本一本地增加出来。每年年终的那一天，自清就将这一年的账本加入无数个年头汇聚起来的账本中，按年份将它们排好，放在书橱里下层的柜子里，这是不要公示于外人的，是自己的东西。不像那些买来的书，是放在书橱的玻璃门里面的格子上，是可以给任何人看的，还是一种无言无声的炫耀。大家看了会说，哇，老蒋，十大藏书家，名不虚传。

现在自清打开书橱下面的柜门，就发现少了一本账本，少的就是最新的一本账本。年刚刚过去，新账本还刚刚开始使用，去年的那本还揣着温度的鲜活的账本就不见了。自清找了又找，想了又想，最后他想到会不会是夹在旧书里捐给了贫困地区。

如果是捐给了贫困地区，这本账本最后就和其他书籍一样，到了某个贫困乡村的学校里，学校是将这些捐赠的书统一放在学校，还是分到每个学生手上，这个自清是不知道的。但是自清想，这本账本对贫困地区的孩子来说，是没有用处的，它又不是书，又没有任何的教育作用，也没有什么知识可以让人家学的，更没有乐趣可言，人家拿去了也不一定要看，何况自清记账的方式比较特别，写的字又是比较潦草的，乡下的小孩子不一定看得懂，就算他们看得懂，对他们也没有意义，因为与他们的生活和人生根本是不搭界的。最后他们很可能就随手扔掉了那本账本。

但是对于自清来说，事情就不一样了，少了这本账本，自清的生活并不受影响，但他的心里却一阵一阵地空荡起来，就觉得心脏那里少了一块什么，像得了心脏病的感觉，整天心慌慌意乱乱。开始家属和亲友还都以为他心脏出了毛病，就劝他去医院看看。医生说，心脏没有病，但是心脏不舒服是真的，不是自清的臆想，是心因反应。心因反应虽然不是器质性病变，但是人到中年，有些情绪性的东西，如果不加以控制和调节，也可能转变成具体的真实的病灶。

自清坐不住了，他要找回那本丢失的账本，把心里的缺口填上。自清第二天就到扶贫办公室去，他希望书还没有送走，但是书已经送走了。幸好办公室工作细致，造有花名册，记有捐书人的单位和名字，但因为捐赠物物多量大，不仅有书，还有衣物和其他物品，光造出来的花名册就堆了半房间。办公室的同志问自清误捐了什么重要的东西，自清没有敢说实话，因为工作人员都很忙，如果知道是找一本家庭的记账本，他们会觉得自清没事找事，给他们添麻烦。所以自清含糊地说，是一本重要的笔记本，记着很重要的内容。工作人员耐心地从无数的花名册中替他寻找，最后总算找到了蒋自清的名字。自清还希望能有更细致的记录，就是每个捐赠者捐赠物品的细目，如果有这个细目，如果能够记下每一本书的书名，自清就能知道账本在不在这里。但工作人员告诉他，这是不可能的，其实就算他们不说，自清也已经认识到这一点。也就是说，自清在花名册上找到自己的名字，名字后面的备注里写着"捐书一百五十二册"，就是这件事情的结局了。至于自清的书，最后到了哪里，因为没有记录，没人能说清楚。但是大方向是知道的，那一批捐赠物资，运往了甘肃省，还有一点也是可以肯定的，自清的书和其他许许多多的捐赠物品一样，被捆扎在麻袋里，塞上火车，然后，从火车上被拖下来，又上了汽车，也许还会转上其他运输工具，最后到了乡间的某个小学或中学里。在这个过程中，它们的命运是不可知，是不确定的，麻袋与麻袋堆在一起，并没有谁规定这一袋往这边走那一袋往那边走。搬运过程中的偶然性，就是它们的命运，最后它们到了哪里，只是那一头的人知道，这一头的人，似乎永远是不能知道的。

其实这中间是有一条必然之路的，虽然分拖麻袋的时候会有各种可能性，但每一个麻袋毕竟是有它的去向的，自清的麻袋也一定是走在它自己的路上，路并没有走到头。如果自清能够沿着这条路再往前走，他会走到一个叫小王庄的地方。这个地方在甘肃省西部，后来小王庄小学一个叫王小才的学生，拿到了自清的账本，带回家去了。

王才认得几个字，也就中小那点水平，但在村子里也算是高学历了，他这一茬年龄的男人，大多数不认得字，王才就特别光荣，所以他更要督促王小才好好念书。王才对别人说，我们老王家，要通过王小才的念书，改变命运。

捐赠的书到达学校的那一天，并没有分发下来，王小才回来告诉王才，说学校来了许多书，王才说，放在学校里，到最后肯定都不知去向，还不如分给大家回家看，小孩可以看，大人也可以看。人家说，你家大人可以看，我们家大人都不识字，看什么看。但是最后校长的想法跟王才的想法是一致的，他说，以前捐来的那些书，到现在一本也没有了，与其这样，还不如分给你们大家带回去，如果愿意多看几本书，你们就互相交换着看吧。至于这些书应该怎么分，校长也是有办法的：将每本书贴上标号，然后学生抽号，抽到哪本就带走哪本。结果王小才抽到了自清的那本账本。账本是黑色的硬纸封皮，谁也没有发现这不是一本书，一直到王小才高高兴兴地把账本带回家去，交给王才的时候，王才翻开来一看，说，错了，这不是书。王才拿着账本到学校去找校长，校长说，虽然这不是一本书，但它是作为书捐赠来的，我们也把它当作书分发下去的，你们不要，就退回来，换一本是不可能的，因为学校已经没有可以和你们交换的书了，除非你找到别的学生和他们的家长愿意跟你们交换，你们可以自由处理。但是谁会要一本账本呢？书是有标价的，几块，十几块，甚至有更厚更贵重的书。书上的字都是印出来的，可账本是一个人用钢笔写出来的，连个标价都没有，没人要。王才最后闹到乡教育办，教育办也不好处理，最后拿出他们办公室自留的一本《浅论乡村小学教育》，王才这才心满意足回家去。

那本账本本来王才是放在乡教育办的，但教育办的同志说，这东西我们也没有用，放在这里算什么，你还是拿走吧。王才说，那你们不是亏了吗？等于白送我一本书了。教育办的同志说，我们的工作都是为了学生，只要学生喜欢，你尽管拿去就是。王才这才将书和账本一起带了回来。

可这教育办的这本书王才和王小才是看不懂的，它里边谈的都是些理论问题，比如说，乡村小学教育的出路，说是先要搞清楚基础教育的问题，但什么是基础教育问题，王才和王小才都不知道，所以王才和王小才不具备看这本书的先决条件。虽然看不懂，但王才并不泄气，他对王小才说，放着，好好地放着，总有你看得懂的一天。丢开了《浅论乡村小学教育》，就剩下那本账本了。王才本来是觉得占了便宜的，还觉得有点对不住乡教育办，但现在心情沮丧起来，觉得还是吃了亏，拿了一本看不懂的书，再加上一本没有用的城里人记的账本，两本加起来，也不及隔壁老徐家那本合算。老徐家的孩子小徐，手气真好，一摸就摸到一本大作家写的人生之旅，跟着人家走南闯北，等于免费周游了一趟世界。王才一气之下，把自清的账本提过来，把王小才也提过来，说，你看看，你看看，你什么臭手，什么霉运？王小才知道自己犯了错，低垂着脑袋，但他的眼睛却斜着看那本被翻开的账本。他看到了一个他认得出来但却不知其意的词：香薰精油。王小才说，什么叫香薰精油？王才愣了一愣，也朝账本那地方看了一眼，他也看到了那个词：香薰精油。

王才就沿着这个"香薰精油"看下去了，他无论如何也想不到，他这一看，就对这本账本产生了强烈的兴趣，因为账本上的内容，对他来说，实在太离奇，实在太神奇。

我们先跟着王才看一看这一页账本上的内容，这是2004年的某一天中的某一笔开支：午饭后毓秀说她皮肤干燥，去美容院做测试，美容院推荐了一款香薰精油，7毫升，价格：679元。毓秀有美容院的白金卡，打7折，为475元。拿回来一看，是拇指大的一瓶东西，应该是洗过脸后滴几滴出来按在脸上，能保湿，滋润皮肤。大家都说，现在两种人的钱好骗，女人和小孩，看起来是不假。

王才看了三遍，也没太弄清楚这件事情，他和王小才商榷，说，你说这是个什么东西？王小才说，是香薰精油。王才说，我知道是香薰精油。他竖起拇指，又说，这么大个东西，475块钱？是人民币吗？王小才说，475块钱，你和妈妈种一年地也种不出来。王才生气了，说，王小才，你是嫌你娘老子没有本事？王小才说，不是的，我是说这东西太贵了，我们用不起。王才说，呸你的，你还用不起呢，你有条件看到这四个字，就算你福分了。王小才说，我想看看475块的大拇指。王才还要继续批评王小才，王才的老婆来喊他们吃饭了，她先喂了猪，身上还围着喂猪的围裙，手里拿着搅猪食用的勺子，就来喊他们吃饭。她对王才和王小有意见，她一个人忙着猪又忙着人，他们父子俩却在这里瞎白话。王才说，你不懂的，我们不是在瞎白话，我们在研究城里人的生活。

王才叫王小才去向校长借了一本字典，但是字典里没有"香薰精油"，只有香蕉香肠香瓜香菇这些东西。王才咽了一口口水，生气地说，别念了，什么字典，连香薰精油也没有。王小才说，校长说，这是今年的最新版本。王才说，贼日的，城里人过的什么日子啊，城里人过的日子连字典上都没有。王小才说，我好好念书，以后上初中，再上高中，再上大学，大学毕业，我就接你们到城里去住。王才说，那要等到哪一年？王小才掰了掰手指头，说，我今年五年级，还有十一年。王才说，还要我等十一年啊，到那时候，香薰精油都变成臭薰精油了。王小才说，那我就更好好地念书，跳级。王才说，你跳级，你跳得起来吗？你跳得了级，我也念得了大学了。其实王才对王小才一直抱有很大希望的，王小才至少到五年级的时候，还没有辜负王才的希望，王才也一直是以王小才为荣的，但是因为出现了这本账本，将王才的心弄乱了，他看着站在他面前拖着两条鼻涕的王小才，忽然就觉得，这小子靠不上，要靠自己。

王才决定举家迁往城里去生活，也就是现在大家说的进城打工，只是别人家更多的是先由男人一个人出去，混得好了，再回来带妻子儿子。也有的人，混得好了，就不回来了，甚至在城里另外有了妻子儿子，也有的人，混得不好，自己就回来了。但王才与他们不同，他不是去试水探路的，他就是去城里生活的，他决定要做城里人了。

说起来也太不可思议，就是因为账本上的那四个字——"香薰精油"，王才想，贼日的，我枉做了半辈子的人，连什么叫"香薰精油"都不知道，我要到城里去看一看"香薰精油"。王才的老婆不同意王才的决定，她觉得王才发疯了。但是在乡下老婆是做不了男人的主的，别说男人要带她进城，就是男人要带她进牢房下地狱，她也不好多说什么。王小才的态度呢，一直很暧昧，他只觉得心里慌慌的，乱乱的，最后他发出的声音像老鼠那样吱吱吱的，他说，我不要去，我不要去。可是王才不会听他的意见，没有他说话的余地。

王才说走就走，第二天他家的门上就上了一把大铁锁，还贴了一张纸条，欠谁谁谁 3 块钱，欠谁谁谁 5 块钱，都不会赖的，有朝一日衣锦还乡时一定如数加倍奉还，至于谁谁谁欠王才的几块钱，就一笔勾销，算是王才离开家乡送给乡亲们的一点心意。王才贴纸头的时候，王小才说，如数加倍是什么意思？王才说，如数就是欠多少还多少，加倍呢，就是欠多少再加倍多还一点。王小才说，那到底是欠多少还多少还是加倍地还呢。王才说，你不懂的，你看看人家的账本，你就会懂一点事了。其实王小才还应该找出王才的另一些错误，比如他将一笔勾销的"销"写成了"消"，但王小才没有这个水平，他连"一笔勾消"这四个字还是第一次见到。

除了衣服之外，王才一家没有带多余的东西，他们家也没有什么多余的东西，只有自清的那本账本，王才是要随身带着的，现在王才每天都要看账本，他看得很慢，因为里边有些字他不认得，也有一些字是认得的，但意思搞不懂，就像香薰精油，王才到现在还不知道它是什么。

在车上王才看到这么一段："周日，快过年了，街上的人都行色匆匆，但精神振奋，面带喜气。下午去花鸟市场，虽天寒地冻，仍有很多人。在诸多的种类中，一眼就看中了蝴蝶兰，开价800元，还到600元，买回来，毓秀和蒋小冬都喜欢。搁在客厅的沙发茶几上，活如几只蝴蝶在飞舞，将一个家舞得生动起来。"

后来王才在车上睡着了，他做了一个梦，梦见一只蝴蝶对他说，王才，王才，你快起来。王才急了，说，蝴蝶不会说话的，蝴蝶不会说话的，你不是蝴蝶。蝴蝶就笑起来，王才给吓醒了，醒来后好半天心还在乱跳，最后他忍不住问王小才，你说蝴蝶会说话吗？王小才想了想，说，我没有听到过。

这时候，他们坐的车已经到了一个火车小站，在这里他们要去买火车票，然后坐火车往南，往东，再往南，再往东，到一个很远的城市去。中国的城市很多，从来没有出过门的王才，连东南西北也搞不清的王才，怎么知道自己要到哪个城市呢？毫无疑问，是自清的账本指引了王才。在自清的账本的扉页上，不仅记有年份，还工工整整地写着他们生活的城市的名称。他写道：自清于某某年记于某某市。

在这里停靠的火车都是慢车，它们来得很慢，在等候火车到来的时候，王才又看账本了，他想看看这个记账的人有没有关于火车的记载，但是翻来翻去也没有看到，最后王才啪地打了一下自己的嘴巴，说，你真蠢，人家是城里人，坐火车干什么？乡下人才要坐火车进城。

其实自清最后还是去了一趟甘肃。他和王才一家走的是反道，他先坐火车，再坐汽车，再坐残疾车，再坐驴车，最后在甘肃省的西部找到了小王庄，也找到了小王庄小学，最后也知道了自己的账本确实是到了小王庄小学，是分到了一个叫王小才的学生手里，王小才的家长还对此有意见，还跑到学校来理论，最后还在乡教育办拿了另一本书作补偿。自清这一趟远行虽然曲折却有收获，可是他来晚了一步，王小才的父亲带着他们全家进城去了。他们坐的开往火车站的汽车与自清坐的开往乡下的汽车，擦肩而过，会车的时候，王才正在看自清的账本，而自清呢，正在车上构思当天的账本记录内容。但他在车上的所有构思和最后写下的已经不是一回事了，因为在车上的时候，他还没有到达小王庄。

　　这一天晚上，自清在小旅馆里，借着昏暗的灯火，写下了以下的内容："初春的西部乡村，开阔，一切是那么的宁静悠远，站在这片土地上，把喧嚣混杂的城市扔开，静静地享受这珍贵的平和。我到小王庄小学的时候，校长不在学校，他正在法庭上，他是被告，学校去年抢修危房的一笔工程款，他拿不出来，一直拖欠着。校长当校长第四个年头，已经第七次成为被告。中午时分，校长回来了，笑眯眯地对我说，对不起，蒋同志，让你久等了。他好像不是从法庭上下来。平静，也许是因为无奈，也许是因为穷困，才平静。我说，校长，听说你们欠了工程款。校长说，本来我们有教育附加费，就一直寅吃卯粮，就这么挪下去，撑下去，现在取消了教育附加费，挪不着了，就撑不下去了。我说，撑不下去怎么办？校长说，其实还是要撑下去的，学校总是要办的，学生总是要上学的，学校不会关门的，蒋同志你说对不对？面对贫困的这种坦然心态，在日新月异的城市里是很难见着的。今天的开支：旅馆住宿费：3元；残疾车往：5元（开价2元）；驴车返：5元（开价1元）；早饭：2角，玉米饼两块，吃下一块，另一块送给残疾车主吃了。晚饭：5角，光面三两。午饭：5角（校长说不要付钱，他请客，还是坚持付了，想多付一点，校长坚决不收），和小学生一起吃，白米饭加青菜，还有青菜汤。王小才平时也在这里吃，今天他走了，不知道今天中午他在哪里吃，吃的什么。"

自清最后在王小才家的门上，看到了那张纸条，字写得歪歪扭扭，自清以为就是那个分到他的账本的小学生写的，却不知道这字是小学生的爸爸写的。王小才已经念到五年级，但他的爸爸王才才四年级的水平。平时家里的文字工作，都是由王小才承担的，但这一回不同了，王才似乎觉得王小才承担不起这件事情，所以由他出面做了。

自清最终也没有找回自己丢失的账本，但是他的失落的心情却在长途的艰难的旅行中渐渐地排除掉了。当他站到那座低矮的土屋前，看到"一笔勾消"这四个字的时候，他的心情忽然就开朗起来，所有的疙疙瘩瘩，似乎一瞬间就被勾销掉了，他彻底地丢掉了账本，也丢掉了神魂颠倒坐卧不宁的日子。

自清从大西北回来，看到他家隔壁邻居的车库里住进了一户外来的农民工家庭。在自清住的这个小区里，家家都有车库，有些人家并没有买车，也或者车是有的，但那是公车，接送上下班后，车就走了，不停在他家，这样车库就空了出来，有的人家就将车库出租给外来的人住。

这个农民工就是王才。王才做的是收旧货的工作，所以他和小区里的人很快就熟悉起来。天气渐渐地热了，有一天自清经过车库门口，看到王才和他的妻子在太阳底下捆扎收购来的旧货，他们满头大汗，破衣烂衫都湿透了。小区里有一只宠物狗在冲着他们叫，小狗的主人要把小狗牵走，还骂了它。王才说，不要骂它，它又不懂的。狗主人说，不懂道理的狗东西。王才说，没事的，它跟我们不熟，熟了就不叫了，狗都是这样的。下晚的时候，自清又经过这里，他看到他们住的车库里，堆满了收来的旧货，密不透风，自清忍不住说，师傅，车库里没有窗，晚上热吧？王才说，不热的。他伸手将一根绳线一拉，一架吊扇就转起来了，呼呼作响。王才说，你猜多少钱买的？自清猜不出来。王才笑了，说，告诉你吧，我捡来的，到底还是城里好，电扇都有得捡。自清想说什么却没有说得出来。王才又说，城里真是好啊，要是我们不到城里来，哪里知道城里有这么好，菜场里有好多青菜叶子可以捡回来吃，都不要出钱买的。王才的老婆平时不大肯说话的，这时候她忽然说，我还捡到一条鱼，是活的，就是小一点，鱼贩子就扔掉了。自清说，可是在乡下你们可以自己种菜吃。王才说，我们那地方，尽是沙土，也没有水，长不出粮食，蔬菜也长不出来，就算有菜，也没得油炒。自清从他们说话的口音中，感觉出他们是西部的人，但他没有问他们是哪里人。他只是在想，从前老话都说，金窝银窝，不如自家的狗窝，但是现在的人不这么想了，现在背井离乡的人越来越多了。

　　王才和自清说话的时候，是尽量用普通话说的，虽然不标准，但至少让人家能听懂大概的意思，如果他们说自己的家乡话，自清是听不懂的。后来他们自己就用家乡话交流了。王小才从民工子弟学校放学回来的时候，王才跟王小才说，我叫你到学校查字典你查了没有？王小才说，我查了，学校的大字典有这么大，这么厚，我都拿不动。王才说，蝴蝶兰是什么呢？王小才说，蝴蝶兰就是一种花。王才说，贼日的，一朵花也能卖这么多钱，城里到底还是比乡下好啊。

这些话，自清都没有听懂，但他听出了他们对生活的满意。后来他们还说到了他的账本，他们感谢这本账本改变了他们的生活，让他们从贫穷的一无所有的乡下来到繁华的样样都有的城市。自清也一样没有听懂，他也不知道现在王才每天晚上空闲下来，就要看他的账本，而且王才不仅看自清的账本，王才自己也渐渐地养成了记账的习惯，王才记道："收旧书35斤，每斤支出5角，卖到废品收购站，每斤9角，一出一进，净赚4角×35斤，等于14元整。到底城里比乡下好。这些旧书是住在楼上那个戴眼镜的人卖的，听说他家的书多得都放不下了，肯定还会再卖。我要跟他搞好关系，下次把秤打得高一点。"

一个星期天，王小才跟着王才上街，他们经过一家美容店，在美容店的玻璃橱窗里，王才和王小才看到了香薰精油。王小才一看之下，高兴地喊了起来，哎嘿，哎嘿，这个便宜哎，降价了哎，这瓶10毫升的，是407块钱。王才说，你懂什么，牌子不一样，价格也不一样，便宜个屁，这种东西，只会越来越贵。王小才，我告诉你，你乡下人，不懂就不要乱说啊。

父亲还在渔隐街

娟子不知道渔隐街已经没有了。

她一下火车就买了一张城市地图，找得眼睛都花了，也没有找见这条渔隐街。她想火车站大多数是外地人，不一定知道这个城市的情况。娟子上了一趟陌生的公交车，她看了看那个黑着脸的司机，小心翼翼地问："师傅，到渔隐街是坐这趟车吗？"

司机头也不回说："错了。"

虽然司机的口气有点凶，但娟子心里却是一喜，错了，就说明是有渔隐街的，只是她上错了车。她赶紧又问："师傅，到渔隐街应该坐几路车？"

司机却不再回话，只是黑着脸，看上去脾气很大。娟子不敢再问了。

有个四十多岁的妇女在娟子身后说："渔隐街是一条老街，早就没有了。"

另一个男乘客也插嘴说："拆掉有五六年了吧。"

娟子愣住了，茫然地看着他们。

那个妇女安慰娟子："小姑娘，你别着急，渔隐街虽然没有了，但是那个地方还在呀，地方总不会被拆掉的，它只是变了样子，换了另一个名字。"

"叫什么名字？"

妇女很想告诉娟子那地方现在叫什么名字，可是她想了又想，想不起来，便遗憾地摇了摇头："对不起，现在新路新街太多了，我也搞不清楚。"她回头问刚才搭话的那个男乘客："你知道吗？渔隐街后来改成什么名字了？"

男乘客也摇了摇头。

车厢里一时有些沉闷了。娟子看着车窗外往后退去的街景，心里慌慌的，像是站在空无人烟的沙漠里了。

黑着脸的司机侧过头瞥了她一眼，从牙缝里挤出了四个字："现代大道。"

那个妇女立刻高兴起来，赶紧说："对了对了，渔隐街就是现在的现代大道，我这个记性呀，真是不行了。"

"我想起来了，"男乘客也说，"现代大道应该坐十一路车，你到前面下车，下了车往前走，右手拐弯，那里就有十一路车的站台。"

娟子下车的时候，听到热心的市民在替她担心，那个妇女说："她是要找渔隐街，可现代大道不是渔隐街呀。"

"她可能要找从前住在渔隐街的人，可是从前住在渔隐街的人早就搬走了呀。"男乘客说。

但是娟子没有受他们的影响，她心里充满了希望。

父亲一定在那里。

娟子的父亲是个剃头匠，从前在家乡小镇上开剃头店，收入勉强够过日子。后来娟子的母亲生了病，娟子又要上学，家里的开销眼见着大了起来，靠父亲给人剃头刮胡子已经养不了这个家了。父亲决定到城市里去多挣点钱。

父亲进城的开头几年，还经常回来看看妻女，后来父亲回来的次数渐渐少了，只是到过年的时候才回来，再往后，父亲连过年也不回来了。

母亲跟娟子说："你父亲外面有人了。"那时候娟子半大不大，对"外面有人"似懂非懂。母亲又说："唉，那个人还不错，还能让你父亲给我们寄钱。就不管他了，只要他还寄钱，你就能上学。"

父亲虽然不回家了，但他仍然和从前一样按月给家里寄钱，每个月都是五号把钱寄出来，钱走到家的时候，不是七号就是八号。每月的这两三天里，是母亲难得露出笑脸的日子。如果哪一个月父亲的钱到得迟了，哪怕只迟一两天，母亲都会坐立不安，她怀疑父亲出什么事情了，又怀疑父亲彻底抛弃了她们，她一会儿担心，一会儿怨恨。娟子总是看到心烦意乱的母亲望眼欲穿地朝巷子口张望，一直等到穿绿色制服的邮递员从那里骑车过来，喊一声杨之芳敲图章，母亲的慌乱才一扫而光，她赶紧起身去取图章。母亲的身体越来越差，她的动作一月比一月迟缓，她的目光一年比一年麻木，唯一不变的是母亲对娟子的期望。

在父亲离开了十年之后的这个夏天，娟子终于考上了大学。她的成绩并不理想，她要上的是一所民办大学，光进校的赞助费就要三万块，还要加上第一年的学费一万多，娟子傻了眼，她不知道从哪里去弄这笔钱。

母亲打了父亲的手机，跟父亲说了这件事情。自从父亲有了手机以后，一直是用手机和家里联系的。母亲跟娟子说，这是因为你父亲不想我们去找他。父亲到底在城里干什么，他住在哪里，他的生活发生了什么变化，娟子一点都不知道。这些年下来，留在娟子印象中的，只有母亲的一些主观分析。娟子并不知道母亲的分析有没有道理。那些年里，娟子几乎没有一点闲暇之心去考虑父亲的生活，因为她自己的生活过得够糟的。一个不喜欢也不适合念书的孩子，要把念书作为人生的全部，这样的生活你想象得出是多么的糟糕。

联系父亲和娟子的就是那张绿色的汇款单，还有父亲的手机号码。父亲也曾换过手机，但只要一换手机，父亲就会立刻通知她们。父亲的手机通常是开着的，娟子和母亲从来没有碰到过父亲不接她们电话的事情。可是这一次的电话非同寻常，需要父亲在短短的十几天时间里，筹措一大笔钱。

父亲的钱如期到了，可能因为数字比较大，父亲没有走邮局汇款，而是托一个熟人带回来交给了娟子。娟子问那个人："我爸爸现在在哪里？"那个人说："还在老地方，只是换了一个店。"娟子并不知道"老地方"是什么地方，但她猜想这个"店"肯定是理发店，因为父亲是剃头匠。

娟子上大学后，办了一张银行卡，她将账号发到父亲的手机上。娟子平时一般不给父亲打电话，因为她早习惯了没有父亲的身影和声音的生活，电话要是真的接通了，她要是听到父亲的声音出现在电话那一头，她会不知所措的。父亲知道了她的银行账号后，也没有给她回音，但是到下一个月，钱就直接打到卡上了，仍然是五号。虽然不再有汇款单，银行汇钱的过程娟子是看不见摸不着的，但娟子知道，多年来连接着她和父亲的这条线仍然连接着。

母亲一生中最重要的也是唯一的任务完成了，娟子上大学后，母亲就彻底病倒了，她像一盏快要耗尽的油灯，无声无息地熬着，等着最后一天的到来。

　　家乡传来了母亲病重的消息，娟子打了父亲的手机，想把母亲的情况告诉父亲，可是父亲的手机关机了。娟子平时很少和父亲联系，但是她知道父亲的手机永远是开着的，对娟子来说，电话里的父亲要比真正的父亲更真实。可是现在父亲的手机关机了，父女间的这扇门被关上了，电话里的父亲消失了。许多年来，母亲一直在担惊受怕中过日子，父亲出事或者父亲彻底抛弃她们，这是笼罩在母亲心头两团永远的阴影，现在罩到了娟子心上。这一天正是月初的六号，娟子赶紧去核查了银行卡上的收支情况，发现昨天父亲照例往她的银行卡上汇了钱，娟子放心些了。

　　可是父亲的手机仍然打不通，始终打不通，手机里传出来的信息，也从一开始的"已关机"变成最后的"已停机"。一直到数月后母亲去世，娟子也没有联系上父亲。

　　父亲失踪了。奇怪的是，每月五号，父亲仍然将钱打到娟子的银行卡上，这又说明父亲并没有失踪。

　　办完母亲的丧事，离暑假结束只有不多几天了，娟子决定去找父亲。

　　母亲临终前告诉娟子，父亲刚进城的时候，在一条叫渔隐街的小巷里开剃头店。父亲出去的头一年，母亲曾经带娟子去过，她们还在那里住了几天。可娟子记不得。她的记忆中，从来就没有什么渔隐街，也没有父亲的理发店，没有父亲所在的那个城市的任何印象。父亲、渔隐街、理发店，都只是一些空洞的名词。

　　娟子记得那个捎钱来的人说过"老地方"，老地方是不是渔隐街，娟子无法确认，但渔隐街却是娟子寻找父亲的唯一的线索和目标。

可是渔隐街早就不存在了。

现代大道两边商店林立，都是装修豪华的大商场，没有父亲开的那种小剃头店，只有一家富丽堂皇的美容美发店，店名叫美丽莎。娟子知道这不是父亲的店。

店长以为娟子是来应聘的，她看了看娟子的模样，可能又觉得不太像，带着点疑惑问："你是学什么的？"

娟子说："我不是来找工作的，我找一个人，他从前也在这里开理发店。"娟子虽然说出了父亲的名字，但她估计不会有答案，这种美容美发店里根本就没有年纪大的人。

果然，店长说没有这个人。可娟子不甘心，她问店长："从前这地方叫渔隐街，从前住在这里的人，现在到哪里去了？"

"我不知道的，"店长说，"我不是本地人，我才来了一年多，你还知道渔隐街，我连这个名字都没有听说过。"

一个头上卷满了发卷的中年妇女告诉娟子，从前住在渔隐街的人，都搬到郊区的公寓去了，原来在这里开店的人呢，大部分都搬到桐芳巷去了，她建议娟子可以到那里去看看。

桐芳巷离现代大道不远，是一条细长的旧街。娟子想不到在现代大道背后还藏着这样一条小巷，它像一艘抛了锚的老木船，停泊在快艇飞驰的河道中央，显得安静而无奈。娟子走上这条街，就有一种依稀的似曾相识的感觉，好像刚才的那条车水马龙的大道不是渔隐街，这里才是真正的渔隐街。娟子的心猛地一动，她突然相信，父亲一定就在这里。

娟子从街的这一头一直走到街的那一头，却没有发现一家理发店，娟子问了一个开烟纸店的妇女，妇女说，从前是有一家理发店的，后来搬走了，那家店面，现在做了快餐店，妇女还给娟子指了指方向。妇女说话的时候，娟子觉得她的神态和语气都那么熟悉和亲切，娟子想起了公交车上的妇女，又想起了美发店里的妇女，最后她想起了自己的母亲。娟子忽然觉得，这一路上，都是母亲在指点着她，母亲在帮助她寻找父亲。

娟子来到快餐店门口，她只顾抬头看它的店招，无意中撞到了一个六七岁的小女孩。小女孩正坐在店门口看着路上发呆，她被娟子撞到了，也不说话，只是面无表情地看着娟子。

虽然小女孩脸上没有表情，可是娟子接触到小女孩的眼睛，心里突然一动，她看到了某种熟悉的东西，她甚至觉得女孩眼睛里的东西和自己心里的感觉是一样的，是一层茫然，是一层胆怯，还有一层——好像是渴望。

一个小伙计在店里朝外看，看到娟子站定了，他就在里边问娟子："你来应聘吗？"

娟子没有说话，刚才在美丽莎，店长也是这么问她的，现在找工作的人多，工作岗位也不少，可娟子不是找工作，她要找父亲。

小伙计又说："你吃东西吗？"

他们说话时，又有一个男人从里边的灶间走出来，他围着脏兮兮的围裙，看了看娟子，也问："你来应聘吗？我们正要招一个服务员，你愿意留下来吗？"不等娟子表态，他又把条件开出来了："我们供吃供住，再加一个月五百块工资。"

娟子想回答不，但话到嘴边，她改变了主意。

在这个陌生的城市里，她需要有个住处，她可以边工作边找父亲。她交给这个男人两百元钱作押金。娟子说："老板，你在这里开店多长时间了？"

男人笑了笑说："我不是老板，我是打工的。"

小伙计说："他烧菜。"

一个打工烧菜的，怎么会自作主张招人，还一口一个"我们"？娟子正奇怪，就听到小伙计说："他们睡在一张床上。"

娟子猜想，小伙计说的"他们"，是不是指这个烧菜的男人和那个还没有出场的老板娘呢？

男人又笑了笑，说："一张床可不等于一个钱包呵。"他指了指自己的鼻子说："我姓许，你叫我老许就可以。"

小伙计问娟子："你猜老许一个月多少工资？"

娟子猜不出来，试着问："工资很高吗？"

老许对小伙计说："你别嘲笑我啦。"

小伙计却不听老许的，继续和娟子说："他拿得比我还少，谁让他睡老板娘呢。"

老许哀叹一声，说："她也难，我就算帮帮她了。"

小伙计说："但你也得了好处，乡下一个老婆，城里一个老婆。"

他们都笑了。老许朝巷子一头望了望，就走了出去。小伙计对娟子说："老板娘回来了。"

果然，片刻后，老许和老板娘一起进来了。老许指着娟子说："我找到人了，工资都谈好了。"

老板娘走到娟子跟前，只朝娟子看了一眼，脸色就不对了，转身背对着娟子，责问老许："谁让你自作主张招人的？"

"咦？"老许奇怪地说，"不是你叫我招服务员吗？"

老板娘更是声色俱厉了："谁说要招人了？"

108

"奇怪了，"老许朝门口指了指，说，"那张招人启事，昨天是你自己贴上去的嘛。"

老板娘说："昨天是昨天，今天是今天，今天我不招人，你叫她走！"

老许有点尴尬，他还想据理力争："可我已经跟人家谈好了——"他发现老板娘的表情像一块铁，知道无望，只好朝娟子摇了摇头，表示爱莫能助了。

其实娟子并不一定要在这个快餐店打工，她可以不打工，也可以到其他地方打工，但是老板娘的行为让她觉得有点不可思议，她说："你能不能给我个理由，为什么不要我？"

老板娘头也不回地说："你不是打工妹，你不是来找工作的，你想干什么？"

娟子还没来得及回答，老许就说："我没别的意思，我就是让她来打工的，我们确实少一个人做些杂事。"

老许的话娟子并没听得很懂，但她还是顺着老许的话说："我会做的，洗碗、端菜，打扫卫生，我都会，从小我妈妈身体不好，家里的活都是我干的。"

他们三个人，老许、小伙计和娟子，都看着老板娘。过了好一会儿，老板娘才回过头来，但她的目光是游离的，她的目光虽然锐利，却始终没有直视娟子的眼睛，她说："待在这里，对你没好处，走吧。"

老板娘的话她听不懂。一开始她就觉得桐芳巷才是真正的渔隐街，也就是父亲多年来一直生活的地方。除此之外，这还能够是什么地方呢？疑惑中，她听到一个女孩子清亮的声音沿路而来了："鸡妈妈——鸡妈妈——"

老板娘下意识地看了娟子一眼，赶紧到里间去了。

喊"鸡妈妈"的女孩子转眼就到了，她跟娟子差不多大，一过来就喳啦喳啦地说："鸡妈妈呢？她想躲我？躲不过去的。"她朝里边喊道："鸡妈妈，你介绍的那个聊吧，也太黑了，要抽——"

老许赶紧打断她说："你到里边去说吧。"

女孩子嘀咕着进去了。

老许也跟了进去。娟子问小伙计："老板娘姓季吗？"

小伙计说："不姓季，不是季妈妈，是鸡妈妈，一只鸡的鸡，公鸡的鸡，母鸡的鸡。"

娟子说："鸡妈妈？鸡妈妈是什么？"

娟子没有得到小伙计的回答，但是她看到小伙计似笑非笑的脸色，娟子有点明白了。娟子的心乱起来，手心里都捏出汗来了，她赶紧使自己镇定下来，装出无所谓的样子，还开了个玩笑："那么应该叫老许鸡爸爸了。"

小伙计说："是有人想叫老许鸡爸爸，但老许不高兴，不许他们叫。"

娟子硬挤了一点笑容出来，说："叫老板娘鸡妈妈她倒不生气？"

"她生什么气，"小伙计说，"她就是干这个活的呗。"

轮到娟子不明白了："干什么活？"

娟子这么问了，又轮到小伙计不明白娟子了，他朝娟子看了看，说："你不知道干什么活吗？你不就是来找活干的吗？鸡妈妈不要你，你还赖着不走。"小伙计停顿一下又说："你还问我干什么活，我又看不见你们在干什么活，我只知道你们比我能挣钱。"小伙计的嘴真快，他又告诉娟子，鸡妈妈原来是个小姐，她认得许多小姐，有人开店要找小姐，她就给他们介绍，她就变成了鸡妈妈。最后小伙计说："你不也是吗？"

娟子逃走了。

寻找父亲的最后的线索中断了。娟子差不多想放弃了，快要开学了，还是回学校吧，反正父亲还在。

娟子知道父亲还在，但她不知道父亲在哪里，也许他正在这个世界上的某个角落里看着她，但她找不到他。

娟子逃出桐芳巷，狂乱的心跳才渐渐地平稳了一点，她心有余悸地回头看了一眼，顷刻间又魂飞魄散——一直坐在快餐店门口的那个不声不响面无表情的小女孩跟上了她，正不近不远地盯着她呢。

娟子克制着恐惧的感觉，鼓足勇气朝女孩走过去。女孩看她过来，转身就走，娟子停下，女孩也停下，回头看着她，娟子再朝她靠近，她又走。如此几次，娟子觉察出这个不说话的女孩好像要带她到什么地方去。娟子觉得这事情很鬼魅，她想走开，可是两只脚却不听使唤，她不由自主地跟上了小女孩。

女孩就这样带着她走，走到一家银行门口，女孩停下了。娟子过去问她："你带我来这里干什么？"

女孩仍然不说话，她好像听不懂娟子说什么。

娟子说："你听不见我说话？"

女孩仍然是茫然的。

娟子一抬头，忽然就发现，这是一家农业银行的分行，而她自己的银行卡正是农行的，父亲每次也都是在农行给她往卡上打钱的。可在一个城市里，农行有许多分行和办事处，她无法知道父亲是在哪一个分行给她汇钱的。她也曾经到农行去咨询过，工作人员说要立了案由公安来才给查，还问她是不是遇上骗子了，她说不是，是父亲给她汇钱。工作人员笑了起来，说，父亲给钱，钱都到了你账上，还有什么好查的呢？

对娟子来说，父亲始终是断了线的风筝，不知道飞在哪里。

现在这个小女孩把她领到这里，是不是她要把什么东西给娟子接上？"你虽然不说话，"娟子说，"但是我知道，你想要告诉我什么。"

已经是八月底了，再过几天，就是下个月的五号，也就是父亲许多年来固定的汇钱的日子。

娟子决定等到五号。

五号那天，娟子从银行开门就一直守在这里，时间一分一秒地过去了，并没有出现父亲的身影，一直等到下午四点多，娟子几乎绝望了，她觉得受到了小女孩的捉弄，或者小女孩根本就是无意识的，她却误解了她。

银行五点关门，就在五点差十分的时候，有人从远处奔来，奔进了银行。娟子定睛一看，差一点叫出声来，是老板娘。她气喘吁吁地掏钱，填单子，最后拿到了银行的回单，直到她办完这一切，转身离开柜台的时候，才长长地出了一口气。

娟子没有惊动她，她看着老板娘走出门，她希望她将手里的那张银行回执单扔掉，可她没有扔，一直捏在手里。娟子无奈了，走进银行，问那个办手续的职员："刚才那个女的，汇钱汇到哪里？"银行职员什么话也不说，只是警惕地看着她，还有意无意地看了看安装在银行一个角落的监视器。娟子吓得逃了出来，心慌意乱，腿都软了。

娟子又回到桐芳巷的快餐店，老板娘不在，老许正在灶间忙着，小伙计一看到她，说："想想还是要来吧，到底挣钱容易，无本万利的。"

　　娟子说："你们老板娘到底有没有男人？"

　　小伙计说："我不知道的，我来的时候，她和老许就住一起，谁知道他们什么关系，我只知道老许老是抱怨给他的工钱少，老板娘多精明，睡觉可以抵工资的。"

　　"为什么？"

　　"她好像有什么负担，好像借了高利贷。"

　　"你说她是小姐，她怎么又做老板娘了呢？"内心始终有许多混乱的东西在引导娟子，一会儿要让她否认眼前的事实，一会儿又要让她判定眼前的事实。

　　"结婚了呀，要不小哑巴哪来的呢？不过老许可不是小哑巴的爸爸——结了婚不能再坐台了，男人不肯的。"小伙计说，"其实也没有什么，如果有个小姐肯养活我，我就无所谓。可惜没有。"

　　娟子生气地说："你会这样想？你要小姐养活你？"

　　老许从灶屋出来，听到了娟子的话，说："姑娘，我给你讲个故事吧。"

　　老许说，有一个人骗取了李秋香的银行卡和密码，偷掉了卡上所有的钱。李秋香去报了案。可警察还没来，这个人倒先来了。他告诉她，他的孩子要上学，需要学费，他没有办法，才出此下策。但他偷了钱立刻又后悔了，如果孩子知道学费是偷来的，孩子一定会难过，会恨他。所以，他宁可去借高利贷，也得把钱还了。

李秋香拿到了失而复得的钱，想去警察那里销案，但是来不及了，警察已经到了。那个人虽然还了钱，但盗窃罪却是既成事实，最后他被判了两年徒刑。

娟子哭了。自从父亲的手机关闭后，她一直是既担心又怨恨，但是每个月按时到达的生活费，又让她心里残存着希望。现在，这一线残存的希望变成一根根利箭，刺着她的心。

娟子鼓足勇气站在桐芳巷的路当中，远远的老板娘过来了，她看了看娟子的表情，若无其事地说："你没有去学校？该开学了。"

"你知道我在上学，你认识我，你从一开始就知道我，你就是'那个人'，"娟子说，"你就是！"

老板娘不知道"那个人"的含义，略显惊讶地看着娟子，没有说话。

"你给谁汇钱？是给一个大学生吧？"娟子说。

老板娘依然惊讶地看着她："我是给一个大学生汇钱，可是——你怎么会知道？"

"我知道你就是'那个人'，"娟子说，"我父亲因为你，不要我妈妈了，你，还跟我父亲生了孩子。"

老板娘说："你错了，小哑巴可不是你妹妹。我不认得你父亲，也不认得你。"

娟子说："我是来找我父亲的，找不到父亲我不会走。"

老板娘叹息了一声，说："你可能找错人了。"

娟子没有退路，她只能坚信自己的判断："父亲不想让我知道这些事，他让你每月五号给我汇生活费，你们以为只要我每月收到钱，就能瞒住我。"

老板娘说："我是每个月汇钱，但不是汇给你。"

娟子说："你不承认也没有用，老许已经告诉我了，你是李秋香——"

老板娘的表情更奇怪了："李秋香，谁是李秋香？"

娟子说："谢谢你救助了我和我父亲，我不是来问你要钱的，从今以后，你也不用再给我汇钱，我勤工俭学，可以养活自己，我只有一个愿望，请你告诉我，我父亲在哪里，我要去看他。"

老板娘很无奈，她说的话娟子就是不信，她赶紧从口袋里掏着什么，可是没有掏得出来，她奇怪道："咦，我的银行回执单呢？"她又对娟子说："我有银行回执单的，我没有给你汇钱，你可以到银行去打听，银行的人都认得我，他们知道我给谁汇钱，我真的不认得你，也不知道你父亲是谁。"

"那，你给谁汇钱？"

"王红，她叫王红，她不是你。"

娟子彻底傻眼了。

"老许说的李秋香是谁？这个王红又是谁？"

老板娘说："老王是我的一个客人，他出事的时候就把女儿王红托付给我了，我答应了。答应了就得做——你说是不是？至于你说的李什么，李秋香？我真的不知道——"她停顿下来，又想了想，说："是老许跟你说的？那你得去问老许——我只知道老许曾经坐过牢，因为偷钱，偷一个单身女人的钱。老许坐牢的时候，那个女人帮助过他的女儿，我想，可能她是李秋香吧。"

娟子的思维模糊了，她依稀地想，难道老许就是我父亲？但肯定不是。父亲叫刘开生，虽然多年不见，印象也模糊了，但她知道，老许不是刘开生。

一会儿她又糊涂了，她想，难道我是王红？可我不是王红，我是刘娟，从前是，现在是，将来也永远是刘娟。

在依稀模糊的记忆中，娟子想起小哑巴既茫然又渴望的眼神，娟子忽然问老板娘："小哑巴的爸爸呢？"

老板娘摇摇头："不知道，不知道他在哪里，小哑巴学会第一句哑语就是问我'爸爸呢？'"她一边说一边还笑了笑："你看，怎么大家都要找爸爸？"

娟子往公交车站走去，她要坐公交车到火车站，然后去买火车票，然后坐火车回学校，然后，每个月，仍然会有人按时往她的银行卡上汇钱，但她不知道自己还能不能再去取钱。我能接受这个人的钱吗？她想。

一阵强烈的孤独感袭击了娟子。每往前走一步，孤独就更加重一点。

老板娘说，大家都要找爸爸。

爸爸——父亲，他们都走了。他们都到哪里去了？自从老许说了李秋香的事情，娟子就觉得自己一点一点地靠近了父亲，断了的那根钱，眼看着就要接上了，可现在又一点一点地被拉扯着，越拉越远，终于，再一次断裂了。

娟子忽然看到，小哑巴走在她前面，她仍然是无声无息的，面无表情的，但她在引领着娟子。在这个城市里，她比娟子更知道路该怎么走。她领着娟子走到了十一路车的站台。

娟子拉了拉小哑巴的手，说："你不会说话。"

小哑巴的手软软的，一股暖意一直通达娟子冰冷的心间。娟子注视着小哑巴的眼睛，她从她的眼睛里看到了父亲的影子。娟子忽然觉得，那个始终只在电话里出现的父亲忽然间贴近了，真实了。她从小哑巴身上，感受到了父亲的气息。

在这一瞬间，娟子忽然很希望小哑巴就是她的妹妹。

可她不是。

小哑巴拉了拉她的衣襟，从口袋里摸出一张照片递给她。这是一张很旧的照片。娟子认不出照片上的这个男人，她不知道他是不是小哑巴的父亲，或者他是王红的父亲？他会不会就是自己的父亲刘开生？或者，他是从前的老许？

娟子抬头看了看公交车的站牌，在"现代大道"四个字后面，有一个括号，括号里写着：渔隐街。竖站牌的人，还没有忘记从前这里叫渔隐街。

车来了，车门打开了，娟子正要跨上去，她听到了老许的喊声。

老许追来了，他掏出二百元钱交给娟子，这是娟子应聘那一天付的押金，他追来还给她。

娟子忍不住说："你到底是谁的父亲？"

老许没有回答这个问题，却说："从前她到城里来，也是来找父亲的，后来她找到了父亲，可是她的父亲没有认她。"

那么，小哑巴旧照片上的人，难道是老板娘的父亲？

娟子脑子里竟然有了许多的父亲，她理不清这许多父亲的线索，她思想中这些错乱的线索最后全绕到一个人身上，娟子不由脱口问道："老许，到底谁是李秋香？"

老许惊讶地看着她，半天才说："你不知道谁是李秋香？"

茫然中娟子听到司机在车上催促她："你到底上不上？"

右岗的茶树

一

二秀头一次听说玉螺茶，是她刚上初一的时候。那年学校来了一位新老师，叫周小进，是支教的老师。二秀也搞不太清什么叫支教，只知道他是班主任，教语文，还教历史和政治。她们的学校在北方的一个小镇上，小镇很小，也很落后。但二秀并不知道有多小，有多落后。能够从乡下的村子里到镇上来上初中，在村子里的女孩子里头，她还是头一个。

老师很年轻，大学刚毕业，他头一次走进教室的时候，脸还红了。不过老师很快镇定下来，因为他的学生比他更胆怯。他们过去只在自己村子里的小学见过乡下的小学老师。乡下的小学老师多半就是乡下人，就是他们同一个村或者其他村的，是民办老师或者是代课老师。就算他是公办的，但样子看起来，也像是民办的。他们粗粗糙糙，骂骂咧咧，好像教书就是骂人。二秀和她的同学们从来没有见过城里来的大学生老师。现在他们见着了，他长得很俊，很白，脾气也很好，温和得像个姑娘，说话也像在念书。

老师和乡村小学里的老师不一样，太不一样了，这是老师给二秀深刻印象的原因之一。还有一个重要的原因，就是老师上课的时候，讲着讲着，就离开了课本，去讲别的事情了。

老师讲的别的事情，其实只有一桩，那就是老师的家乡。

老师的家乡在南边一个很美丽的山村里，老师说，那里一年四季都开花，一年四季都有水果，一年四季树叶都是绿的。老师说，还有那些茶树，就种在果树下面，天上的露水滴下来，滴在果树上，再滴到茶树上，所以那个茶，既有茶香，又有果子香。每年早春清明前，村里人就把它们采下来，它们是茶树上最嫩的嫩芽，嫩得轻轻一碰它们就卷起来了，形状看上去就像是一只小小的螺，所以它的名字叫"玉螺茶"。

玉螺茶的产量极小，它的产地范围也极小，只有老师的家乡子盈村，才能产出真正的玉螺茶。

老师说，泡玉螺茶的过程，是一个享受的过程，因为在这个过程中，可以看到蜷曲着的螺慢慢地慢慢地舒展开来，然后又慢慢地慢慢地沉浸下去，把茶水染得嫩绿嫩绿的。

在这之前，二秀几乎没有听说过有关茶叶的事情。乡下人平时不喝茶，但家里有时候也备一点茶，偶尔来了客人，他们就抓一把泡给客人喝。从来没有人说茶好不好，看到杯里的水黄黄的，甚至黑乎乎的，大家就高兴地说，喝茶，喝茶。这一般是招待重要客人的。

二秀也不知道那些茶是什么茶，更不知道它们有什么名字，她只知道是母亲从镇上的茶叶摊上买来的，几块钱就能买一大堆，放在家里，从去年放到今年，今年喝不了，明年还可以再喝。

老师讲的茶，跟二秀知道的茶，相差太大了，起先二秀简直不敢相信，茶还有那么多的讲究。但是后来，渐渐地，二秀和班上所有的同学一样，都相信了老师的话。

老师不止一次地告诉他们，他很想念自己的家乡，做梦都梦见自己的家乡。就这样，二秀和她的同学们的心思常常会跟着老师飞到那个美丽的山村里去。有一次老师又丢开了课本，跟他们说，同学们，老师说几句家乡话给你们听听吧，老师的家乡话很难听懂的，你们不一定听得懂噢。老师就说了几句，但奇怪的是大家都听懂了，老师好像有点尴尬，他挠了挠头，说，不对，我可能都不会说家乡话了。同学们都笑了。老师却有点迷惑的样子，又说，不对呀，从前说乡音未改鬓毛衰，我的鬓毛还没有衰呢，怎么乡音倒先改掉了呢？

就有一个同学叫王小毛的，举手站了起来，说，老师，你说的不是你的家乡话，老师的家乡我去过，那里的人，说话是用舌尖说的，像鸟叫一样的，不是像老师这样说的。老师听了王小毛的话，愣了愣，又想了想，说，对的，老师家乡的人，是用舌尖说话的，或者换个说法，他们说话的时候，发音的部位靠前，不像北方，不像你们这里，发音的部位靠后，你们说着试试看。

同学们有点不知所措，因为大家都不知道用哪句话来试。老师说，你们就叫我的名字吧，叫周小进，用你们的本地话试试，是不是从嗓子里发出来的？大家就叫周小进周小进，试了试，果然气是从嗓子里出来，然后在下颌那里就出了声。老师笑眯眯地点头说，对了，这就是你们的家乡话。再来学老师的家乡话。刚才王小毛说了，像鸟叫，同学们想一想，鸟是怎么叫的呢？对了，噘起嘴巴，在舌尖和嘴尖这个地方发音，就这样，周小进，周小进——

同学们哄堂大笑了，老师发出的"周小进周小进"，在大家听起来，真的就像是鸟叫，唧唧唧唧唧唧——爱害羞的二秀也被感染了，她脸红红的，私下里偷偷地试了一试，没料到像鸟叫一样的声音一下子就毫无防备地从舌尖上滑了出去，把二秀自己吓了一大跳。她虽然声音很低，老师却听见了，老师赶紧说，赵二秀同学学得像，赵二秀同学，你给同学们再学一遍。二秀红着脸，不好意思说。老师又鼓励她说，赵二秀同学，你学一遍，你有语言天赋，你以后可以学外语的。二秀就鼓起勇气学说了一遍：周小进——唧唧唧。同学们笑着，都跟着学起来，教室里就有了一片鸟叫声。

校长刚好经过他们的教室，窗打开着，校长听到这些乱七八糟的鸟叫声，便在窗外停下来，怀疑地朝教室里看看，好像想说什么，但没有说，后来就走开了。

二秀从校长的背影里看到了一丝不解。其实二秀也觉得奇怪，老师怎么不好好上课，老讲自己的家乡呢？

老师说，采玉螺茶是有很多规矩的，采茶人的手要细柔灵巧，粗糙肮脏的手，是不能采茶的。采茶之前，手一定要洗干净，不能有杂味，不仅采茶的当天早晨不能吃大蒜或者其他味重的东西，采茶前几天就得吃得清淡些，这样才能保证人的气味不会对茶叶有丝毫的影响。再比如说，经期的妇女和孕妇，都不能去采茶的——有个女同学忍不住"扑哧"一声笑了出来。老师却很严肃地说，同学们，这不是笑话，这是真的，只有敬重茶，茶才会给我们回报。

后来老师回了一趟家乡，再来的时候，真的带来了玉螺茶。老师用一只玻璃杯泡给同学们看。二秀看着细细的嫩芽在水中一沉一浮，开始它们蜷缩着，像一只一只小小的螺，然后慢慢地舒展开来，舒展开来，二秀一直绷得紧紧的心也跟着一沉一浮，跟着慢慢地舒展，最后，又跟着茶叶渐渐都落定在杯底了。

这以后的好多天里，二秀老是想着茶叶在水中飘忽的美感，她像被茶叶勾了魂去似的。上课的时候，她总是不由自主地偷偷地看自己的手。

二秀的手不细气，因为二秀的家乡不细气。家乡的一切都是粗粝的、坚硬的，土、风、庄稼、手。但二秀的心是细气的，是柔软的，只是从来没有人知道，现在有了老师，就不一样了。

二秀开始小心地呵护自己的手，她烧灶的时候，不肯用手去抓柴火，就用脚踢，可是脚不如手那么听使唤，踢来踢去踢不到位，把灶膛里的火都弄灭了。母亲在灶上烧猪食，用大铲子拌着拌着，就觉得没了热气，探头朝灶下一看，看到二秀还在用脚扒拉柴火，母亲气得骂人了，她骂二秀丢了魂，又骂二秀歪了心思。母亲虽然是个不识字的农村妇女，骂人倒骂得很准。

还是姐姐大秀对二秀好。大秀看出了二秀很小心自己的手，她并不知道二秀为什么要这样，但她总是把粗糙的活抢着做了，还偷偷地给了二秀一点钱，让二秀去买了一瓶雪花膏擦手。

二秀用了雪花膏，教室里香香的，同学都知道是二秀，后来老师也知道了。老师跟二秀说，你不要用雪花膏，时间用长了，雪花膏的味道就渗透到皮肤里去了，再怎么洗也洗不掉，你的手采出来的茶，就会有雪花膏的味道，就不纯了。二秀脸通红通红的，她想不通老师怎么会知道她的心思。老师说，护手最好还是用一些民间的土方，因为民间的土方，不含化学成分，不会破坏天然的气味。老师又觉得他还没有说清楚，因为他觉得二秀好像没太听明白，停了停，又用启发的口气跟二秀说，赵二秀同学，你们家养鸡的吧。二秀说，养的。老师又说，你们家的鸡生蛋吧。二秀说，生的。老师高兴地说，那就行了，老师在网上查过，在蛋清里加一点醋浸手洗手是最好的护手方法。

二秀没有告诉老师，她家的鸡蛋不是吃的，是拿去卖钱的，卖了钱给二秀和弟弟三秀交学费。那一天二秀回家跟母亲说，以后家里吃鸡蛋，她不吃，她要省下自己的那一份。母亲根本就没有理睬她。家里很长时间没有吃鸡蛋了，自从父亲病倒后，家里就很少再开荤，母亲和姐姐大秀支撑着一个家，要是母亲知道二秀想拿蛋清洗手，母亲会气死的。

快放寒假的时候，老师又说到家乡了，他说寒假里他要回去，他很希望能够带同学们去他的家乡，去看玉螺茶。老师说，冬天的时候，茶花已经谢了，看不到了，但如果天气暖，运气好，说不定茶的嫩芽就已经出来了。老师又说，采下来的生茶，还要经过炒制，不过你们可能不知道，炒茶不是用铲子炒的，而是用手，要手不离茶，茶不离锅，揉中带炒，炒中有揉，等等。老师说到这里，停了停，又说，其实，从前的时候，玉螺茶也不是炒出来的，是焐出来的，把嫩芽包在手帕里，贴在女孩子的胸前，一定要是未婚的女孩子，用她们胸口的热气焐熟的，所以，从前的书上写过，一抹酥胸蒸绿玉。

老师知道，他的这句话，同学都没有听懂，所以老师在黑板上写了出来。写出来后，有些同学还是不懂，但是二秀看懂了。

老师也知道，放了寒假不会有同学跟他去的，他的家乡太远了，远到同学们都没有距离上的概念了。老师说，没事的，不去也不要紧，我回来会跟你们讲的。

天气冷起来后，二秀就一直觉得不太对劲，身上老是没来由地就打抖。她把大秀的毛衣也穿上了，还裹了厚厚的老棉袄，但还是觉得冷，冷着冷着，果然就出事情了。

大秀的未婚夫要外出打工，外出前要和大秀完婚，大秀的婚期一下子就提前来到了。家里少了大秀，母亲一个人撑不下去，便让二秀退学回家。

老师看到二秀哭肿了眼睛，心里也很难过，他跟二秀说，赵二秀同学，你别哭，老师不会让你辍学的，今天晚上老师到你家去，老师去和你爸爸妈妈商量，老师的话，他们会听的。

二秀放学回家，把家里扫得干干净净的，把乱跑的鸡鸭都关了起来，天黑下来的时候，她又觉得家里的灯泡太暗了，到隔壁人家借了一只四十支光的灯泡换上，母亲瞪着灯光说，这么亮，你要干什么？二秀没有告诉母亲老师会来，她怕母亲会洞察老师的意图，借故躲起来不见老师。

在这个冬天的夜晚，二秀等啊，等啊，她等着老师，也等着她所不知道的未来的一些事情。

二秀的脑海里，一直浮现着老师打着手电筒，走在乡间小路上的情形。老师穿的是红色的羽绒服，在黑夜里，二秀看到那一团红色。老师说过，红色是生命中的火光。二秀推测了老师出门的时间，又计算着老师走路的速度，二秀想，老师该到了，老师早该到了。

可是二秀没有等到老师，老师没有来，一直都没有来。外面始终一片寂静，连狗都没叫一声。

老师淹死了。一直到第二天早晨，村里人才发现。老师平躺在水面上，很安静，没有风，水一动也不动，老师也一动不动。老师的红色羽绒服像一面充分舒展开来的旗帜，托起了老师轻盈的身体。

二秀守在老师身边，几天几夜没说话，一直到老师的家人从家乡来了，他们要带老师走了，二秀挡住他们，她开口说话了，可她的嗓子哑了，一点声音都发不出来。二秀大声叫喊，你们不要带走老师，你们让老师留在这里吧，老师是为我死的，让我陪着老师吧，你们要把老师带到哪里去？

没有人听见她的声音，没有人回答她，四周静悄悄的，连风声也没有。他们带着老师默默地离开了这个地方，没有人回头。

过了好一会儿，才有一个村里人告诉二秀，人死了，要葬到自己家乡去。二秀回头看了看他，忽然出声说，老师说，玉螺茶在冬天就有嫩芽了，老师还说，采玉螺茶的头天，不能吃大蒜。

村里人吓了一跳，赶紧走开了。走了几步，他有点不放心，又回头看看，他看到二秀的泪水涂了一脸，就过来拍拍二秀的头，说，哭出来就好了，哭出来魂就回来了。

二秀退学了。一年以后，有外地的服装企业来村里招工，二秀跟母亲说，她去给弟弟挣学费，母亲同意了。二秀就跟着招工的人，跟着村里的姑娘媳妇一起走出了村子。

二秀在半路上逃走了。

二

子盈村没有姓周的人家。从古到今，除了外边嫁来的女人，子盈村全村的人都姓一个叶姓，所以一直也有图方便的人就把子盈村叫作叶家坳。

二秀死活不肯相信这个事实。二秀拿着老师的照片，在村里挨家挨户地问，可是没有人认得周小进。最后二秀找到了村长老叶。老叶说，你不是让他们都看过了吗，这个人不是我们这里的。二秀倔强地说，你是村长，你是村长。老叶说，我是村长，可村长也不可能认得一个不认得的人呀。二秀说，你是村长，你告诉我，他在哪里。村长挠头了，他不知道怎么对付这个女孩子，这个说一口北方土话的女孩子，她认定子盈村有这么一个人，她来找他，这让老叶怎么办呢，他交不出这个根本就不存在的人来。老叶看了看二秀的表情，又想了想，他似乎想明白了一些事情，老叶问二秀，照片上这个人是谁？二秀不说是谁，但她的眼睛里渐渐地涌出了泪水，泪水还堵住了她的嗓子，让她说不出话来。老叶心里更清楚了，他拿过二秀手里的照片看了看，说，现在外面骗子多啊，像你这样的年轻女孩子，上当受骗很多的，骗色又骗财，是不是？小姑娘，你受骗了吧？二秀夺回照片，眼泪就掉了下来。老叶赶紧递了纸巾让她擦。老叶说，不急不急，他到底骗了你什么，你可以报警的，要不要我帮你打110。二秀急得一跺脚，尖声叫了起来，你才是骗子！你是大骗子！老叶莫名其妙地愣了愣，说，我是骗子？我骗你什么了？二秀说，你把老师藏起来了，你把老师还给我！老叶说，这个人是你的老师？你老师不教你们上课，跑掉了，你来找老师？二秀"哇"的一声大哭起来，边哭边说，老师死了，老师死了——老叶更摸不着头脑了，说，小姑娘，你老师死了，你还找他？小姑娘你疯了？

二秀无法再跟村长说话，她跟他说不清。二秀从老叶的办公室里跑出来，老叶想想不放心，追出来问，小姑娘，你要到哪里去？二秀说，我要找老师，他叫周小进，他就是你们村里的人，现在他死了，他就葬在他的家乡。老叶说，你要找他的坟？二秀说，你们村的人死了，都葬在哪里？老叶说，小姑娘，我们村里的坟地，不会埋外姓人的，你不用去找了，不会有姓周的。二秀说，你告诉我，在哪里？老叶直摇头，他想劝二秀，可他已经知道这个小姑娘倔，不到黄河心不死的，老叶指了指对面的山坡，说，你看到没有，那里有一片茶树，那地方叫右岗，就是我们村的坟地。

老叶喊来一个年轻人小叶，叫小叶陪二秀一起去右岗。路上小叶也跟二秀说，小姑娘，你去也是白去，子盈村的坟地是我管的，右岗这一块，我闭着眼睛都能看清楚，谁在里边谁不在里边我还能不知道？根本没有什么周小进。二秀嚷了起来，他可能不叫周小进，他可能叫叶小进。年轻人说，叶小进也没有的，我们村就没有叫小进的人。二秀又嚷，他可能不叫小进，叫大进，叫前进，叫后进，叫跃进——年轻人笑了起来，你这么一直叫下去，也没有用，我们的右岗肯定没有你要找的人。二秀又气又伤心，她不再理睬这个管坟地的小叶，自顾闷头往前走。小叶却在背后唱起歌来："哥哥呀，你上畈下畈勤插秧，妹妹呀，东山西山采茶忙……"

小叶几步追上了二秀，朝二秀一看，二秀又哭起来，泪涂了一脸。真是个碰哭精，小叶赶紧收了口，说，好吧好吧，不唱就不唱。二秀说，老师就是这样唱的。小叶说，哎呀，这支歌，又不是我们村的专利，全中国的人都可以唱，外国人也可以唱。二秀却坚持说，老师就是这么唱的。小叶吐了吐舌头，他觉得老叶说得不错，这个小姑娘得小心着点，不知道是什么来路，独自一个人，千山万水跑到这里来，找一个死人，她要干什么？

二秀爬上右岗的山坡，看到了茶树，看到了嫩芽，它们细细小小地蜷曲着。二秀忍不住用手去摸那些嫩芽。小叶急着去阻挡她，小叶说，你不要碰它，你看你的手，那么粗糙。二秀收回了自己的手，下意识地朝小叶的手看了一眼。小叶说，你看我的手干什么，我的手也不细，我是男人的手嘛，你一个小姑娘，手也这么粗糙，怎么能采茶？小叶看二秀又有了哭兮兮的样子，赶紧说，不说了，不说了，反正你又不是来采茶的，手粗手细关什么事——到了到了，这就是我们村的右岗坟地，你自己看吧，你自己找吧，有没有周小进。

没有周小进，也没有叶小进，有许多其他的名字，但二秀不知道哪一个是老师。这个坟地和其他的坟地不一样，墓碑上只有名字没有照片，二秀问小叶为什么墓碑上不放照片。小叶说，人家那是公墓，葬在一起的都是陌生人，天南海北都不知道是从哪里来的，瞎碰碰就碰到一起做邻居了，你也不认得我，我也不认得你，怕以后小辈弄错了，所以要放照片，我们这里都是自己家的地，不会搞错的，放什么照片呢，怕自己家的活人不认得自己家的死人？

二秀被他问住了，张着嘴，又哭。小叶说，别哭了，面孔冻得红通通，眼泪水再洗一洗，要起萝卜丝了。二秀淌着泪，就觉得腿脚发软，心里发慌，一屁股坐在子盈村的坟地上。小叶赶紧说，快起来，快起来，小姑娘，我们这里有风俗的，不作兴坐在坟墩头上，要烂屁股的。看二秀气得说不出话，小叶又说，周小进，周小进，你到底是个什么人，死了死了，还把小姑娘弄得伤心落眼泪。二秀听到小叶周小进周小进地叫了几遍，她盯着小叶的嘴看，小叶还在周小进周小进地叫，他的嘴像鸟嘴一样噘着，声音从舌尖尖上滚出来，二秀突然间就笑出声来，她也噘起了嘴，像鸟一样地叫起来，周小进，周小进，周小进。小叶被她搞糊涂了，说，一会儿哭一会儿笑，你干什么？二秀说，鸟叫，你们说话像鸟叫。小叶就改了口，说，我们也会说普通话的，我们的普通话，叫山坳坳普通话。二秀听了听，辨了辨滋味，觉得不对，说，不是这样的，老师的普通话跟你们不一样。小叶说，那就对了，你们老师不是子盈村的人嘛。二秀愣住了，她闷了一会儿，说，我们班上的王小毛也这样说，可是，可是——小叶说，可是你在子盈村肯定找不到你老师。二秀赌气不理他，小叶去拉她起来，说，烂屁股是骗你的，不过大冬天的坐在地上，多冷啊，走吧，下去吧。

他们从右岗的山坡上往下走，小叶走在前边，二秀走在后边，二秀说，还有哪里有坟地？小叶说，你还要找啊？你不会要到那边的公墓去找吧？我告诉你，我们这座山，除了我们子盈村这个山坳坳，其他几面都做成了公墓，几十万的人住在山上，你打算到那几十万里去找你的老师？二秀说，我要到别的村子去找，老师不是你们子盈村的。小叶说，可是玉螺茶只有我们子盈村有啊。二秀不作声了。只有子盈村才出产玉螺茶，但是老师却不在子盈村，这说明什么呢？

二秀想不过来。

小叶回到老叶的办公室，把二秀交给了老叶，说，村长，我交给你了，这个小姑娘怪怪的，不关我事啊。老叶正在和另一个人谈事情，他跟小叶说，怎么不关你事呢，叫你带她找人，你找不到，怎么不关你事？老叶的话没说完，小叶就走掉了，老叶骂了小叶一声，继续和那个人谈事情。

二秀听出来，他们在谈一笔生意，老叶要那个人去招一批人来，马上要采茶了，村里人手不够。那个人犹犹豫豫地说，我也吃不准，你到底要什么样的，不要我辛辛苦苦招来了，你又不满意。老叶看了看二秀，说，喏，就她这样的，年纪要轻，最好都是姑娘，最好不要结过婚生过孩子的。那个人也看了看二秀，说，她也是你们招来的？老叶说，她是自己来的。老叶又跟那个人说，前些年我们自己还应付得过来，现在不行了，一方面，村子里好多人出去了，另一方面，茶叶的量也大了。那个人笑了笑，老叶也笑了笑，二秀觉得他们笑得很狡猾，也很默契，好像掌握了什么秘密似的。

那个人走了以后，老叶对二秀说，小姑娘，现在你怎么办呢，连小叶都不能帮你解决，我就更没办法帮你的忙了，你走吧。二秀说，我不走，除非你告诉我老师在哪里。老叶看了看她，说，老师在哪里我真的不知道，要不你就留下来，帮我们干点活，再慢慢找老师，也算是我们招来的人，我们有地方给你住。二秀这才破涕为笑了。她笑的时候，脸上的两道泪痕裂开了。

过了几天，子盈村招的人都到了，都是外地的女人，有年轻的，也有年轻稍大一点的，但也大不过三十岁。她们对子盈村好像熟门熟路的，不像二秀来的时候东张西望到处看新奇。她们铺了床铺就吱吱喳喳地说起话来。虽然二秀和她们不是一伙的，但她们对二秀也不排斥，她们告诉二秀，她们就是一帮人，抱成团的，一年四季在外头跑，初春的时候就来子盈村采茶，六月份就到湖对面的山上帮人家采枇杷，采杨梅，夏天她们也在外面干活，采红菱，到了秋天，活就更多了，白果啦，橘子啦，现在本地的人都懒，宁可出钱请外地人来干活，自己打麻将，孵太阳（晒太阳），嚼白蛆（聊天）。这样也好，外地人就有钱赚了。

二秀说，老师说过的，老师的家乡是花果山，就是这样的。

停了停，二秀又说，你们一年四季在外面干活，你们不想回家吗？她们说，开始的时候想家的，还哭呢，现在习惯了，不想家了。另一个人说，我们闯荡惯了，回家过年在家里多待几天还会闷出病来呢。还有一个媳妇说，是呀，我回家的时候，我女儿看到我喊我阿姨，我说，来，阿姨抱抱你。她们都笑成了一团，看起来真的把家忘记了。

夜里二秀睡不着，在床上翻来翻去，听着她们平静的呼吸声，二秀想，不知道她们有没有在梦里梦到自己的家乡。

天刚刚亮，大家就被喊起来了，村里人和从外面招来的人，都集中在子盈村的茶社。老叶给大家分配工作，分配了半天，也没有分配到二秀。眼看着采茶的姑娘媳妇领了任务，背起背篓，就要走了，二秀着急说，村长，我呢，我呢？老叶朝她看了看，说，你等等。二秀说，她们都走了，我跟谁走呢？老叶说，你不采茶，一会儿等她们茶采回来了，炒茶的时候，你烧火。二秀没听懂，愣愣地看着老叶。老叶皱了皱眉，说，烧火，烧火你不懂吗？老叶指了指灶间一字排开的七八个大灶，说，烧火就是往灶膛里塞柴火。二秀扭着身子说，我不要烧火，我不是来烧火的。老叶笑了笑，其他人也都笑了笑。老叶说，那你想干什么？二秀说，我要采玉螺茶。老叶"哈"了一声，抓起二秀的手看了看，说，你这手也能采玉螺茶？他又把二秀的手拉到村里的一群姑娘媳妇面前，叫她们也伸出手来，和二秀的手排在一起，让二秀看。他还跟她们说，你们看看，这样的手，也有资格采玉螺茶？二秀气愤地挣脱了老叶的拉扯，缩回了自己的手。

二秀一直在用心保护自己的手，即使后来她辍学回家劳动，她也没有让自己的手受过苦。在二秀的家乡，二秀的手成了大家议论的对象。但是二秀不在乎，他们越说，二秀越是要保护好自己的手。二秀的手甚至还传到别的村子去了，别的村子还有女人过来看呢，她们看了，都啧啧称赞，说没有见过这么细嫩的手。

可是这么一双细嫩的手，到了子盈村，竟变得这么粗糙，这么笨拙。二秀泪眼模糊地说，我的手坏了，我的手变了。村里的一个媳妇对她说，外地小姑娘，你的手粗，不是变出来的，是比出来的。

她们都走了，老叶把二秀领到灶前，说，你在这里等吧。二秀坐下来，看着自己的手，闷头伤心了一阵，就回到宿舍从包裹里拿了一副手套，再回来时，看到采茶的人已经回来了。他们把采来的茶从背篓里倒出来，摊在匾里，然后又挑挑拣拣。二秀过去看了看，也看不出他们在挑拣什么。在二秀看起来，这都是嫩绿的茶芽，一个一个大小粗细颜色都长得一模一样，她不知道他们怎么还能从里边挑拣出不一样来。

挑拣完了，就上锅了，二秀的工作也开始了，她戴上手套去抓柴火，老叶说，你还瞧不上这些柴火，这可都是果树柴啊，你闻闻，喷喷香的。大家也都带着嘲笑的意思朝她看。二秀不理睬他们，她注意听着炒茶师傅的吩咐，把火候掌握好。炒茶师傅跟他们说，你们不要笑她，这个小姑娘很用心，火候把得比你们好。

到了这个时节，外面的人知道玉螺茶开采了，都来参观，电视台也来拍电视，大家起先闹哄哄的，但是看到炒茶师傅的手又轻又快，迅速翻动，抖松，再翻动，再抖松，就都不吭声了，屏息凝神地看着。二秀忍不住跟炒茶师傅说，老师说，这是高温杀青。炒茶师傅朝她笑笑，说，小姑娘，你也知道高温杀青啊。二秀说，我知道，老师说，还有干而不焦，脆而不碎，青而不腥，细而不断。老叶也听到了她说话，便特意走过来看了看她，又跟别人说，这个小姑娘，不知道她到底什么来路。

二秀记得老师说过，真正的玉螺茶产量很小，采几天就没了，二秀真希望采茶的日子能够延长一点，再延长一点。奇怪的是，子盈村的茶好像知道二秀的心思，不是越采越少，反而越来越多了。村里也不只是子盈茶社有炒茶的，家家户户都在炒茶。起先二秀看到茶都是从采茶女人的背篓里倒出来的，但后来的茶叶，却是装在大麻袋里来的，都是男人们一麻袋一麻袋地扛回家去。二秀忍不住跟到他们家去看，他们完全不像在茶社那么认真，挑拣得也马虎了，简简单单一弄，就上灶炒了，炒的时候，对火候的要求也不那么严格，也没有老师傅，只有几个妇女在锅里瞎翻翻瞎炒炒，一点也不认真。二秀很着急，也很不明白，小小的一个子盈村，哪来这么多的玉螺茶呢？二秀又跟着那些肩上掼着空麻袋的男人往外跑，跑到村口，就看到一辆大卡车停着，大家正从卡车上往下卸麻袋，二秀知道，麻袋里的茶叶，不是子盈村的，是从外面运来的。

二秀跑到老叶家，看到老叶家也在炒茶，不过他家用的是电炒锅。二秀说，你怎么用电炒锅炒茶？老叶说，茶叶数量大了，烧火来不及，电炒锅热得快。二秀说，那你们在茶社里为什么不用电炒锅呢？老叶说，那里不是有人要来参观吗，参观的人喜欢看原生态，就让他们看原生态，原生态值钱，你懂吗？他看二秀不懂，又说，你还嫌烧火这活儿不好呢，有你烧的就不错了，要是以后都用上了电炒锅，你连烧火都烧不上了。二秀说，那些麻袋里的茶叶是从哪里来的？老叶说，这轮得着你管吗？二秀说，老师说，真正的玉螺茶产量很小的。老叶说，正因为产量太小，供不应求嘛，所以现在要扩大。二秀说，你们这是造假。
老叶说，虽然是假的，但我也没有卖真价钱呀。二秀说，那也是
假，你的茶叶就是假的。老叶不屑地撇了撇嘴，说，小姑娘，外
地人，不懂的，茶叶分什么真假，只分好坏。二秀说，我都看见
了，你们弄假玉螺茶，装在玉螺茶的盒子里，你们这是害玉螺
茶。老叶又看了看二秀，慢慢地摇了摇头，说，小姑娘，你说得
也有道理，可你以为我想这么做？我子盈村的声誉没有了，我也
不得安宁，右岗的人每天晚上都来找我骂我啊。二秀说，右岗？
右岗不是你们村的坟地吗？坟地里不都是死人吗？老叶笑了笑，
说，小姑娘，你别害怕，我说的不是鬼，不是鬼来找我，是鬼他
们每天到我的梦里来跟我捣乱。二秀说，那是你心虚，心亏，才
会做噩梦，你不要做假玉螺茶，就好了。老叶说，我不做还真不
行，订货的人越来越多，有的隔了年就来订，就像现在吧，买今
年的茶，就订明年的茶了。二秀说，你不怕被人家查出来？老叶
说，怎么不怕，我还被人举报过，村里被罚了一大笔款呢。二秀
说，那你还做？老叶说，那就更要多做，要补回损失呀。你想
想，我们子盈村，几百年的玉螺茶历史，做下来，又怎么样呢？
村子里家家户户破房子。这两年，一做假玉螺茶，家家户户翻新
房，造楼房，我要是不让他们做，他们还不把我当茶叶给泡了。
二秀说，你还算是村长呢，你一点也不顾子盈村的名誉。老叶
狡猾地笑了笑，说，现在到处都出产玉螺茶，人家也不能认定假
玉螺茶就是我们村出来的呀。二秀说，可是玉螺茶只有子盈村才
有。老叶说，谁说只有子盈村出玉螺茶？二秀说，老师说的。老
叶摇了摇头，又是老师，又是老师，你们老师到底怎么了，他乱
说话，你就相信了？二秀恼了，跟老叶翻了脸，说，你才乱说，

你当村长还乱说，你不配当村长。老叶不跟她计较，笑了笑说，我也不想当呢，上级非要我当，当村长有什么好，又不吃皇粮，群众炒茶，可以公开地炒，我还得偷偷地炒。二秀说，造假的人当然要偷偷弄。老叶说，小姑娘，你冤枉我了，我没有造假，谁也不敢说只有子盈村的茶才是玉螺茶，谁也不敢说炒茶不能用电炒锅嘛。二秀气得说，你们这个村，不是子盈村，不是的。

二秀往回走的时候，心里很委屈，走到半山坡，她看到了小叶，小叶正在家门口劈果树柴，他看到二秀气鼓鼓的样子，就喊她，跟她打招呼，二秀起先不想理他，但看到他劈柴，二秀就问他，你劈柴干什么，人家都用电炒锅了。小叶说，人家都用，我不用的，我一直用柴火烧锅炒茶的。小叶把二秀叫进他家，果然，小叶家有一个妇女在用柴火烧锅，一个老人在炒茶。二秀说，你为什么不用电炒锅。小叶说，我不可以用的。二秀朝他看着，他又说，我不可以用的，我是管坟地的，我不可以用的。

二秀不懂小叶的话，她努力地想了想，也不知道是怎么回事。小叶却又说，不过你也别太当回事，其实，用柴火烧也好，电炒锅炒也好，子盈村也好，外地茶也好，泡出来都是差不多的，不信我泡给你看。小叶就拿了一个玻璃杯子，到隔壁人家要了一把电炒锅炒出来的外地茶，先放开水，再放茶，二秀看到的，竟然和老师当年泡的完全一样，细细的嫩芽在水中一沉一浮，开始它们蜷缩着，像一只一只小小的螺，后来它们慢慢地舒展开来，舒展开来，最后都轻轻地安静地沉下去了。但是二秀一直绷得紧紧的心，却没有跟着舒展开来，她忽然怀疑起来，为什么小叶泡的假玉螺茶和老师泡的茶是一模一样的呢？

三

二秀渐渐知道了，在子盈茶社炒制的茶，大多是真正的玉螺茶，参观的人都被领到茶社来看原生态。因为人多了，茶社还临时开出了饭店，留大家在这里品茶吃饭，等着购买新鲜出炉的玉螺茶带回去。

太阳一天比一旺，春天一天比一天近，转眼就快到清明节了。一过了清明，玉螺茶就不如清明前那样值钱了，它的嫩芽越来越少，叶子也会越来越粗，所以清明前这几天，来的客人特别多。

客人是这里的常客，大概每年都来，一切都很熟悉，就像进了自己的家，他们坐下，泡茶，喝茶，说话。二秀一边烧火一边有一搭没一搭地听到他们的说话声传过来。他们先是说了说茶叶的价格，又说了说外边对玉螺茶的评价，也说了些与茶无关的话，后来他们又来到灶间，看炒茶师傅炒茶，拍了几张照，炒茶师傅说，张老师，吴老师，你们来啦。二秀在灶下说，我就知道你们是老师。老师听到二秀说话，探头到灶下看了看二秀，拍照的张老师跟二秀说，小姑娘，我也给你拍张照片吧。吴老师说，这个小姑娘，这么秀气，这么纯，放在这里烧火？张老师拍完照又朝二秀细细地看了看，说，嘿，我想起几句诗了：

> 月出前山口，
> 山家未掩扉。
> 老人留客住，
> 小妇采茶归。

二秀没等听完，忽地就从灶下站了起来，说，老师也是这么说的，后面还有几句呢。张老师挠了挠头，说，不好意思，是还有四句，但我没记住。吴老师说，没文化就别装有文化，猪鼻孔插葱——装象啊。他们都笑了笑。张老师又说，小姑娘，你是外地招来的吧，你不知道，从前这地方采玉螺茶可讲究啦，采下来不是这样烧火炒熟的，是放在姑娘的胸前焐熟的。二秀说，我知道，我知道，那是一抹酥胸蒸绿玉。两位老师惊奇地互相看看，他们大概没想到一个外地小姑娘竟能念出这句诗来，他们还想问问二秀，知不知道这首诗还有几句是"蛾眉十五来摘时，一抹酥胸蒸绿玉。纤褂不惜春雨干，满盏真成乳花馥"。可是二秀打断了他们的思路，她问他们，你们认得我老师吗，他叫周小进。不等他们回答，她抢着又说，你们一定认得他，他是老师，你们也是老师，你们一定知道他在哪里。张老师和吴老师同声说，小姑娘你搞错了，只是子盈村的人喊我们老师，我们其实不是当老师的。二秀固执地说，喊你们老师，你们就是老师，你们一定知道周小进在哪里。张老师说，小姑娘，你说谁？周小进？二秀说，他叫周小进，但也许他不叫周小进，叫叶小进，或者叫叶大进，或者叫什么什么进，你们一定知道他的。张老师说，他连一个准确的名字都没有，你凭什么说我们一定会认得他？二秀说，他就是这里的。吴老师说，既然他就是这里的，你自己找一找不就行了，怎么向我们要他呢？二秀说，虽然他们不承认，可我知道他一定就在这里，他对这里的一切，他对玉螺茶，很了解，很熟悉。张老师和吴老师说，那也不能证明他就是这里的呀。比如我们吧，就不是子盈村的人，但我们对这个山坳坳，对这里的玉螺茶，也一样的熟悉，一样的亲切，就像子盈村是我们的家乡，就像玉螺茶是从我们自家的地里长出来的。

二秀听到这里心里"咯噔"了一声，两位客人似乎在唤醒她，但她又不愿意从梦中醒来。张老师又说，你们老师也许和我们一样，常常来子盈村，甚至，他也可以不来子盈村，他可以从来都没有来过子盈村，他可以在很远很远的地方，从书本上看到子盈村，看到玉螺茶。一个人从书本上看到一样东西，从此就爱上它，而且爱得入骨，爱得逼真，这种事情也不是没有的。吴老师说，是呀，就像我和张老师，对子盈村的事情，也都了解得很深入很透彻的。比如子盈村叶奶奶的事情，现在子盈村的年轻人恐怕也都不知道了，我们反而都知道。张老师说，叶奶奶年轻时，被镇上的富贵人家以重金请去，采了茶叶口含胸焐，就是你说的，一抹酥胸蒸绿玉。二秀说，是老师说的。

客人走后，二秀满村子打听叶奶奶。老叶最反对她去找叶奶奶，但是老叶被许多买茶叶和卖茶叶的人包围了，吵得焦头烂额，也顾不上二秀了，他只是说，叫你别去你不听，你不听就不听。二秀就是不听老叶的话，最后她终于在一个山角落里找到了叶奶奶。

叶奶奶已经很老了，但她的脑子很清楚，口齿也很清楚，她有头有尾有滋有味地给二秀说起了那件事情。她告诉二秀，那一天她是特意爬到右岗山坡上去采的茶，右岗的茶树，是子盈村最好的茶树。最后，老太太眉开眼笑地晃了晃自己耳朵上的一对金耳环，说，喏，这就是大户人家送给我的，是老货，你看看，成色足的，现在的货，成色不足的。

二秀回到茶社，老叶正在找她，责怪她不烧火就跑走了。

二秀兴奋地说，村长，我找到叶奶奶了。老叶生气地说，找到叶奶奶怎么呢，有烧火炒茶重要吗？二秀说，叶奶奶告诉我了，她年轻时真的用胸口焙过茶的，还在口里含茶呢，跟老师说的一模一样。老叶皱眉说，你听她的，她老年痴呆症，人都不认得，还能说当年的事情？二秀不信，她觉得老叶总是在和她作对，二秀说，我不相信你的话，我相信叶奶奶的话。老叶说，她从十七岁嫁进叶家坳，就没有出去过，就没有离开过这个山坳坳，怎么可能去镇上帮大户人家焙茶？再说了，你看看她那个样子，长得要多丑有多丑，就算有人来请，也不会请到她。二秀说，她还有一副金耳环，就是当年人家送给她的。老叶笑了，说，你上她当了，这副耳环，是她孙子去年买了给她做九十大寿的，你不懂黄货，你不会看成色，明明是新货，老货会这么金金黄吗？

二秀气得哭起来。老叶说，哭什么呢，哭什么呢？你说是老货就老货好了，无所谓的。二秀说，怎么无所谓，怎么无所谓，有所谓的。老叶正挠头，小叶来了，他告诉老叶，村上有家人家的一个老人刚刚走了，他们想要把他埋在左岗上。老叶摆了摆手，说，我就知道有人要新出花样了，左岗上不行的。小叶说，左岗为什么不行呢？老叶说，左岗被规划了。小叶说，规划我们的左岗干什么？老叶说，你问我，我也不知道，我只知道规划了就不能动了，你去跟他们说，只能按老规矩埋在右岗上。小叶说，好，我去了。

二秀追着小叶出来，问他叶奶奶的事情到底是不是真的。小叶说，既然老奶奶说是这样的，你愿意相信，那就当它是真的罢。二秀说，我是当它真的，我也想试试。小叶说，那不行吧，老叶看不上你，不肯让你采茶，你怎么试？二秀说，所以我求你帮帮我。小叶说，今年恐怕不行了，要不，你明年再来吧。今年你手生，明年我替你求情。二秀说，不行的，我回去就要嫁人了，明年不能来了。小叶说，嘻嘻嘻，你那么当真，现在都无所谓的，嫁了人怎么就不能采茶呢？你照样来采好了。二秀扭了身子生闷气。小叶说，怎么又生气了呢？二秀说，我不同意你的说法，老师说，结了婚不可以的。小叶说，你们这个老师，真是奇怪。

最后小叶还是被二秀说服了，他带着二秀来到山坳深处，二秀转了半天才发现，这就是小叶带她来过的坟地右岗。这里只有一小片茶树，小叶说，你是不是觉得这里阴森森的，有没有点汗毛凛凛？二秀说，为什么？小叶说，咦，你来过的嘛，这是右岗嘛，我们村的死人都埋在这里的，你一个小姑娘，倒不怕？二秀说，我不怕的，老师也在这里。小叶说，告诉过你了，你们老师不在这里。见二秀又哭兮兮的样子了，小叶赶紧说，好好好，你说在这里就在这里吧。

小叶指点着二秀，让她采一些嫩头，小叶说，别看这块茶地小，这可是我们村最好的茶叶。二秀说，叶奶奶也说右岗的茶树是子盈村最好的茶树，为什么呢？小叶不说话，只是用脚点了点地皮，又朝二秀眨了眨眼睛。二秀想了想，似乎是懂了，又似乎没懂。她采了一些茶叶，小叶就说，够了够了，拿了随身带着的袋子给二秀装茶叶。二秀却不要，掏出一块丝手帕，小心地包好嫩茶，然后转过身去，背对着小叶，将茶包揣进了胸怀。

二秀回家了。在长途汽车上，二秀碰到许多买茶的人，他们纷纷炫耀着自己买的玉螺茶是多么的好，多么的正宗，又多么的便宜。最后二秀忍不住说，你们上当了，你们买的，不是真玉螺茶。买茶客都朝二秀看，看了一会儿，有人说，谁说我们上当了？我们没上当，我们就是要买这样的。二秀说，你们要买假玉螺茶？他们说，那当然，假的便宜多了，差好几倍的价格呢。也有人说，我是买了送人的，托人办事情，送玉螺茶是最好的，又不犯错误，又有档次。二秀说，你买了假茶送人，人家喝出来是假的，你不是办不成事了吗？他们都哈哈大笑起来，说，小姑娘，现在谁喝得出真假噢。二秀说，有人喝得出来，一定有人喝得出来。他们说，你说谁？难道你一个外地小姑娘喝得出来？二秀说，老师喝得出来，从前，我们老师拿真正的玉螺茶泡给我们看的。他们又笑了，说，从前是从前，现在是现在，现在跟从前大不一样了，别说茶了，现在连水都不是从前的水了，就算你有真正的玉螺茶，用现在的水泡，泡出来也不是真的了。另一个人伸了伸自己的舌头，给大家看了看，说，不说水了吧，就说我们的舌头，你咂咂自己的舌头，是不是麻了？现在的人，舌头都是麻木的，真正的玉螺茶给这样麻木的舌头去品，也是糟蹋了呀。

这话一说出来，车上许多人都在品咂自己的舌头，他们果真感觉舌头麻麻的，大家七嘴八舌说，哎呀，真是的，哎呀，你不说我还没感觉呢，现在一感觉，舌头真的不对头了。

二秀无声地咂了咂自己的舌头，她没有感觉出麻木，一点也没有。她的舌头还跟从前一样，一点都没变。

二秀回到自己的家乡，来到老师失足跌落的河边，她从怀里掏出茶包。茶包暖暖的，茶叶被她焐熟了，就和炒茶师傅炒出来的一模一样，一根一根细细地蜷着。二秀轻轻地把茶撒在河里，茶很慢很慢地舒展着，舒展着，但是它们太轻太轻了，它们一直在河面上漂着，始终没有沉下去。

茉莉花开满枝桠

　　妮子三岁的时候，在外面打工的漆桂红和男人一起回家过年，妮子不认得她，不肯喊她妈妈，漆桂红要抱女儿，女儿却推开了她，转身走了。漆桂红很伤心，哭了几声。男人骂她，大过年的，哭你个头，小孩认生，有什么大不了的。漆桂红抹着眼泪说，她不肯喊我。男人又骂她，蠢货，她不喊你，就不是你女儿了？男人脾气臭，漆桂红不敢和他斗嘴，但她想过了年她不再跟男人出去打工了。男人还是骂她，你个败家婆，不打工哪来的钱，没有钱，欠的债拿什么还，没有钱，往后怎么供妮子读书？漆桂红仍不敢回嘴。刚过初三，年的气味还没有消失，他们又出门了。临走前漆桂红没有找到妮子，她知道女儿有意躲起来了。

　　又过了几年，漆桂红回家，看到妮子活泼泼的，抱着妯娌的腿喊妈妈，喊得那个亲热。漆桂红生气地跟妯娌说，她是我的女儿，怎么喊你妈妈？妯娌说，不是我让她喊的，是她自己要喊的。漆桂红说，她是小孩子，她不懂事，你也不懂事？你这算什么，我的女儿成了你的女儿？妯娌说，我叫她不要喊，可她不听，不信你试试。漆桂红去拉女儿的手，女儿却紧紧抱住妯娌的腿，喊着，妈妈，妈妈！

漆桂红这回不依了，无论男人怎么骂她，她坚决要和女儿在一起，要不就让她留在家里，要不就带上女儿一起进城打工。男人最后也让了步，说，你实在要带就带吧，带了你可别后悔啊。

妮子就跟着父母进城了。第二年，漆桂红和男人想了许多办法，托了好多人，把几年打工积攒的钱差不多都用出去了，终于给妮子找到了一个学校，并且落了学籍，妮子成了城里的一个小学生了。

日子还是艰苦，一家人挤在一间小小的出租屋里，但女儿有了一张小书桌，也有电灯，可以写作业。女儿和漆桂红的关系改善了。几年来一直萦绕在漆桂红心头的阴影，总算慢慢地消去了。

不料天有不测风云，漆桂红家的欠债还没还清，漆桂红的男人又出了工伤事故，断了一条腿，厂里给了一笔工伤费，就送回老家去了，成了一个废人。漆桂红想和男人一起回乡下，男人虽然少了一条腿，却还是凶，骂她说，一起回去等死啊。

漆桂红在城里的这份活，虽然辛苦，但工资还比较稳定，多少有点进账，何况女儿的学籍已经落在城里，漆桂红就带着女儿留下了。

漆桂红和男人是在同一个工厂工作的，男人回去以后，厂里有人欺负漆桂红孤身一人，来骚扰她，不过也不是什么大事情，就是说一些不三不四的话，吃吃豆腐，也有个别胆子大的，野蛮的，上前捏她一把，或者从后面拍一下屁股，就跑了。毕竟厂里有厂里的规矩，不能太过分，太过分了厂里也容不得他们的。漆桂红为了赚点工资，也就忍了。可是后来厂里有一个领导也来占她的便宜了，而且这个人不光嘴上说，还动手动脚，晚上还来敲漆桂红的门，吓得漆桂红晚上连灯也不敢开，天一黑就锁门。

漆桂红眼泪巴拉地去找老乡崔凤琴，崔凤琴喜欢骂人，逮到谁骂谁，她把漆桂红厂里的人一一骂过来，最后却说，我也只能骂骂他们，这事情我也没法帮你。漆桂红又哭，她除了哭，也没有别的办法。崔凤琴听她哭了一会儿，拍了拍桌子，说，有的给这些狗日的白占便宜，不如跟我去做事。漆桂红瞪着泪眼说，不在这里干了？崔凤琴呸她说，除非你情愿给狗日的白摸。

漆桂红跟上崔凤琴，崔凤琴要她做的第一件事就是学跳舞，把漆桂红吓了一跳。崔凤琴说，我知道你想不通，一个乡下婆子，要身段没身段，要脸盘没脸盘，学跳舞干什么？又说，你也不要问，只管去学，学会了再说。崔凤琴把漆桂红带到大公园，那里有好多人在跳舞，但他们都是会跳舞的，漆桂红怎么挤得进去？崔凤琴说，你放心，你就站在那里，自会有人来教你。漆桂红不放心，说，要钱吗？崔凤琴说，不要钱。漆桂红又不相信，说，不要钱，他为什么要教我？崔凤琴气道，你废话真多——她看着漆桂红茫然无助的样子，口气缓了缓，说，嘿呀，说不定在城里就碰到个傻子呢。

漆桂红还是不相信，但崔凤琴没时间再跟她废话，扔下她就走了。

舞曲响起来了，是《茉莉花》的曲子。《茉莉花》是漆桂红最喜欢的歌，想不到今天一来，就碰上这个曲子，一对一对的舞搭子跳得都很投入。漆桂红来的时候是战战兢兢的，但是有了《茉莉花》，她似乎壮了一点胆，甚至还找到一点亲切和踏实的感觉。

漆桂红只站了一小会儿，果然有个人过来问她了，你怎么不跳？漆桂红心里怦怦跳，说，我不会跳。这个人就说，我教你。

说着就架起漆桂红两条手臂，往场子里带。漆桂红慌了，急急说，我很笨的，我从小就不会文艺的。这个人说，再笨的人，也能学会跳舞，我带你走两圈，就包你会了。说完便带着漆桂红走开了步子。漆桂红完全踩不着《茉莉花》的节奏，一脚踩到了他的脚。他说，不碍事，不碍事，一开始都是这样的，踩几下就习惯了，态度好得让漆桂红不敢相信。漆桂红被架着走转了几圈，心里不踏实，忍不住说，你收钱吗？这个人愣了愣，说，收什么钱？漆桂红说，你教我跳舞，收不收钱？这个人说，我是喜欢跳舞才来的，教你跳舞的时候我也是在跳舞嘛，跳舞怎么还要收钱呢？漆桂红想，崔姐说得对，果然碰到了傻子。

漆桂红不灵活，身材也微胖，但跳了几次也就有点会了，就这么一二三四，或者一二三，不复杂，正如头一天教她的那个人说，再笨的人也能学会跳舞。因为没想到自己学得这么顺利这么快，漆桂红兴致很高，每天早早地就跑到公园去等《茉莉花》了。

她跟着舞搭子转圈的时候，已经很熟练了，脚脚踩在《茉莉花》的节奏上，一时间，漆桂红感觉自己也像一朵茉莉花一样幸福。她居然有了点舞瘾，还想再跳呢，崔凤琴却说，别跳了。漆桂红说，我还不太熟练呢。崔凤琴说，够了，这点水平足够了，可以上班了。

漆桂红跟着崔凤琴走进一个很小的门面，进门是一个狭窄的旧楼梯，上了楼梯才发现楼上很大，是个舞厅，但光线很暗。漆桂红觉得这个舞厅不像个舞厅，倒像个废掉的工厂，又大又旧，一览无余，地是粗糙的水泥地，墙上脏兮兮的，周边有几张七翘八裂的桌子和椅子，桌子上的茶杯都是一次性的塑料茶杯，茶叶黄渣渣的，那是跳舞的人休息时喝的。

崔凤琴指了指舞池说，好了，你上班就是跳舞，会有人来
请你跳舞的，每个人跳几次，给你十块钱。漆桂红说，大公园那
边，跳舞不是不给钱吗？崔凤琴说，不给钱你陪他跳个屁——漆
桂红，你少废话，记住了，一个人给十块钱。又说，一天没有十
个也有八个，没有八个也有六个七个，你算算，比你在厂里好赚
多啦。漆桂红还是不解，说，他们怎么会请我跳舞，我是个乡下
女人，身材这么笨，这么粗，他们怎么会找我呢？崔凤琴哼一声
说，城里女人他们找得起吗？你以为城里就没有穷鬼啦，既穷又
色，还都是些老不死的老色鬼。

漆桂红这才有些明白了，她朝舞厅里张望了一下，果然多
数是老年人，六十多岁的比较多，也有七老八十的，有的老人
走路都有点颤颤巍巍，根本也跳不动了，只是搂着个舞搭子走
走路而已，完全踩不到舞曲的点子上。漆桂红这一看，就更疑惑
了，说，他们没有钱，为什么不到大公园去跳舞，那里不要钱。
崔凤琴说，你以为他们是来跳舞的？漆桂红一听就慌神了，说，
崔姐，你没有跟我说清楚，你没有跟我说清楚。崔凤琴说，现在
说清楚也不迟，你要是不干，你可以回厂里去，给那些狗日的白
摸去吧。漆桂红又吧嗒吧嗒掉眼泪。崔凤琴说，掉什么眼泪，我
早就跟你说了，有的给那些狗日的白摸，还不如给这里的狗日的
摸一摸，反正一样就是个摸。说着说着她自己就笑了起来，笑了
笑，又说，哎呀，你又不是什么金贵的小姐，腰身像个柏油桶，
脸盘像个向日葵，除了这些死不要脸的老东西，谁会稀罕你？婚
前金奶子，婚后银奶子，生了小孩就是狗奶子，反正一个乡下狗
奶子，给狗日的摸摸，换一张大红票，你也亏不到哪里去。漆桂
红愣了半天，说，他们，他们，摸我哪里呢？崔凤琴说，你别问

那么清楚，他们不会过分的，这里都有规矩的。

和在大公园一样，崔凤琴扔下漆桂红就走了。漆桂红一想到崔凤琴说的"给狗日的摸摸"，脸上滚烫滚烫，心里怦怦跳，她看紧了舞厅的门，随时准备要逃走了。但是已经来不及了，已经有一个个子矮矮的老头走过来了，朝漆桂红笑笑，说，听说你姓漆？我还从来没有碰见过姓漆的人呢。他牵了牵漆桂红的手，很快就放开了，又说，你是新来的，你有点紧张。漆桂红紧张得腿肚子打哆嗦，也不敢看他，只是低垂着眼睛说，我没、没紧张。矮老头说，其实，不瞒你说，我也很紧张。他架起她的手臂，就下舞池走起步来。旁边跳着舞的几个人都跟矮老头搭讪说，老扁头，有新搭子啦？漆桂红这才敢看了矮老头一眼，果然头扁扁的。

老扁头带漆桂红走了几步，基本上不是跳舞，只是摇摇晃晃地走，一步两步，一步两步，漆桂红发现老扁头跳得并不好，放心了些，也大胆了些，也想放开手脚跳一跳，可老扁头始终两脚踩高跷似的轮番踩来踩去，并不起舞，也不说话，漆桂红觉得老扁头似乎在犹豫着什么，似乎想说什么又说不出口的样子，只是看他一会儿脸红红的，一会儿脸上的肉又抽一抽，一会儿眼睛又闭一闭，这么奇奇怪怪地走了一会儿，老扁头终于说话了，他指了指漆桂红的胸口，说，小漆，我可以摸这里吗？漆桂红的脸唰地红了起来，低声说，我不知道，我是新来的，摸哪里你自己知道的。老扁头有点尴尬，咳了一声，说，你这么说了，好像我是个老手，其实，我也不怎么懂的，你这么说了，叫我有点难为情。漆桂红心里骂道，不要脸，难为情还会来？老扁头像是听到了漆桂红心里的话，说，我知道，我知道，做这种事情是有点、有点那个什么，但我确实是有点不好意思的。漆桂红心里又骂了几句，这回老扁头没有再解释。

老扁头下了下决心，一只手就伸过来了，漆桂红又惊又怕，背弓起来，胸脯往后缩，头颈往前拱。老扁头的手停了一停，说，你要缩到哪里去呢？手又伸上前了。漆桂红知道躲不过，又羞又恼，胸脯一下子变得又硬又僵。老扁头的手触到漆桂红的胸脯，先是惊了一下，好像被烫着了，立刻缩了回去，过了一会儿，慢慢地又伸了过来，如此几次，慢慢地适应了，就停在那儿不动了，嘴上直说，好，哎呀，好，好软啊，小漆，你好、你好软啊。停下来歇一歇，又指了指漆桂红的衣襟说，小漆，我能伸到里边去吗？漆桂红说，我不知道的。老扁头说，让我伸进去摸摸好吗？崔凤琴并没有跟漆桂红说清楚，手能不能伸进衣服，现在老扁头眼巴巴地等着，漆桂红不回答，他就不动了，但又忍不住，说，小漆，你让我伸进去摸一摸吧，人家都可以伸进去摸的。漆桂红心里实在熬不住，眼泪就掉了下来，说，你伸进去摸了，还要再摸哪里？老扁头一看漆桂红哭了，有点慌，也有点难过，赶紧说，别哭别哭，我不伸进去了，就在外面摸摸，一样的，啊，一样的。他的手就隔着漆桂红的衣服，抓住漆桂红的胸脯，揉了一揉，又说，等会儿再让我摸摸你的屁股啊。不等漆桂红反应过来，老扁头又说，摸屁股也是在外面摸的，小漆你放心，我们都懂规矩的，你们都是有儿有女有老公的人，我们不会怎么样的，再说了——老扁头压低了嗓音说，小漆，你不用怕，我告诉你，我早已经没有、没有那个能力了，真的，你要是不信，你要是不信——噢，我不说了，小漆，我只是摸摸，只是摸一下，就可以了。

舞曲终于停下来了，老扁头很绅士地牵着漆桂红的手回到座位那里，请漆桂红坐下。漆桂红脸通红的，偷偷地看了看其他人，没有一个人注意她，她们都在和老头子们说说笑笑，打打闹闹，漆桂红心里刚一轻松些，就惦记着老扁头没给钱。老扁头知道她的心思，说，小漆，跳三曲，跳完三曲一起付，这里都是这样的，这是规矩。漆桂红说，你不讲规矩怎么办？老扁头说，小漆，你放心，这里的人都讲规矩的，不讲规矩在这里待不下去的。

　　下一个舞曲开始前，老扁头还特意来问漆桂红，有没有她特别喜欢的曲子，有的话可以点，点了他们就会放。漆桂红干巴巴地说，没有。其实那一瞬间她心里是想到了《茉莉花》的，但她不知道自己是希望播放《茉莉花》还是害怕播放《茉莉花》，可结果放出来的却恰恰就是《茉莉花》，漆桂红心里一慌，脸色也有点异样。老扁是个细心的人，立刻就发现了漆桂红细微的变化，高兴地说，小漆，你也喜欢《茉莉花》吧？跟我一样哎，我也喜欢《茉莉花》——其实我不光喜欢跳《茉莉花》，我平时就喜欢茉莉花，我觉得茉莉花又香又朴素又低调，不像玫瑰花，太娇艳，还刺人，也不像百合花，虽然蛮清爽，但它的花芯太容易掉，一碰就掉了，不碰它也会掉，一不小心弄得满身都黄渣渣的，洗也洗不掉，还是茉莉花好，静静地开放，静静地香，小漆，你说是不是——说着说着，老扁得意地哼了起来，他五音不全，完全没哼出《茉莉花》的调调来，他自己也知道哼得不像，不哼了，又说，小漆，我看你就像一朵茉莉花哎——他的手又伸了过来，漆桂红身子又往后缩，但她终究无处可缩，觉得一股气血在五脏六腑乱冲乱撞，她在心里恶狠狠地骂道，你妈才是茉莉花！

　　果然，老扁头规规矩矩地和小漆跳了三曲，每次跳的时候，都摸摸漆桂红的胸和屁股，他摸胸的时候，是要搓揉一下的，但摸屁股却不一样，其实不能算是摸，只是拍一拍，过一会儿，再拍一拍。漆桂红不知道这是不是规矩。

跳完三曲以后，老扁头看了看表，说，我要走了，小漆——茉莉花，明天见啊。

漆桂红一口气一直闷在肚子里，憋屈得好难过，不光心口疼，连小肚子都憋得疼，直到老扁头走了，她才对着没人的地方，咬着牙骂了几十句你妈才是茉莉花，才出了一点气，坐下来想喝口水镇定一下，又有一个老人走过来了。这个老人穿着很讲究，戴着眼镜，看上去比刚才那个讲规矩的老扁头还要斯文一点。他坐到漆桂红对面，说，你刚刚下来，休息一会儿吧。他给漆桂红的茶杯里续了水，说，喝点水。又说，这里的茶叶太差了，也不知道是哪一年的陈茶，恐怕都发霉了，老板节省成本。你喜欢喝茶吗？喜欢的话我明天从家里带给你喝。漆桂红赶紧说，我不喝茶的，我只喝白水。眼镜点了点头，说，好，喝白开水好，喝白开水健康。又说，我这个人，什么都好，就是话多，不过，人老话多嘛，也是正常的，请你多多原谅。对了，刚才我听他们说了，可又忘了，你老家是哪里的？漆桂红不想说，眼镜也不勉强她，自顾自地说，年纪大了，忘性就大了，刚刚听他们说过，一转身就忘记了，不过也无所谓啦，我们又不是处对象，不一定要问家乡的，你放心好了。漆桂红看着他的眼镜片子在昏暗的灯光下一闪一闪，一闪一闪，漆桂红心里也跟着一闪一闪的，不知道怎么才能让他闭嘴。眼镜明明看到漆桂红皱了眉，也知道她嫌他啰嗦，但他控制不住自己的唠叨，又说，我刚才说了，我就是这个毛病，话多，请你原谅。哎，对了，你今年多大了？刚才他们说了，哎呀，我又忘记了，三十？三十五？

三十七？不像，不像，看起来就二十多岁。但是二十多岁的人是不会来这里的，你虽然是乡下来的，但是气质蛮好的，什么原因你知道吗？主要是因为你不太瘦，现在许多女人都喜欢瘦，其实她们不懂，瘦的女人是没有气质的。

眼镜就这么有一搭没一搭地和漆桂红讲了许多话，当然，与其说他是在和漆桂红讲话，不如说他是在自言自语，因为漆桂红始终没有回答他一个字，没有说过一句话。眼镜说到最后，停了下来，好像在想什么问题，想了一会儿，突然一拍脑袋，说，怎么都是我在问你，你怎么不说话，你也问问我呀？漆桂红说，问你什么？眼镜说，随便你问什么，既然我们是舞搭子，你总要主动跟我说说话呀。漆桂红说，崔姐说，只是摸摸，没有叫我说话。眼镜说，咦，多说话有利于交流感情呀，比如你可以问我，你为什么要来跳舞？漆桂红就死板板地说，你为什么要来跳舞？眼镜叹息了一声说，我孤单呀，你不知道，我有多孤单，整天心里空空荡荡的，没着没落的，这种感觉，你有过吗，你能体会吗？漆桂红又不吭声了。眼镜说，咦，你怎么只问一句？你再问啊。漆桂红说，我再问什么？眼镜说，比如你问问，你家里有老伴吗？漆桂红又死板板地学着他说，你家里有老伴吗？眼镜说，我有老伴的，我老伴年轻时才漂亮呢，她不是乡下人，她是城里的大小姐，风度很好的，现在她老了，人家都说她像秦怡呢。我老伴不仅人长得好，心肠也好，对我也好，你看，我身上穿的，都是她收拾的，清爽吧，整齐吧，有型吧。漆桂红心里骂道，既然她这么好，你还到这种地方来作死。眼镜还在说，还有，我吃的，我过日子的所有的一切，都是她帮我弄的，她把我伺候得像皇帝呀——对了，你心里一定在想，既然她对你这么好，你为什么还要到这里来？这就是我的心结呀，没有人能理解我，我家里人，我的亲戚，我的朋友，全世界的所有的人，他们都不知道我孤单啊。眼镜说着说着，脸都白了，手忙脚乱地摘下眼镜，又戴上去，再摘下来，又戴上去，也不知道他要干什么。漆桂红就什么也没有说。眼镜又说，你不知道的，谁也不知道的，我每天晚上睡觉，心里是空的，早上醒来，心里还是空的，我的心好像被谁拿走了，我好孤单啊。你明白什么是孤单吗？漆桂红在肚子里恶狠狠地咒骂道，老流氓，老不死，老棺材，老甲鱼，孤你个头，孤你个魂，孤你个枪毙鬼！

眼镜却笑起来，说，我很喜欢你，你是个老实人，我自己也是个老实人，所以我也喜欢老实人，我不喜欢那种花里胡哨的人，还有那种嘴上抹了蜜的人。漆桂红又暗骂他，做流氓还假装老实人，真不要脸！

下一曲又快要开始了，眼镜也和老扁头一样，热情地说，哎，我们这个舞厅很讲人性化，你要是有自己喜欢的曲子，你可以点，你不点的话，他们就随便放，你要点吗？你喜欢什么曲子？漆桂红不由自主地往后缩退了一下，惊恐地说，我不要《茉莉花》，我不要《茉莉花》。眼镜脾气真好，笑眯眯地说，噢，你不喜欢《茉莉花》？好，好，不要《茉莉花》，我们跳别的曲子，一样的。

后来下午场到点了，跳舞的老人和妇女都走光了，漆桂红却一直没有走，她把那杯茶喝了又喝，喝得茶水寡白寡白了，还在往杯子里加水。舞厅老板笑她说，喝了这么多水，想把门票钱喝回去啊？漆桂红说，我，我口渴。老板道，不是口渴吧，是不敢回家了吧，怕老公发现吧？停顿一下，又怪笑说，没事的，没事

152

的，刚开始来的人，都这样，过一阵就好了，老吃老做了，你不来还难过，还熬不住呢。漆桂红不敢回话，舞厅老板就赶人了，说，走吧走吧，再不走晚场的人要到了，你得重新买票。看漆桂红没听明白，又说，你别痴心妄想了，你以为你是谁？你以为你长得很好看？身材好？脸盘好？老板又瞄了瞄她，说，照照镜子去，腰身像柏油桶，脸盘像向日葵。我告诉你，晚上都是小年轻，你们待在这里，恶心他们，要影响我生意的，走吧走吧。

漆桂红出了舞厅，走到公交车站等车，看到一张熟脸，也是在舞厅里跳舞的一个老头。这个老人更古怪，上身穿一件花格子西装，下身一条牛仔裤，还戴了顶鸭舌帽，看了叫人又想笑又恶心。老头见漆桂红看他，似乎有点紧张，赶紧靠过来，把鸭舌帽拉低了，低声说，你别和我说话，别跟我打招呼，你离我远点，只当作不认得我。漆桂红觉得莫名其妙，但还是点了点头。可她的眼睛实在忍不住要去看他的奇装异服。老头说，你觉得我穿得奇怪吧，我从小就是这样，到老也改不掉，所以他们给我起个绰号叫"外国叫花子"。漆桂红忍不住朝他笑，外国叫花子吓一跳，赶紧走开几步，站定了，但想想不放心，又回过来说，你以后在街上看到我，不要喊我啊。他抽了抽鼻子，像是要哭了，但是又忍了忍，说，我的事情，我老太婆已经知道了，我没脸回家了，我老太婆说，我要是再去舞厅，就把我的丑事告诉我女儿女婿，告诉我从前的同事，告诉我所有的亲戚朋友，我也是个知识分子，我也要脸面的呀。漆桂红忍不住说，那你还去？外国叫花子终于哭了出来，我没有办法，我没有办法，我不能不去，我明明知道你们这些女人，不好好劳动，专门花老头子的钱，天地良心啊，我们苦了一辈子，也就是这一点点钱，全被你们花光了——你不要这样看着我，我没有瞎说，你们就是这样有手段，有本事花得我们团团转，乖乖地把钱交给你们。我老婆问我，你天天去舞厅，还动手动脚，是不是因为她们年轻漂亮？天地良心，你自己说说，你们哪里年轻漂亮了，才不年轻，才不漂亮，都是乡下女人，都是中年妇女，有的都快老年了，还烫头发，涂口红，看上去吓人倒怪的，腰身像柏油桶，脸盘像向日葵，难看死了。漆桂红气得转身走远几步，不理他了。外国叫花子却又缠过来说，我是不想去的呀，可是我控制不住自己，我上瘾了，一天不去就不行，一天不去我心里就找不着底了。我跟我老婆说，你打我吧，你骂我吧，我是老流氓，我真的是老流氓，我不要脸，我不是人……可是，可是，我还是想去呀。漆桂红气得发抖，壮着胆回敬他一句，想去你就去吧。外国叫花子直摇头，说，不行啊，自从我老婆发现了我的丑事以后，她就不再给我零花钱了，我就用我的小金库，短短的时间，我把我几十年的积蓄都给了你们，我现在已经开始偷家里的钱了，如果偷不到钱，我会偷家里的东西去卖，如果偷不到家里的东西卖，我，我不知道我会不会去当小偷……哼哼哼，为了你们这种女人，我要当小偷啊，老扁头还说你像茉莉花呢，呸呸呸，我知道你们都是断肠草。

漆桂红连奔带跑逃离了这个车站。

漆桂红没敢再上公交车，就一直走回家去了。走着走着，慌乱的心情似乎平静些了，可再走着走着，离家近了，她的心又再次慌张起来，到了家门口，掏钥匙开门的时候，她的手都不听使唤了，钥匙"啪"的一声掉到地上。妮子在屋里听到声音，来给她开门。漆桂红弯腰捡起钥匙，一起身，看到妮子站在她眼前，漆桂红惊吓得一哆嗦，赶紧避开妮子的眼睛，侧身进了屋子。进了屋却又不知道要干什么，张着两只手站在那里，眼神也不知往哪儿支，也不敢和妮子说话，又怕不说话引起妮子的怀疑，后来勉强挤出一句多余的话，问，妮子，上学了吗？妮子说，上了。漆桂红仍然心虚，又问，放学了吗？这回妮子没有回答，抬眼朝她盯了一下，漆桂红冷汗都冒出来了，慌忙解释说，妈妈是说，今天有没有家庭作业。这话更是荒唐，妮子正在写作业呢。最后还是妮子给她解了围，妮子说，妈妈，我饿了。漆桂红才想起回来应该做晚饭，暗骂自己一句，做贼心虚。赶紧到外面走廊上去做饭，躲开了妮子。

过了一阵，漆桂红的妯娌带着孩子从乡下出来了，住到漆桂红这里，把漆桂红吓得不轻，她试探妯娌是不是也要在城里干活，会不会要她介绍工作呢？妯娌却没有这样的打算，只是说，我就是带小宝来看看新鲜，我才不要在城里做活，湾头村的崔凤琴说，乡下女人进城，要么就是被人摸，要么就是送给人摸。妯娌见漆桂红惊慌失措的样子，又说，小宝他大妈，我不是说的你啊。漆桂红满脸通红，就听到身后"刺啦"一声，回头一看，原来小宝要抢妮子的作业本，妮子不给，两人一夺，妮子的一页作业纸给撕了下来。漆桂红过去捡起来一看，是老师布置的一篇作文，题目是《最美丽的花》。妮子写了开头几句：最美丽的花是茉莉花，虽然我从来没有见过茉莉花，但是我妈妈喜欢茉莉花……漆桂红心头一阵难过，赶紧说，妮子，你写错了，妈妈不喜欢茉莉花，妈妈最不喜欢茉莉花！妮子不吭声，妯娌却奇怪了，说，咦，小宝他大妈，你从前在家的时候，天天唱《茉莉花》，你是最喜欢茉莉花的，妮子没有写错呀。漆桂红只觉得头皮发麻，心里乱颤，尖声说，你们别说了，我讨厌茉莉花，我恨死茉莉花了。屋子里一个大人两个孩子，都呆呆地看着漆桂红。

　　妯娌临走前一天，漆桂红陪她上街逛逛，在街头看到一个强横霸道的小流氓在欺负一个女孩子，拳打脚踢的，围观的人却没有一个人上前制止。漆桂红怕事，拉着妯娌要走，忽然就看到舞厅里的那个老扁头，从人群中冲了出来，大声喝道，你给我住手！小流氓猛地一愣，住了手，回头看看是个矮老头子，嘴角一斜，重新握紧了拳头。大家都替老扁头捏一把汗，老扁头却不急不慌，慢悠悠地说，小伙子，告诉你，我是警察！怎么，觉得不像吗？我是退休的警察，退休的警察可比没退休的警察更厉害噢，你说是不是？没退休的警察有纪律，退休的警察可没有纪律噢，你信不信？不信的话，要不要试试？小流氓竟然被他唬住了，愣了片刻后，骂骂咧咧地走了。

　　老扁头一回头看见了漆桂红，高兴地喊起来，小漆，小漆，你逛街啊？漆桂红拉着妯娌就跑。老扁头在后面追着说，小漆，漆桂红，漆桂红，你别跑，你误会了，我骗他的，我不是警察，我真的不是警察。妯娌说，他认得你？漆桂红说，我不认得他。妯娌奇怪地说，那他怎么叫你名字呢？漆桂红说，你听错了。妯娌说，没听错，没听错，我听得清清楚楚，他喊你小漆，喊你漆桂红。漆桂红顾不得妯娌，一个人慌慌张张逃走了。

　　家里又恢复了以往的安静。漆桂红开始还以为是妯娌走了的原因，后来才慢慢地发现，跟妯娌无关，是妮子有点不对劲，妮子话越来越少。开始漆桂红问她什么，她还回答一两个字，到后来漆桂红怎么说话，怎么问，她都不再回答了，最多只用眼神或者用身体的某个部位，来表示一个最简单的态度。有一次放了学干脆就没回家，漆桂红找到天黑也没有找到，最后惊动了妮子的老师，老师从妮子的作业本上看到妮子做的一个"虽然……但是……"的造句："虽然我家没有CD机，但是我还是想买一盘茉莉花的CD片——"大家受到启发，果然在离家不远的一家音像店门口找到了蜷缩在那里一言不发的妮子。妮子怀里紧紧地搂着一盒茉莉花CD片。

音像店的老板见了漆桂红和妮子的老师，抱怨说，这个小孩怎么回事，在我这里买了一盘CD，要我放给她听，我就放了，明明是好的，她还要再放一遍，我又放了一遍，还是好的，可她还是不走，还要我再放，我不要做生意啦？可我不给她放，她就不走，你看，就这样，赖在地上，好像我欺负她似的。漆桂红气得哭了起来，边哭边说，你要气死我，你要气死我。一边去夺妮子手里的CD片。妮子抓紧不放，两个人一争一抢，CD片掉落下来，塑料壳子碰碎了，CD片子一直滚到了路当中，一辆电瓶车经过，它的轮子把片子压碎了。

妮子慢慢地走到路中间，蹲下来，一片一片地把《茉莉花》的碎片捡起来，捧在自己的手心里。

老师认为妮子有心理问题，漆桂红去问崔凤琴，崔凤琴说，小孩子有屁的心理问题。漆桂红说，从前她一个人在乡下的时候，就不说话，后来我带她出来了，她就好了，现在不知怎么又犯了。崔凤琴想了想，说，妮子知不知道你在干什么活？漆桂红慌忙说，她不知道的，她不知道的，她上学，我上班，她从来没有跟过我，也从来没有问过我，怎么会知道？崔凤琴说，那我就不知道了，如果要看心理医生，就要到精神病院去看，那里的医生看这个正宗。漆桂红吓了一跳，又要哭了。崔凤琴生气道，哭你个头，到精神病院就是精神病啦？现在到精神病院看病的人多得是，睡不着觉的人，吃不下饭的人，打嗝的人，放屁的人，都到精神病院去看病呢。又说，你想不想让妮子说话，你想不想听听妮子心里到底在想什么？心理医生有本事让她说出来。

漆桂红带妮子去精神病院看专家门诊，和妮子一起坐在医院走廊的椅子上等候。看着妮子像块木头一样，不说不动，眼神冰冷的，漆桂红心里空荡荡地难过，她忽然就想起眼镜跟她说过的话，眼镜就说他心里空空的，晚上睡觉心里是空的，早晨起来心里还是空的，心好像被人拿走了。漆桂红那时候根本就不知道他说的什么，还在肚子里恶狠狠地骂他，现在她才觉得，自己的心也被人拿走了。

心理医生看病很慢，好半天，护士才叫一个号。漆桂红焦虑不安地坐下去又站起来，站起来又坐下去，在始终一动不动的妮子面前，她倒像是妮子的女儿了。

病人们都坐在门诊室外面的椅子上，挨个地等候，进去一个病人，后一个病人就往前挪一个位置。每次挪位子，漆桂红都拖着妮子的手一起挪。漆桂红的眼神是涣散的，根本也没有注意自己前边和后边的病人，一直挪到了第二位的位置上，漆桂红才发现，坐在她前边的是个中年妇女。

只要里边的那个病人出来，这个妇女就可以进去看病了，漆桂红的希望也越来越近了，她这才看了这个妇女一眼。这一看把漆桂红吓了一大跳，妇女正泪流满面，像个受了委屈的小孩，可怜巴巴地看着漆桂红，说，你认得我。漆桂红吓得赶紧摇头。妇女却坚持说，你一定认得我，你不认得我，怎么会看我？人家都不看我，就你看我，你一定认得我。你知道我是谁，你一定知道我是谁。她捂住自己的脸，继续哭着说，我没有脸啊，我没有脸啊。

漆桂红赶紧避开一点，妇女却又朝她挪近一点，哭着问她，你说，世界哪有像我这样的人，哪有像我这样的母亲？我天天想女儿，想女儿回来，可女儿一回来，我就骂她，打她，掐她，我恨不得掐死她，我就是要掐死她。她就逃走了，我就在家里哭。天天想她回来，她不回来，我就哭，哭了就想死。她终于又回来了，可她一回来，我又骂她，打她，掐她，我要掐死她……妇女一边说一边往漆桂红身边靠，越靠越近，她想抓漆桂红的手，漆桂红一缩手，妇女抓了个空，又哭了起来，说，我女儿比你年轻多了。

　　漆桂红想躲开她，往座位的另一边挪了一下，但妮子没有动，漆桂红就挤着了妮子，和妮子紧紧地挤在一起。她看了一下妮子，妮子还是老样子，周围发生的一切，都跟她无关。

　　这个妇女一直在哭哭啼啼念念叨叨，护士有点烦她，说，你既然这么清楚事理，意识也很清醒，怎么会控制不住自己呢？妇女停顿了一会儿，又开始哭了，说，医生，人家说我是上瘾了。护士说，没听说过，骂女儿打女儿还有瘾？妇女说，有的，有的，我就是瘾，是神经病的瘾，我听说有一种药，可以帮我戒瘾的，是不是有这种药？见护士不理她，又说，肯定有的，现在小孩子上了网瘾，都有药可以戒的。护士忍不住说，你的病，神仙也救不了你。妇女一把抓住了护士的手，哀求说，医生啊，医生啊，你救救我吧，你救救我吧。护士抽出手，站了起来，恼恼地说，我不是医生，像你这种病，要是也算病的话，光靠药物肯定不行的。妇女说，行的，一定行的，一定有用的，谢谢救命医生……她站起来又要去拉护士的手，护士赶紧走开了。妇女扑了个空，在一边哭得上气不接下气，嗷嗷地说，丢死人了，丢死人了啊!

里边的那个病人出来了,护士没好气地指了指说,进去吧,叫医生救你去吧。妇女一下子跳了起来,快速地了蹿进去。

哭哭闹闹的妇女进去以后,走廊里安静下来了,一时间静得有点出奇,静得让人心惊,静得让漆桂红感觉到了自己心跳的速度和声响,她忽然心慌得有点把持不住,赶紧去拉妮子的手。妮子的手又小又软,却是暖的,和她的眼神完全不一样。

突然间,护士口袋里的手机响了起来,突如其来的铃声把漆桂红吓了一大跳:护士的手机铃声,竟然就是柔美的《茉莉花》曲。漆桂红一下子被《茉莉花》击中了,她的心口像是结了冰,胸脯又硬又僵,前胸直往后缩,后背弓了起来,像一只烧熟了的虾子。护士奇怪地看了她一眼,就从口袋里往外掏手机。手机掏出来,护士还没有来得及按接听键,妮子忽然开口了,她跟着护士的手机唱了起来:"好一朵美丽的茉莉花,好一朵美丽的茉莉花,芬芳美丽满枝桠,又白又香人人夸……"

护士被妮子稚嫩的童音打动了,她忘记了接电话,任凭手机和妮子一起不停地唱下去。

妮子的歌声像一股细细的暖流淌进了漆桂红的心窝,漆桂红冰冻的心,渐渐地融化了,渐渐地回暖了,她泪流满面地抱住了妮子,跟上妮子的节拍,和妮子一起唱起来:"好一朵美丽的茉莉花,好一朵美丽的茉莉花,芬芳美丽满枝桠,又白又香人人夸……"

护士提醒她们说,别唱了,轮到你们了。

漆桂红拉着妮子站了起来,但是她们没有走进医生的门诊室,在护士和其他病人惊诧的注视下,她们沿着医院的走廊朝外走了。

　　她们走出医院的大门，医院的门旁有一家很小的音像店，母女俩牵着手走了进去，她们买了一盘《茉莉花》的CD。漆桂红说，妮子，等妈妈挣了钱，就可以买机子放《茉莉花》了。妮子说，妈妈，没有机子，我唱给你听吧。

我在哪里丢失了你

　　王友早就忘记了他拿到别人的第一张名片是在什么时候，什么场合，那是一个什么人，什么身份，什么模样，等等，都记不得，甚至是男是女都想不起来了，没有了一丁一点的印象。后来他也曾努力地回忆过，却是徒劳。他问了问身边年纪较长的人，社会上大概是什么时候开始流行名片的，结果谁也说不准。有人说好像是在二十世纪八十年代后期，也有人说好像更早一点，或者好像更晚一点。其实这都无关紧要。从前谁都没见过这东西，可是自从流行起来后，发展的速度快得惊人，一下子就像漫天的大雪，飘得满地都是了。现在保姆也印名片，方便有东家请他们干活。还有一个骗子也印了名片，发给路人，是专门教人骗术的。有人说幼儿园的小朋友也互相交换名片呢。就像你走在大街上，看到扫大街的人，穿着又旧又破的工作服，一看模样就知道外地来的农民工，但他扫着扫着，掏出手机往地上一蹲就打起电话来了。这也不稀罕。所以，无论是谁掏出个名片来都是稀松平常的事情。或者你走在街上，街面上竟然散落了好多名片，像树叶一样，不小心踩到一张，你心里正有点过意不去，不小心又踩了一张。踩到人家的名片，就是踩到了一个人的名字。一个人的名字是不应该随便被人踩的，但是因为街面上的名片好多，你得小心着点，才能躲避开来。

名片也是拉动经济发展的一个重要因素，别说有些人因为给了别人一张名片，从此就交上了好运，大发其财，或者撞上艳福，即使是那些印名片的小店，五六七八个平米一间的店面，也催生了好多小老板呢。

名片多起来了，就应运而生地有了名片簿，像夹照片的照相簿一样，虽然有大有小，有厚有薄，有华丽有朴素，但大致都有一个漂亮的封面，内里是塑料薄膜的小夹层，规格比照片的夹层要小，按照名片的大小量身定做，一般都是9cm×5.5cm。如果碰到一些有个性的人设计出来的有个性的特型名片，就夹不进去了。比如超大或超长的名片，比如用其他物质材料做的名片，像竹片啦，布料啦，芦苇啦，就有点麻烦。但这样的人和这样的名片毕竟只是少数，少而又少。大多数人也只是在 9 cm×5.5cm 的大前提下，稍有些变化，比如用的字体不是印刷体而是书法体，比如在名片上画些背景画，也比如只印姓名和电话而不印任何头衔职务身份，或者是在纸张的颜色上有所变化，淡绿的，粉红的，天蓝的，等等，却是万变不离其宗的。这许许多多花式花样夹在名片簿里，一打开来多少有点像照相簿。打开照相簿，看着一张张照片，能让人回忆起彼时彼地的情景，打开名片簿也一样能让你回想起一些往事。看到排列着的一个个名字，你会想起那一次次的交往，有的有趣，有的无趣，有的开心，有的并不怎么开心，有的有实质性的意义，有的只是虚空一场，但无论怎么样，这总是一段人生的经历吧。

但是如果时间太长久了，或者记性不太好，有的就记不清了，有的只能想起一个大概，有的也许全部忘记了。这是一个什么人，在什么场合给我的名片，甚至觉得完全不可能，这样一个身份的人，和自己怎么会碰到一起呢？比如一个造原子弹的和一个卖茶叶蛋的，怎么可能碰到一起交换名片呢？但名片却明明白白地夹在名片簿里，你赖也赖不掉的。一些与自己的工作和生活完全不搭界的人，就这样出现在你的名片簿里了。你下死功地想吧，推理吧，你怎么推也推不出一个相对合理的解释和可能性。可是名片它就死死地守在名片簿里，等你偶尔打开的时候，它就在那儿无声地告诉你，你忘记了历史。

王友也曾经忘记了一些历史，他丢失了他一生中接过来的第一张名片，但是在他保存的名片簿里，却是有第一张名片的。王友的名片簿是编了序号的，在每一本中，名片又是按收到的时间顺序夹藏的。那个人就夹在他的第一本名片簿第一页第一个格子里。他叫杜中天。这个人跟王友现在的生活并没有任何的关联，王友也只是在接受他的名片的时候见他一次，后来再也没有接触过。但是王友把他的名片留下来了，这就和被他丢了名片的人不一样了。如果王友有闲暇有兴致，可以把他的许多本名片簿拿出来，如果按照编号排序翻看翻看，第一眼，他就会看到杜中天。看到杜中天这个名字，有时他会闪过一个念头，想照这个名片上的电话试着打打看。许多年过去了，这个杜中天会不会还是老号码呢？肯定不会了，因为他们这个城市的电话号码已经从六位升到了七位，又从七位升到了八位。但是，话又说回来，每次升电话号码，都不是乱升的，都有规律，比如第一次六升七时，是在所有的电话号码前加一个数字5，第二次升级时，是加一个7，所以，如果王友在杜中天的老号码前加上7和5这两个数字，能打通也是有可能的。不过王友从来没有打过这样的电话，他不会吃饱了撑着送去被人骂一声十三点有毛病。

留下杜中天的名片，有一个特殊的原因。多年前的一天，王友和一群人在饭店里吃饭。和大多数的饭局一样，他们坐下来先交换名片，这似乎已经成了一个规矩，好像不先交换名片就开吃，心里总不是很踏实，不知道吃的个什么饭，也不知道坐在身边的、对面的，都是些什么人，饭局就会拘谨，会无趣，甚至会冷冷清清的，酒也喝不起来。一旦交换了名片，知道某某人是什么什么，某某人又是什么什么，就热络起来了，可以张主任李处长地喊起来了，也有话题可以说起来了。当然，在这样的场合，也可能有个别人拿不出名片来。别人就说，没事没事，你拿着我的名片就行。拿不出名片的人赶紧说，抱歉抱歉，我的名片刚好发完了，下次补，下次补。其实这"下次补"也只是说说而已，谁知道还有没有下次呢。现在的饭，有许多都是吃得莫名其妙的，有的是被拉来凑数填位子的，酒量好一点的那多半是来陪酒的，也有的人有点身份地位，那必是请来摆场面的，还有专程赶来买单的，或者是代替另一个什么人来赴宴的，如此等等，结果经常在一桌酒席上，各位人士之间差不多是八竿子打不着的，竟然也凑成了一桌聚了起来。有一次王友有事想请一位领导吃饭，领导很忙，约了多次总算答应了，但饭店和包间却都是领导亲自指定的，结果王友到了饭店，进包厢一看，领导还没到，倒已经来了一桌的人，互相之间一个也不认得，但他们有一个共同点，就是都认得那位领导。起先大家稍觉难堪，后来领导到了，朝大家看一圈，笑道，哈，今天只有我认得你们所有的人，给大家一一作了介绍，大家都起身离开位子出来交换名片，立刻就放松活络了，也都知道领导实在太忙，分身乏术，就把毫无关系的大家伙凑到一块了。那一顿本来应该是很尴尬的饭，结果竟是热闹非凡，最后喝倒了好几个呢。

也有糊涂一点的人，喝了半天的酒，你敬我我敬你，说了半天的话，你夸我我夸你，最后也不知道那人是谁。所以，还是交换个名片方便一些，至少你看了人家的名片，知道自己是在和谁一起吃饭。没有名片的人不多，名片刚好发完的也毕竟是少数，还有个别个性比较独特的人，你们名片发来发去，我就偏没有，有也不拿出来给你们。大家也会原谅他，还会说几句好听的，比如说，名人才不需要名片呢。

王友收好名片，酒席就热热闹闹地开始了。那一天他们的宴会进行得不错，该喝的酒都喝了，该说的话都说了，想通过酒席来解决的问题也有了眉目，酒宴结束时，大家握手道别，有的甚至已经称兄道弟起来了。

大家酒足饭饱地拥出饭店，有人在前有人在后，王友走在中间。走了几步，王友就看到前面的一个人手里扔出一个白色的东西，飘了一两下，就落到地上。王友捡起来一看，是一张名片，名字是杜中天，正是酒席上另一位客人的名片，他也把名片给了王友，那杜中天三个字正在王友的口袋里揣着呢。王友"哟"了一声，后面的一个人就走上前来了，凑到他身边看了看，这人正是杜中天。他看到自己的名片从地上被捡起来，表情有点尴尬，"嘿"了一声。王友顿时红了脸，赶紧上去推推前边那个人，把名片递给他说，你掉了东西。那个人回头看了看王友，也看看杜中天，天色黑咕隆咚，看不太清，他说，不是我掉的，是我扔掉的，名片太多了，留着也没什么用。杜中天像挨了一拳，脸都歪了。王友赶紧提醒扔名片的人说，咦，你怎么忘了，这就是杜中天呀。那个人还没有领悟，说，杜中天？杜中天是谁啊？杜中天脸色铁青说，杜中天是我。说完从王友手里夺过名片，"刺啦刺啦"几下就把名片撕了，然后用劲朝天上一扔。撕成了碎片的名片，就像雪花一样，飘飘洒洒摇摇晃晃地落了下来。名片的碎片没有完全落地的时候，杜中天就已经消失在黑夜中，给大家留下了一个生气的背影。王友呆住了，他以为那个扔名片的人会很难堪，不料他是那样无所谓，还笑了笑，说，噢，他是杜中天，生什么气嘛，留着他的名片有什么用嘛。这么说了还觉得说得不过瘾，又拍拍王友的肩，说，朋友，别自欺欺人啦，这名片，你今天不扔，带回去，收起来，过几个月，过半年，看它还在不在？肯定也一样扔掉了。所以嘛，何必多那番手脚，晚扔不如早扔。

王友看了看地上撒落的名片碎屑，心里有点难过，觉得有点对不住杜中天，好像当着杜中天的面扔掉杜中天名片的那个人就是他自己。在这之前，王友也扔掉过别人的名片，但他不会当场就扔掉，他会先带回家，在抽屉放一阵子，到以后抽屉里东西多了，塞不下了，整理抽屉时，就把这些没用的名片一起清理了。

自从那天晚上杜中天撒了一把碎片，留下了一个愤愤的背影以后，王友就再也没有扔掉过任何人的名片，他把杜中天的名片夹在名片簿的第一页第一格，从此以后，天长日久，他留存下了所有人给他的名片，夹满了厚厚的十几本名片簿。

王友偶尔也会去翻翻那些保留下来的名片，那多半是在书房里东西堆得越来越多越来越乱，忍受不下去，不得不整理的时候。在整理的过程中，肯定会看到许多年积累下来的许多名片。开始的时候，他还能想起一些人和一些事，后来时间越久，名片越多，就基本上都是些莫名其妙的人名和身份了。有一次他还看到一张"科奥总代理"的名片，王友怎么也想不起来，这个科奥是个什么，总代理又是什么意思，分析来分析去，总觉得是一件讲科学的事情。而王友只是一个地方志办公室的内刊编辑，跟这个科奥总代理，那是哪儿跟哪儿呀？王友拍打拍打自己的脑门子，觉得那里边塞得满满的，但该记的东西却都找不着了。

由名片提供的方便很多，由名片引起的麻烦也一样多。王友就碰到过这么一个人，不知在什么场合得到王友的一张名片，三天两头打王友的手机，要求王友指点指点他正在写着的一部历史小说。他告诉王友，小说才写了个开头，想请王友看看，是不是值得写下去。王友开始还很认真负责地替他看了几页，可还没等王友发表意见，第二批稿子又来了，紧接着，第三批，第四批，接二连三地来了。王友这才发现，他哪里是才写了个开头，已经写下了一百多万字了。这是个完全没有写作能力的人，王友也不想再接触他了，这个人却没完没了不屈不挠。王友把他的电话储进自己的手机，一看到来电显示是这个人，他就不接电话。但这个人也有本事，这个电话你熟悉了，不肯接，那我就换一个你不熟悉的电话打给你。王友又上当了。如此这般斗智斗勇斗了近半年，王友实在忍不住了，跟他说，老李啊，我不是出版社的编辑，你的要求我实在无法满足你。那人说，王老师，我没有要求你帮我做什么呀，我只是请你关心关心我而已，我是一个下了岗的人，我热爱历史，热爱写作，你可能对我还不了解，要不，我再把我的经历简单地讲给你听听吧。王友只听到自己的脑袋里

"轰"的一声响。

王友的脑袋还在嗡嗡作响，他的一个同事就带着一位老太太站到了他的办公桌前。同事敲着他的桌子说，王友，想什么心事呢？王友这才清醒过来，看到面前有位老太太正朝他笑呢，王友也勉勉强强地笑了一下。老太太说，你是王友吗？王友说，我是。

王友因为工作的原因，经常会和一些关心历史的人打交道，特别是一些热心的老人，他们有时候会主动找上门来，提供一些关于这个城市的往事。老人往往啰嗦絮叨，一说话半天也打不住，但这正是王友所需要的。王友就是要从这些絮语中，发现珍贵的失落的历史记忆。

可面前的这位老太太听王友说他就是王友后，却没有急着说她要说的话，而是将他上上下下打量了一番，好像不相信他是王友，怀疑说，你就是王友？你是王友吗？王友说，我是王友。老太太微微摇着头，也不知道她是不承认王友就是王友呢，还是她要找的人不是王友。同事们在旁边笑起来。有一个同事说，老王，老太太怀疑你是假的，你把身份证给老太太看看吧。老太太眼巴巴地看着王友的手，过一会儿又看着他的口袋，看起来还真的要等他拿身份证呢。王友忍不住说，身份证有什么用，身份证也有假的呢。王友这么一说，老太太倒笑起来，说，好，好，我相信你，你是王友就好，我找到你了。王友说，我不认得你，你是怎么认得我的？老太太说，你不认得我，但是有一个人，你肯定认得——许有洪，许有洪你认得吧？我就是许有洪的老伴。老太太见王友发愣，又说，王友，你怎么啦？你怎么不说话？你是王友吗？王友说，我是王友，可是，可是我不记得许、许什么？许有洪？老太太说，你不记得他，可他记得你，他有你的名片，我就是按照你的名片找到你的。王友又努力地想了想，还是想不起来，只得说，真的很抱歉，发出去的名片很多，不一定都能记住，我实在想不起来——老太太说，如果你肯定是王友，你一定会记得许有洪的。这样吧，你有空到我家来一趟好吗？王友疑惑地看着老太太，老太太已经把一张名片递给他了，说，你什么时候来都可以，我一直在家。说完话，老太太拄着拐棍就走了。王友捏着那张名片，愣了半天。同事在一边笑话说，王友，你可是有丈母娘的人，怎么又来一个相女婿的。

王友看了看名片，才知道老太太给他的是她老伴许有洪的名片。名片上只印了许有洪三个字，没有头衔职务，也没有单位名称和地址，倒是印着详细的家庭地址和联系电话。王友觉得这事情有点怪异，不想多事，随手就把这张名片丢在办公室的抽屉里了。

接下来的一个双休日，王友休息在家，心里却老有什么事情搁着，不踏实，想来想去，感觉就是那个许有洪的名片在作怪。王友又后悔自己乱发名片。这个许有洪，也不知是什么时候拿到他的名片的，也不知想要干什么，为什么自己不来，要叫老太太来？他翻来覆去地回忆，也回忆不出什么来，一点点蛛丝马迹都没有。最后王友干脆想，去就去一趟吧，什么谜，什么怪，走一趟不就知道了吗？再说了，一个七八十岁的老太太，即便有什么怪，她还能怪到哪里去。

星期天的下午，王友先绕到单位，从抽屉里拿了名片，按名片的地址，找到了老太太的家。一敲门，老太太像是守在那儿呢，很快就开了门，笑着对王友说，王友，我知道你会来的。

一进门，王友就看到墙上有一张老先生的遗照。老太太在旁边说，他就是许有洪，走了半年了。

王友仔细地看了看许有洪的照片，还是不能确定自己是不是认得他，也仍然想不起来自己在什么场合把名片给他的。他跟老太太说，我的记性太差，我发的名片也太多了，我打几个电话问问别人吧，也许他们能够记起来。老太太微微地笑了一下，指了指座机电话说，你用这个打吧。

王友打了几个电话，有朋友，有亲戚，有同事，但是没有人认得许有洪，倒是对王友的问题感觉奇怪，有的说，你干什么，这个许有洪跟你什么关系？有的说，许有洪怎么啦，他是不是股票专家啊？七扯八绕，电话打到后来，王友彻底失望了，最后的一个电话他都不想多说了，只报了许有洪三个字，对方却马上说，许有洪，许有洪怎么不认得，不就是许有洪吗？王友一激动，赶紧问，是许有洪，你认得他？对方说，不光认得，现在就在一起打麻将呢，你要跟他说话吗？王友吓了一跳，说，不对不对，许有洪半年前就去世了。他朋友"呸"了他一声，骂道，你咒谁呢？

王友挂了电话，无奈地朝老太太摇摇头。老太太却点了点头，感叹地说，唉，现在的人，忘性真大。她回头看了看墙上的遗像，说，老许啊，虽然别人不记得你，但总算有个人记得你，总算有个人来看你啦。老太太打开柜门，取出一本又小又薄的名片簿，说，王友，你看看，老许生前留下的名片很少，总共就这么多，你的名片就在里边。王友接过去一看，果然他的名片夹在许有洪的名片簿里。他仔细地看了看，这还是一张比较新近的名片，因为是他当了主编后的头衔了，这事情也不过才半年。自己怎么就会忘记发生不到半年的事情呢，到底是在什么场合把自己的名片给许有洪的呢？

老太太告诉王友，许有洪去世前，把名片簿交给她，说名片簿里留下的，都是平时关系特别好的人。以后她孤身一人，有什么困难，可以找他们。凡是不够朋友的人，他都没有保留他们的名片，凡是保留下来的，一定是够朋友的好人。可是，许有洪去世后，老太太挨个给名片簿里的人打电话，却没有人记得许有洪。也有几个人，依稀记得许有洪这么个名字，但一旦问清楚了情况，得知许有洪去世了，就立刻糊涂起来，再也想不起任何关于许有洪的事情了。老太太说归说，她也知道王友并不完全相信她说的话，所以老太太又说，你不相信的话，可以打电话试试，这名片簿里边的人，你随便打哪个，看他们肯不肯来，看他们记不记得许有洪？

王友觉得很荒唐，他不可能去打那些电话，一个连他自己也不认得的人，他凭什么去责问别人认不认得他？

老太太叹了一口气，说，不打也罢，打了也是白打，没有人会来的。老太太请王友坐下，向他表示感谢，感谢他肯到她家来，肯来看一看许有洪的遗像。老太太说，这对许有洪的在天之灵，是一个安慰。

王友又下意识地看了看许有洪的遗像。许有洪笑眯眯的，确实对他很满意的样子。王友还是想跟老太太解释清楚他真的不认得许有洪，但话到嘴边，他却再也没有说出来。

老太太开始给他讲许有洪了。她说许有洪活着的时候经常说起王友，说有一次王友喝多了啤酒，尿急了，也没看清标识，一头就钻进了女厕所，正好许有洪跟在王友后面上厕所，发现后赶紧替他挡着女厕所的门，看到有女同志来，就骗她们说厕所坏了，不能用。后来王友从女厕所出来，尿畅快了，酒也醒了，还反过来责问许有洪，为什么站在女厕所门口，是不是想偷窥呢。

王友一点也不记得这件事情，就像他始终没有想起许有洪一样，但是他不再解释，也不再分辩，任由老太太去说，说到一定的时候，他还会凑上去加几句补充一下情节，比如，老太太又说了一件事，说王友有一次喝喜酒，走错了场子，走进另一对新人的婚宴了，但恰好许有洪也在参加那一对新人的婚宴，王友就以为自己走对了，坐下来吃喝完毕，到散场也没有发现自己错了。王友说，是呀，后来请我喝喜酒的朋友问我，说好了要来，结果不来，说话不算数。我觉得很冤，跟他说，我怎么没来，人太多了，我没看见你，我就把红包给你外甥了。我朋友说，瞎说，你根本就没来。我说，许有洪可以作证，许有洪和我坐一张桌子。我朋友说，许有洪是谁，我根本就不认得许有洪，我怎么会请他喝我外甥的喜酒。闹了半天，才知道是我走错了场，许有洪是吃另外一家的喜酒的。老太太听了，开心地大笑起来，说，是呀是呀，老许回来也跟我这么说的。王友觉得自己越来越进入角色，现在他什么事都记起来了，而且记得清清楚楚，连很小的细节也能说出来。

为了装得更像一点，把细节说得更真实一点，王友也有说过头的时候，有一两次就差一点露馅了。老太太给王友看了名片簿里的另一张名片，这是一个歌舞厅老板的名片，老太太说，那一次老许认得了这个老板，老板非要给老许名片，老许不要，老板还生了气，我们家老许，是个老实人，一看人家生气了，就赶紧收下来了，回来还跟我说，这个老板，是个好人。王友听老太太说得津津乐道的，也忍不住加油添醋说，对了，我想起来了，那一次我也在场，我们和老许一起跟着这老板去唱歌，没想到老许唱歌唱得那么好，年纪那么大了，中气还那么足，整整一个晚上，老许唱了一支又一支，简直是个麦霸，嗓子都唱哑了，回来你没发现？老太太听了王友这话，开始没作声，过了一会儿，朝王友看看，说，王友，你是不是记错了，老许是左嗓子，唱歌跑调，他从来不唱歌的，怎么会去歌舞厅唱歌把嗓子唱哑了呢？王友赶紧圆回来说，是吗是吗，噢，是的是的，是我记错了，那不是老许，是另外一个人，我把他们搅成同一个人了。老太太笑了，说，你看看，现在你们这些年纪轻的人，记性都不如老年人。

王友一直没弄清老太太叫他来的目的，难道就是为了说一些他根本就不知道、根本没有经历过的事情？难道就是为在一张遗像面前说这些莫名其妙的事情，给遗像一点安慰？王友胡乱地应付了一阵，最后终于忍不住问老太太，是不是有人欠了许有洪的钱不还，还是有什么其他的难处？

老太太说，没有人欠钱，也没有人欠什么东西，谁也不欠谁的。王友说，那您让我来到底是——老太太摆了摆手，打断他说，谢谢你王友，谢谢你来跟我说了许多老许的事情，其实我知道，你说的都不是老许的事情，你说的都是假的。王友彻底愣住了。老太太又说，其实，我跟你说的老许的事情也是假的，你根本就不认得老许，老许也一样不认得你。王友奇怪了，指了指老许的名片簿说，那他怎么会有我的名片呢？老太太说，名片算什么，名片是最不能说明问题的，你说不是吗？

这天下晚，王友从许有洪家出来，走了没多远，就看到地上有一张被扔掉的名片，他的脚步本来已经跨过去了，却又重新收了回来，弯腰把名片捡了起来，揣进口袋。

就在他把名片揣进口袋的一瞬间，他忽然明白了，夹在许有洪名片夹里的他的名片，是老太太捡来的。

王友把捡来的名片带回家，小心地夹在名片簿里。他太太看到了，说，又结交什么人啦。王友笑了笑，没有说话。

一个素不相识的陌生人，就这样来到他家，成为一分子，王友偶尔会想起他来。

他叫钱勇，一个很普通的名字，如果上网查一查，大概会有成千上万个。

你要开车去哪里

　　结婚的时候，子和和太太除了互相戴上结婚戒指，子和的太太还送给子和一块玉佩，是一个观音像。太太说，男戴观音女戴佛，你就挂在身上吧，它会保佑你的。

　　子和收下了太太的玉佩，但他没有挂。他身上原先也一直有一块玉佩的。那是一块天然翡翠，色泽浓艳纯正，雕成一个栩栩如生的蝉，由一根红绳子系着挂在胸前。他结了婚，也仍然挂着原来的那一块。太太有点不乐意，也有点怀疑，问这是什么。子和说这是奶奶留给他的，他不想摘下来。

　　子和这么说了，太太嘴上虽然不好再说什么，但心里的怀疑仍然在。女人的敏感有时候真的很神奇，就像子和的太太，她怀疑子和挂着的玉蝉是一个女人送的，事实还真是如此。

　　子和挂着的这个翡翠玉蝉，确实就是子和的前女友出国时留给他的，她没说这算不算信物，但她告诉子和，这是奶奶留给她的，而且，据她的奶奶说，又是奶奶上辈的人传到奶奶手里的，至于在奶奶之上的这个上辈，会不会又是从再上辈那里得到的，那就搞不太清了。但至少这个玉蝉的年代是比较久远了，所以，别说它是一块昂贵的翡翠，即使它没有多高贵的品质，是一块普通的玉，光靠时间的磨砺，也足够让人敬重的了。

蝉和缠是一样的读音，是不是意味着他们的感情缠绵不断？女友还特意找了一根永不褪色的红绳子，也可能是象征着她的爱心永远不变。

女友就走了。

一开始子和并没有把玉佩挂在身上，子和不相信什么信物，但他相信感情。女友出去以后，因为学习和工作的繁忙紧张，不像在国内那样缠绵了，子和常常很长时间得不到她的信息。子和的亲友都觉得子和傻，一块玉佩能证明什么呢，女孩子如果变了心，别说一块玉佩，就是一座金山，也是追不回来的。尤其是子和的母亲，眼看着儿子的年龄一天一天大起来，担心儿子因此耽误了终身大事，老是有事没事说几句怪话，为的是让子和从心里把那个远在大洋彼岸的女孩忘记掉。可是子和忘不掉。他一直在等她。

子和最终也没有等到她。她没有变心，她出车祸死了。死之前，她刚刚给子和发了一封信，告诉子和，她快要回来了。

从此之后，子和就一直把这个玉蝉挂在身上了。许多年来，玉不离身，连洗澡睡觉都不摘下来。后来子和的太太也知道了这个事实，虽然那个女人已经不在了，但她心里总还是有点疙疙瘩瘩的，子和一直挂着玉蝉，说明他心里还牵挂着前女友。太太或者转弯抹角地试探，或者旁敲侧击地打听，后来干脆直截了当地询问，但子和都没有正面回答。

子和把前女友深深地埋在心底深处，谁也看不到她。

不知从什么时候开始，渐渐地，玩玉赏玉成了时尚，越来越多的人对玉有了兴趣，越来越多的人，身上挂着藏着揣着玉。经常在公众场合，或者吃饭的时候，或者一起出差的时候，甚至开会开到一半，大家的话题就扯谈到玉上去了。谈着谈着，就开始有人往外掏玉，有的是从随身带着的包包里拿出来，有的是从领口里挖出来，也有的是从腰眼那里拽出来，还有的人，他是连玉和赏玉的工具一起掏出来的。然后大家互相欣赏，互相评判，互相吹捧，又互相攻击。再就是各人讲自己的玉的故事，有些故事很感人，也有的故事很离奇。

每每在这样的时候，子和总是默默地听着他们说，他从来都是一声不吭的。也有的时候，大家都讲完了，只剩下他了，他们就逼问他，有没有玉，玩不玩玉，子和摇头，别人立刻就对他失去了兴趣。

其实子和挂这块玉的时间，比他们玩玉赏玉要早得多，只是子和觉得，他身上挂的，并不是一块玉，而是一个寄托，是一种精神。但那是他一个人的寄托，一个人的精神，跟别人没有关系，不需要拿出来让大家共享。

后来有一次，正是春夏之际，天气渐渐暖了，大家一起吃饭，越吃越热，子和脱去外衣，内衣的领子比较低，就露出了那根红绳子。开始没人注意，但过了一会儿，却被旁边一个细心的女孩看见了，手一指就嚷了起来，子和，你这是什么？子和想掩饰已经来不及了，便用手遮挡一下，但又有另一个泼辣的女孩手脚麻利上前就扒开他的衣领拉了出来，哇，一个翡翠玉蝉哇！硬是从子和的颈子上摘了下来，举着给大家看。

同事们都起起哄来，有的生气，有的撇嘴，说，这么长时间，怎么问你你都不说，什么意思呢？觉得子和心机太深、太重，甚至有人说子和这样的人太阴险，太可怕，不可交。子和也不解释，也不生气，眼睛一直追随着玉蝉。大家批评他，他刀枪不入，结果也拿他没办法，就干脆丢开他这个人，去欣赏和鉴定他的玉蝉了。

这一场欣赏和鉴定，引起了很大的争论，有的说价值连城，有的认为一般般。最后又问子和，要他自己说。子和说，我也不知道，我不懂玉，我不知道。大家又生他的气，说，不懂玉，还把玉蝉牢牢地挂在颈子里？另一人说，还舍不得拿出来给我们看。再一个人说，是不是觉得我们这批人特俗，没有资格看你的玉蝉？还是发现玉蝉的那个女孩心眼好一点，她朝大家翻翻白眼，说，谁没有自己的隐私，子和不愿意说，就可以不说，你们干吗这种态度？女孩是金口玉言，她一说话，别人就不吭声，不再指责子和了。

他们后来把玉蝉还给了子和，都觉得他这个人没劲，没趣，还扫兴。子和也不理会大家的不满。

过了几天，子和的同事里有个好事者，遇见子和的太太，跟她说，没想到子和竟然有这么好的一块玉，那可不是一般的好。子和的太太是早就知道这块玉的，但她并不懂玉，以为就是一块一般的玉佩，没当回事情。现在听子和的同事这么说了，心思活动起来了，她也知道现在外面玉的身价陡长。太太回家问子和，到底是块什么玉。子和和回答同事一样回答她，说他不懂玉，所以不知道。太太就说，既然你不知道，我们请专家去鉴定一下，不就知道了？子和不同意。太太知道他心里藏着东西，就说，又不是让你不挂了，只是暂时取下来请人家看一看，你再挂就是了。子和仍然不肯。太太就有点生气了，说，你到底为什么不肯去鉴定？子和说，那你到底为什么一定要去鉴定？太太说，你如果怕摘掉了不能保佑你，你暂时把我的那个玉观音戴上，观音总比一只小知了会保佑人吧。子和说，我挂它，不是为了让它保佑我。太太深知子和的脾气，再说下去，就是新一场的冷战开始了。太太是个直性子急性子，不喜欢冷战，就随他去了，说，挂吧挂吧。

其实太太并没有死心，以她的个性，既然已经知道玉蝉昂贵，但又不知道到底值多少钱，心里痒痒，是熬不过去的。她耐心地守候机会，后来终于给她守到一个机会，那天子和喝醉酒了。

子和平时一直是个比较理智的人，很少失控多喝酒，可这一次同学聚会却是酩酊大醉，回来倒头就睡。太太也无暇分析子和为什么会在同学聚会时喝醉酒，急急地从子和颈子上摘了玉蝉就去找人了。

结果果然证明，子和的这块翡翠玉佩，非同一般，朝代久远，质地细腻，雕工精致，是从古至今的玉器中少见的上上品。

太太回来的时候，子和还没有醒呢，太太悄悄地替他把玉蝉挂回去，然后压抑住狂喜的心情，一直等到第二天，子和的酒彻底醒了，她才把专家对玉蝉的估价告诉了他。

子和起先只是默默地听，并没有什么反应，任凭太太绘声绘色地说，专家看到玉蝉时怎么眼睛发亮，几个人怎么争先恐后地抢着看，等等。太太说得眉飞色舞、情不自禁，可子和不仅没有受到太太的情绪的感染，反而觉得心情越来越郁闷。玉蝉又硬又凉，硌得他胸口隐隐作痛，好像那石头要把他的皮肤磨破了。子和忍不住用手去摸一摸，他甚至怀疑是不是被太太偷梁换柱了。这么多年他一直把玉蝉挂在心口，从来没有不适的感觉，玉蝉是圆润的，它已经和他融为一体了，只有浑然和温暖。

太太并没有偷换他的玉蝉，可玉蝉却已经不再是那块玉蝉了，这块玉蝉在子和的胸口作祟，搞得他坐卧不宁，尤其到了晚上，戴着它根本就不能入睡，即使睡了也是噩梦不断，子和只得摘了下来。

从此以后，每天晚上子和都得把玉蝉摘下来，才能睡去。

就这么每天戴了摘，摘了戴，终于有一天，子和在外地出差，晚上睡觉前把玉蝉摘下来，搁在宾馆的床头柜上，可是第二天早晨，却没有再戴上，就把玉蝉丢失在遥远的他乡了。

后来子和怎么回忆也回忆不起来，那一天早晨，是因为走得急，忘记和忽视了玉蝉，还是因为早晨起来的时候，玉蝉已经不在床头柜上了。子和努力回想那个早晨的情形，但他的大脑里一片空白，没有玉蝉，什么也没有，甚至连那个小宾馆的房间他也记不清了。那个搁过玉蝉的床头柜好像也从来没有出现过。

子和回来以后，一直为玉蝉沉闷着，连话也不肯说。子和的太太更是生气，她责怪子和太粗心，这么昂贵的东西怎么能随便乱放呢，她甚至怀疑子和是有意丢掉的。子和听太太这么说，回头朝她认真地看了看，过了一会儿，他说，有意丢掉？为什么有意丢掉？太太没有回答他，只是朝着空中翻了个白眼。

子和不甘心玉蝉就这么丢失了，他想方设法地找，借了机会，重新来到他丢失玉蝉的这个地方。这是一个偏远的小县城，县城街上的路面还是石子路面，子和走在石子街上，对面有个女孩子穿着高跟鞋"咯噔、咯噔"地走过他的身边，然后，渐渐地，"咯噔、咯噔"的声音远去了，子和的思绪也一下飞得很远很远，远到哪里，子和似乎是知道的，又似乎不知道。

子和平时经常出差，所以不可能每到一处都把当时的住宿情况记得清清楚楚，他也没有记日记的习惯，出过一次差，不多天以后就把这次行动忘记了。当然子和出差一般不会是一个人行动，多半有同事和他做伴，丢失玉蝉的这一次也不例外。子和为了回到那个县城去寻找玉蝉，他和同事核对了一下当时的情况，确认他们住的是哪家宾馆，是宾馆的哪间房间。

但是就像在回忆中一样，他走进宾馆的时候，大脑仍是一片空白，他记忆中没有这个地方，没有这个不大的大厅，没有那个不大的总台，也没有从大厅直接上楼去的楼梯，总之宾馆的一切对他来说都是陌生的，都是第一次见到。

子和犹犹豫豫地到总台去开房间，他要求住他曾经住过的那一间。总台的服务员似乎有点疑惑，多看了他一眼，但并没有多问什么话，就按他的要求给他开了那一间。

子和来到他曾经住的房间，也就是丢失玉蝉的地方，拿钥匙开门的时候，他的心脏有点异样的感觉，好像被提了起来，提到了嗓子眼上，似乎房间里有什么意料之中或意料之外的东西等待着他。子和深深地吸了一口气，镇定了一下，打开了房门。

子和没有进门，站在门口朝屋里张望了一下，这一张望，使子和的那颗悬吊起来的心，一下子落了下去，从嗓子眼上落到了肚子里，闷闷地堵在那里了。

房间和宾馆的大厅一样，对他来说，是那么的陌生，他觉得自己根本就没有住过这间房间，里边的一切，他从来都没有见过。床头边确实有一张床头柜，但每个宾馆的房间里都会有床头柜，子和完全无法确定，这是不是他搁放玉蝉的那个床头柜。

子和努力从脑海里搜索哪怕一星半点的熟悉的记忆，可是没有，怎么也搜索不到。渐渐地，子和对自己、对同事都产生了怀疑，也许是他和他的同事都记错了地点。

子和在房间里愣了片刻，又转身下楼回到总台，他请总台的服务员查了一下登记簿，出乎子和的意料，登记簿上，清清楚楚地写着子和和他的同事的名字、入住的日期以及他们住的房间，一切都是千真万确，一点都没有差错。

子和又觉得是他的记忆出了问题，但现在来不及管记忆的问题了，首先的，也是唯一的办法，就是强迫自己承认这里就是他住过的宾馆、房间，这里就是他丢失玉蝉的地方。

强迫自己接受了这个前提，子和就指了指总台服务员手里的登记簿说，你这上面登记的这个人，就是我，另外一个，是我的同事。服务员说，是呀，我知道就是你。子和奇怪地说，你怎么知道是我？你记得我来过吗？服务员说，先生你开什么玩笑，我怎么记得你来过。宾馆每天要来许多客人，我们不可能都记得。她见子和又要问话，赶紧指了指登记簿，说，这没有什么好奇怪的，这上面的名字是一样的嘛，还有，你登记的身份证号码也是一样的嘛。子和说，那就对了，是我——上次我们来出差，我有一块玉丢失在你们宾馆，丢失在我们住的那个房间了，我回去以后曾经打电话来问过，可你们说没有人捡到。服务员一听他这话，立刻显得有点紧张，说，什么玉？我不知道的。子和说，我这一次是特意来的，想再找一找，再了解一下当时的情况，看看有没有可能发现一点线索。服务员避开了子和的盯注，嘀嘀咕咕说，我不知道的，你不要问我，我什么也不知道的。

他们只说了几句话，宾馆的经理就过来了，听说子和在这里丢了玉蝉，宾馆经理的眼睛里立刻露出了警觉，他虽然是经理，口气却和服务员差不多，一迭声说，什么玉蝉？什么玉蝉？你什么意思？你什么意思？子和说，我没有什么意思，如果有人捡到了我的玉蝉，拾物应该归还，如果他想要一点谢酬，我会给他的。经理说，玉蝉？你说的玉蝉是个什么东西？子和说，就是一块玉雕成了一只蝉的形状。子和见经理不明白，又做了个手势，告诉宾馆经理玉蝉有多大。宾馆经理似乎松了一口气，说，噢，这么个东西啊，我还以为是什么宝贝呢。子和想说，它确实是个宝贝，但他最后还是没说出来。

宾馆经理虽然对子和抱有警觉心，但他是个热心人，等他感觉出子和不是来敲诈勒索的时候，就热情地指点子和，说，如果有人捡到了，或者偷走了，肯定会出手的。子和不知道他说的出手，是出到什么地方。宾馆经理说，这个小地方，还能有什么地方，县城里总共就那几家古董店——他忽然神秘兮兮地压低了声音，但语气却是加重了，似乎是在作一个特别的声明，说，古董店，是假古董店。

在县城的小街上，子和果然看到一字排开有三家一样小的古董店，子和走进其中的一家，问有没有玉蝉，古董店老板笑了笑，转身从背后的柜子里抽出一个小木盒，打开盖子，"哗啦"一下，竟然倒出一堆小玉佩。子和凑上前一看，这个盒子里装的，竟然全都是玉蝉，只是玉的品质和雕刻的形状各不一样。

虽然玉蝉很多，但子和一眼就看清了，里边没有他的玉蝉。子和说，老板，有没有天然翡翠的，是一件老货。店老板抬眼看了看子和，说，传世翡翠？你笑话我吧，我这个店的全部身家加起来，值那样一块吗？

子和不能甘心，他怕自己分神、粗心，又重新仔仔细细地把那一堆各式各样的玉蝉，看了又看，摸了又摸。

店老板说，其实你不用这么仔细看的，不会有你说的那一块，要是有你说的那一块，我能开这样的价吗？你别以为我开个假古董店，我就是绝对的外行，我只是没有经济实力，而不是没有眼力。子和抬眼看了看店老板，他看到店老板的目光里透露着一丝狡猾的笑意。后来，在很长的一段时间里，这道目光一直追随着子和，使子和心里无法平静，他不知道店老板的笑容里有什么意思。

　　店老板说，这位先生，既然找不到你的那块玉蝉，还不如从我的这些玉蝉中挑一块去，反正都是玉蝉，我这里的货虽然品质差一些，但雕工不差的，价格也便宜呀。当然，无论店老板怎么劝说，子和是不会买的。

　　子和十分沮丧，他甚至都不想再走另外的两家店了，他觉得完全无望，玉蝉根本就不在这里，他感觉不到它的存在，他更感觉不到它到哪里去了。就在这个时候，子和的手机响了起来，是女儿幼儿园的老师打来的，说是在子和女儿小床的垫被下面，发现了一块玉蝉，请他去看看，是不是小女孩从家里拿出来玩的。

　　事情正如老师推测的那样。

　　可能那一天子和出差的时候，把隔天晚上摘下来的玉蝉留在了家里的床头柜上。子和的女儿看到爸爸将玉蝉忘记在家里，觉得很好奇，因为她从小就知道，玉蝉一直都是跟着爸爸的，爸爸怎么会让它独自留在家里呢？小女孩拿到幼儿园去给小朋友们看，小朋友没觉得玉蝉有什么好玩的，看了几眼就没兴趣了。子和的女儿也没有兴趣，就随手扔在自己的小床上，不一会儿也就忘记了。老师折被子的时候，玉蝉不知怎么就被折到垫被下面去了。一直到这个星期天，幼儿园打扫卫生清洗被褥时，老师才发现了这块玉蝉。

失而复得的过程竟是这么简单，简单到出人意料，简单到让人不敢相信。子和重新拿到玉蝉的时候，他都不敢相信自己的眼睛，但是玉蝉本身带有的种种特殊印记证明了这就是他的那块玉蝉。

子和却没有再把玉蝉挂起来。子和的太太了解子和，她知道子和内心深处有着深深的怀疑，他怀疑这个玉蝉已经不是原先的那个玉蝉了，虽然记号相似，但是他觉得这个"它"，已经不是那个"它"。

为了让子和解开心里的疙瘩，确定这个"它"到底是不是那个"它"，子和太太重新去请最有权威的专家进行鉴定，鉴定的结果令子和太太吃了一颗定心丸，她回来兴奋不已地告诉子和，"它"就是"它"。

子和摇了摇头，他完全不知道"它"是不是"它"。

子和太太见子和摇头，感觉机会来了，赶紧问子和，这个玉蝉你还戴吗？子和说不戴了。子和的太太早就想要把玉蝉变现，现在终于忍不住说了出来。子和听了，也没觉得怎么反感，只是问了一句，你说它有价值，价值不就是钱吗？为什么非要变成钱呢？他太太说，不变成钱，就不能买房买车买其他东西呀。子和说，既然你如此想变现，你就拿去变吧。听他的口气，好像这块玉蝉不是随他一起走过了许多年的那块玉蝉，好像不是他从前时时刻刻挂在身上不能离开须臾片刻的那块玉蝉。他是那样的漫不经心，那样的毫不在意，好像在说一件完全与他无关的东西，以至于他的太太听了他的这种完全无所谓的口气，还特意地朝他的脸上看了看，她以为他在说赌气的话呢。但子和说的不是气话，他完全同意太太去处理玉蝉，随便怎么处理都可以，因为这块玉蝉，在他的心里，早已经不是那块玉蝉了。

他太太生怕他反悔，动作迅速地卖掉了这块价值昂贵的玉蝉，再贴上自己一点私房钱，买了一辆家庭小轿车。她早就拿到了驾照，但一直没买车，心和手都痒死了，现在终于把玉蝉变成了车，别提有多兴奋。整天做着星期天全家开车出游的计划，这个星期到哪里，下个星期到哪里。

日子过得很美好，不仅太太心头的隐患彻底消除了，而且还坏事变好事，把隐患变成了幸福生活的源泉。

可是有些事情谁知道呢，就在子和太太的车技越来越娴熟的时候，她突然出了车祸。

那天天气很好，子和太太心情也很好，路面情况很正常，一点也不乱，她的车速也不快，她既没有急于要办的事情，也没有任何心理问题，总之，在完全不可能发生车祸的那一瞬间，车祸发生了。

子和太太撞倒了一个女孩，一个二十刚出头的花季少女，她死了，血流淌了一地，子和太太当场就吓晕过去了。等医护人员赶来把她救醒，她浑身发抖，反反复复地说，是我的罪过，是我的罪过，是我撞死她的，是我撞死她的，全是我的错，我看见她，我就慌了，我一慌，我想踩刹车，结果踩了油门，是我撞死了她，对不起，对不起——可奇怪的是，交警方面调查和鉴定的结果却正好相反，子和太太反应很快，一看到人，立刻就踩了刹车——她踩的就是刹车，而不是油门。可是刹车没有那个女孩扑过来的速度快，悲剧还是发生了。当场也有好几个证人证明，亲眼看见那个女孩扑到汽车上去的。甚至还有一个人说，他看到女孩起先躲在树背后，看到子和太太的汽车过来，她就突然蹿了出来，扑了上去。但他的这个说法却没有其他人能够印证。

所以，死了的那个女孩是全责，子和的太太没有责任，她正常地行驶在正常的道路上。但即便反应再快，又哪里经得起一个突然扑上来的人的攻击？

可是任凭别人怎么解释，子和的太太就是听不进去，她始终认为是自己的责任，她反反复复地说，是我的罪过，是我的罪过，是我杀死了她，我一看到她我就慌了，我想踩刹车结果踩了油门，是我杀死了她。

女孩遗体告别的那一天，子和去了，但他只是闭着眼睛听着女孩家人的哭声，他始终没有敢看女孩的遗容。子和内心深处似乎有一种隐隐约约的感觉，他怕他看到的会是一张熟悉的脸。

在医生的建议下，子和让太太服用了一段时间的治疗药物，太太的情况稍有好转，她不再反反复复说那几句话了，但她也不能再开车了。不仅不能开车，很长的一段时间里，她都不能听别人谈有关车的事情，都不能听到一个车字。凡是和车有关的事情，都会让她受到刺激，立刻会有发病的迹象。全家人都小心翼翼，尽量避免谈到车的事情。

她的那辆小车，一直停在小区的车位上，因为是露天的车位，每天经历着风吹雨打太阳晒。子和曾经想卖掉它，又怕卖掉后太太经过时看不见它，会忽然失常，想问问太太的意见，但是刚说到个"车"字，太太的眼神就不对了，子和只得放弃这个打算，任由它天长日久地停在那里。

后来，这辆车生锈了；再后来，它锈得面目全非了。

我们都在服务区

　　天快亮时，桂平才朦朦胧胧要睡去了，结果手机设的闹钟却响了，喳喳喳地叫个不停。桂平翻身坐起来，和往常一样，先取消噪耳的铃声，再打开手机。又和往常一样，片刻之后，手机里的信息就接二连三地响了起来，桂平感觉至少有五六条，结果数了一下，还不止，有七条，都是昨晚他关机后发来的，还有一条竟是凌晨五点发的，也没什么了不起的大事，那个人天生醒得早，一个人起来，全家人还睡着，窗外、路上也没有什么人气人声，大概觉得寂寞了，就给他发个信息，消解一下早起的孤独。这些来自半夜和凌晨的短信，只有一封是急等答复的，其他都没有什么太重要的事情。桂平也来不及一一回复了，赶紧就到会场，将手机调成震动，开了一上午的会。会议结束时，才发现事情也像短信和未接来电一样，越开越多，密密麻麻。中午又是陪客，下午接着还有会。总算午饭抓得紧一点，饭后有二十分钟时间，赶紧躲进办公室，身体往沙发上一横，想闭一闭眼睛，放松一下，结果在这短短的时间里，手机上又来了两条短信和三次电话。桂平接了最后一个电话，心里厌烦透了。一看只剩五分钟了，"啪"地一下关了手机。他强迫自己闭上眼睛，可那眼皮却怎么也合不拢，突突突地跳跃着。就听到办公室的小李敲他的门了，桂主任，桂主任，你手机怎么不通？你在里边吗？桂平垂头丧气地坐起来，说，我在，我知道，要开会了。

他抓起桌上的手机，忽然气就不打一处来，又朝桌上扔回去，劲使大了一点，手机"嗖"地滑过桌面，"啪"地摔到地上，桂平一急，赶紧去捡起来，这才想起手机刚才被他关了，急忙又打开，检查一下，确定没有被摔坏，才放了心。抓着手机就要往外走，就在这片刻间，手机响了，一接，是一老熟人打来的，孩子入学要托他找教育局领导。这是为难的事情，推托吧，对方会不高兴；不推托吧，又给自己找麻烦。正不知怎么回答，小李又敲门喊，桂主任，桂主任！桂平心里毛躁得要命，对那老熟人没好气地说，我要开会，回头再说吧。老熟人在电话里急巴巴说，你开多长时间会？我什么时候再打你手机？桂平明明听见了，却假装没听见，挂断了电话，还不解气，重又下狠心关了机，将手机朝桌上一扔，空着手就开门出来，往会议室去。

小李跟在他后面，奇怪道，咦，桂主任，你的手机呢，我刚才打你手机，怎么关机了？不是被偷了吧？桂平气道，偷了才好。小李说，充电吧？桂平说，充个屁电。小李吐了一下舌头，没敢再多嘴，但是总忍不住要看桂平的手，因为那只手，永远是捏着手机的，现在忽然手里空空的了，连小李也不习惯了。

曾经有一次会议，保密级别比较高，不允许与会者带手机，桂平将手机留在办公室，只觉得那半天，心里好轻松，了无牵挂。自打开了这个会以后，桂平心烦的时候，也曾关过手机，就当自己又在开保密会议吧。结果立刻反馈来诸多的不满和批评，上级下级都有意见，上级说，桂平，你又出国啦，你老在坐飞机吗，怎么老是关机啊？下级说，桂主任，你老是关机，请示不到你，你还要不要我们做事啦？总之很快桂平就败下阵来，他玩不过手机，还是老老实实恢复原样吧。

跟在桂平背后的小李进了会议室还在唠唠叨叨，说，桂主任，手机不是充电，是你忘了拿？我替你去拿来吧。桂平哭笑不得说，小李，坐下来开会吧。小李这才住了嘴。

下午的会，和上午的会不一样，桂平不是主角，可以躲在下面开开小差，往常这时候，他定是在回复短信或压低声音告诉来电者，我正在开会，再或者，如果是重要的非接不可的电话，就要蹑手蹑脚鬼鬼祟祟地溜出会场，到外面走廊上去说话。

但是今天他把手机扔了，两手空空一身轻松地坐到会场上，心里好痛快，好舒坦，忍不住仰天长舒一口气，好像把手机烦人的恶气都吐出来了，真有一种要飞起来的自由奔放的感受。

乏味的会议开始后不久，桂平就看到坐在前后左右的同事，有的将手机藏在桌膛里，但又不停地取出来看看，也有的干脆搁在桌面上，但即使是搁在眼前的，也会时不时地拿起来瞄一眼，因为震动的感觉毕竟不如铃声那样让人警醒，怕疏忽了来电来信。但凡有信了，那人脸色就会为之一动，或者喜色，或者着急，或者平静，但无不立刻活动拇指，沉浸在与手机相交融的感受中。

一开始，桂平还是怀着同情的心情看着他们，看他们被手机掌控，逃脱不了。但是渐渐地，桂平有点坐不住了，先是手痒，接着心里也痒起来了；再渐渐地，轻松变成了空洞，潇洒变成了焦虑，甚至有点心神不定、坐立不安起来。他的心思，被留在办公室的手机抓去了。

坐在他旁边的一个女同事，都感觉出他身上长了刺似的难受，说，桂主任，你今天来例假了？桂平说，不是例假，我更年期了。大家一笑，但仍然笑不掉桂平的不安。他先想了一想今天是什么日子，会不会有什么重要的电话或信息找他，会不会有什么重要的事情要他去做，有没有什么重要的工作忘记了，除了这些，还会不会有一些特殊的额外的事情会找到他。这么一路想下去，事情越想越多，越想越紧迫，椅子上长了钉似的，桂平终于坐不住了，溜出会场，上了一趟洗手间，出来后，站在洗手间门口还犹豫了一下，终究没有直接回会场，却回了办公室。

办公室一切如常，桂平却有一种恍若隔世的奇怪感觉。看到了桌上的手机，他才回到了现世。忍不住打开手机，片刻之后，短信来了，哗哗哗的，一条，两条，三条。还没来得及看，电话就进来了，是老婆打的，口气急切地说，你怎么啦，人不在办公室，手机又关机，你想躲起来啊？桂平无法解释，只得说，充电。老婆说，你不是有两块电板吗？桂平说，前一块忘记充了。老婆"咦"了一声，说，太阳从西边出来了，你是出了名的"桂不关"，竟然会忘记充电？桂平自嘲地歪了歪嘴，老婆就开始说要他办的事情了。桂平为了不听老婆啰嗦个没完，只得先应承了，反正虱多不痒债多不愁，桂平永远是拖了一身的人情债，还了一个又来一个，永远也还不清。

带着手机回到会场，桂平开始看短信，回短信。旁边的女同事说，充好电了？桂平说，你怎么知道我充电？女同事说，你是机不离手，手不离机的，刚才进来开会没拿手机，不是充电是什么？难道是忘了？谁会忘带手机你也不会忘呀。桂平说，不是忘了，我有意不带的，烦。女同事又笑了一下，说，烦，还是又拿来了，到底还是不能不用手机。桂平说，你真的以为我不敢关手机？女同事说，关手机又不是杀人，有什么敢不敢的，只怕你关了又要开噢。两人说话声音不知不觉大起来，发现主席台上有领导朝他们看了，才赶紧停止了说话。桂平安心看短信、回短信，一下子找回了精神寄托，心也不慌慌的了，屁股上也不长钉了。

该复的信还没复完，就有电话进来了。桂平看了看来电号码，不熟悉，反正手机是震动的，会场上听不到，桂平将手机搁在厚厚的会议材料上，减小震动幅度，便任由它震去，一直等到震动停止，桂平才松一口气。但紧接着第二次震动又来了，来得更长更有耐心，看起来是非他接不可。桂平一直坚持到第三次，不得不接了，身子往下挫一挫，手捂着手机，压低声音说，我在开会。那边的声音却大得吓人，啊哈哈哈，桂平，我就知道你会接我电话的，其实我都想好了，你要是第三次再不接，我就找别人了，正这么想呢，你就接了，啊哈哈哈。不仅把桂平的耳朵震着了，连旁边的女同事都能听见，说，哎哟喂，女高音啊。虽然桂平说了在开会，可那女高音却不依不饶，旁若无会地开始说她要说的说来话长的话。桂平只得抓着手机再次出了会场，到走廊上才稍稍放开声音说，我在开会，不能老是跑出来，领导在台上盯着呢。女高音说，怎么老是跑出来呢？我打了三次，你只接了一次，你最多只跑出来一次啊。桂平想，人都是只想自己的，每个人的电话我都得接一次，我还活不活了。但他只是想想，没有说，因为女高音的脾气他了解，她的一发不可收的作风他向来是甘拜下风的，赶紧说，你说吧你说吧。女高音终于开始说事，说了又说，说了又说，桂平忍不住打断说，我知道了，我现在在开会，走不掉，会一结束我就去帮你办。女高音这才甘心，准备挂电话了，最后又补一句，你办好了马上打我手机啊。桂平应声，这才算应付过去。心里却是后悔不迭，要是硬着心肠不接那第三次电话，这事情她不就找别人了吗？明明前两次都已经挺过去了，怎么偏偏第三次就挺不过去呢？这女高音是他比较烦的人，所以也没有储存她的号码，可偏偏又让她抓住了。既然抓住了，她所托的事情，也就不好意不办。桂平又后悔自己怎么就不能坚持到底，抓着手机欲再回到会场，正遇上小李也出来溜号，见桂主任一脸懊恼，关心道，桂主任，怎么啦？桂平将手机一举，说，烦死个人。小李以为他要扔手机，吓得赶紧伸出双手去捧，结果捧了个空。桂平说，关机吧，不行，开机吧，也不行，难死个人。小李察言观色地说，桂主任，其实也并非只有两条路，还有第三种可能性的。桂平白了他一眼，说，要么开，要么关，哪来的第三种可能性？小李诡秘一笑，说，那是人家逃债的人想出来的高招。桂平说，那是什么？小李说，不在服务区。桂平"喊"了一声，说，怎么会不在服务区，我们又不是深山老林，又不是大沙漠，怎么会不在服务区？小李说，桂主任，你要不要试试，手机开着的时候把那卡芯直接取下来，再放上电板重新开机，那就是不在服务区。桂平照小李说的一试，果然说："对不起，您拨打的电话不在服务区，请稍后再拨。"桂平大喜，从此可以自由出入"服务区"了。

　　如此这般的第二天，桂平就被领导逮到当面臭骂一顿，说，我这里忙得要出人命，你躲哪里去了？在哪个山区偷闲？桂平慌忙说，我没去山区，我一直都在单位。领导说，人在单位手机怎么会不在服务区？桂平说，我在服务区，我在服务区。领导恼道，在你个鬼，你个什么烂手机，打进去都是不在服务区，既然你老不在服务区，你干脆就别服务了吧。桂平受了惊吓，赶紧恢复原状，不敢再离开服务区了。

小李当然也没逃了桂平的一顿臭骂，但小李挨了骂也仍然不折不挠地为桂平分忧解难，又建议说，桂主任，你干脆别怕麻烦，把所有有关手机号码都储存下来，来电时一看就知道是谁，可接可不接，主动权就在你手里了。

桂平接受了小李的建议，专门挑了一个会议时间，坐在会场上，把必须接的、可接可不接的、完全可以不接的、实在不想接的电话一一都储存进手机。储存得差不多了，会议也散了。走出会场时，手机响了，一看，是一个可以不接的电话，干脆将手机往口袋里一塞，任它叫唤去。

桂平找到了一个切实可行的好办法，他已经把和他有关系的大多数人物都分成几个等次储存了，爱接不接，爱理不理，主动权终于掌握在他自己手里了。如果来电不是储存的姓名，而是陌生的号码，那肯定是与他没有什么直接关联的人，那就不去搭理它了。

如此这般过了一段日子，果然减少了许多麻烦，托他办事的人，大多和那女高音差不多，知道他好说话，大事小事都找他，现在既然找不上他，他们就另辟蹊径找别人的麻烦去了。即使以后见到了有所怪罪，最多嘴上说一句对不起，没听到手机响，或者正在开会不方便接，也就混过去了，真的省了不少心。

省心的日子并不长，有一天开会时，刚要入会场，有人拍他的肩，回头一看，吓了一跳，竟是组织部的常务副部长。副部长笑眯眯地说，桂主任，忙啊。桂平起先心里一热，但随即心里就犯嘀咕，副部长跟他的关系，并没有熟悉亲切到会打日常哈哈的地步，桂平赶紧反过来试探说，还好，还好，瞎忙，部长才忙呢。副部长又笑，说，不管你是瞎忙还是白忙，反正知道你很忙，要不然，怎么连我的电话都不接呢？桂平吓了一大跳，心里怦怦的，都语无伦次了，说，部、部长，你打过我电话？副部长道，打你办公室你不在，打你手机你不接，我就知道找不到你了。桂平更慌了，就露出了真话，说，部长，我不知道你给我打电话。副部长仍然笑道，说明你的手机里没有储存我的电话，我不是你的重要关系哦。他知道桂平紧张，又拍拍他的肩，让他轻松些，说，你别慌，不是要提拔你哦，要提拔你，我不会直接给你打电话哦。桂平尴尬一笑。副部长又说，所以你不要担心错过了什么，我本来只是想请你关照一个人而已，他在你们单位工作，想请你多关心一下。桂平赶紧问，是谁？在哪个部门？副部长说，现在也不用你关照了，他已经不在你们单位了，前两天调走了，放心，跟你没关系，现在的年轻人，跳槽是正常的事，不跳槽才怪呢，由他们去吧。说着话，副部长就和桂平一起走进会场，很亲热的样子。会场上许多人看着，后来有人还跟桂平说，没想到你和副部长那么近乎。

桂平却懊恼极了，送上门来的机会，被自己给关在了门外，可他怎么想得到副部长会直接给自己打电话呢。现在看起来，他所严格执行的陌生号码一概不接的策略是错误的，大错特错了。知错就改，桂平把领导干部名册找出来，把有关领导的电话，只要是名册上有的，全部都输进手机，好在现在的手机内存很大，存再多号码它也不会爆炸。

现在桂平总算可以安心了，既能够避免许多无谓的麻烦，又不会错过任何不应该错过的机会，只不过，过了很长很长的时间，也没有等到一个领导打他的手机。桂平并不着急，也没觉得功夫白费了，他是有备无患，凡事预则立。

过了些日子，桂平大学同学聚会，在同一座城市的同班同学，许多年来，来了的，走了的，走了又来的，来了又走的，到现在，搜搜刮刮正好一桌人，这一天兴致好，全到了。坐下来的第一件事，大家都把手机从包里或者从口袋里掏出，搁在桌上，搁在眼睛看得见的地方，夹在一堆餐具酒杯中。桂平倒是没拿出来，但他的手机就放在裤子后袋里，而且是设置了铃声加震动，如果聚会热闹，说话声音大，听不到铃声，屁股可以感受到震动，几乎是万无一失的。也有一两个比较含蓄的女生并没有把手机拿出来搁在桌上，但是她们的包包都靠身体很近，包包的拉链都敞开着，可以让手机的声音不受阻挡地传递出来，这才可以安心地喝酒叙旧。

这一天大家谈得很兴奋，而且话题集中，把在校期间许多同学的公开的或秘密的恋情都谈出来了。有的爱情，在当时是一种痛苦，甚至痛得死去活来，时隔多年再谈，却已经变成一种享受，无论是当事人，或是旁观者，都在享受时间带来的淡淡的忧伤和幸福。

谈完了当年还没谈够，又开始说现在。现在的张三有外遇吧，现在的李四艳福不浅啊，谁是谁的小三啦，谁是谁的什么什么，怎么怎么。接着就有一个同学指着另一个同学，说那天我看到你了，你挽着一个女的在逛街，不是你老婆，所以我没敢喊你。大家起起哄来，叫他坦白，偏偏这个同学是个老实巴交不怎么会说话的人，急赤白脸赌咒发誓，但谁也不信。他急了，东看看，西看看，好像要找什么证据来证明，结果就见他把手机一掏，往桌上一拍，说，把你们手机都拿出来。大家的手机本来就搁在桌面上，有人就把手机往前推一推，也有人把手机往后挪一挪，但都不知他要干什么。这同学说，如果有事情，手机里肯定有秘密，你们敢不敢，大家互相交换手机看内容，如果有事情的，肯定不敢——我就敢！话一出口，立刻就有一两个人脸色煞白，急急忙忙要抓回手机。另一个人说，手机是个人的隐私，怎么可以交换着看，你有窥私欲啊？当然也有人不慌张，很坦然。甚至有人对这个点子很兴奋，很激动，说，看就看，看就看，大家摊开来看。桂平也是无所谓，但他觉得这同学老实得有点过分，说，哪个傻子会保留这样的信，带回去给老婆老公看？那同学偏又顶真，说，如果真有感情，信是舍不得马上删掉的。大家又笑他，说他有体验，感受真切，等等。这同学一张嘴实在说不过大家，恼了，涨红了脸硬把自己的手机塞到一个同学手里，你看，你看。

结果，同学中分成了两拨，一拨不愿意或不敢把自己的秘密让别人知道，不肯参加这个游戏，赶紧把手机紧紧抓在手心里，就怕别人来抢；另一拨是桂平他们几个，自觉不怕的，或者是硬着头皮撑面子的，都把手机放在桌上，由那同学闭上眼睛先弄混乱了，大家再闭上眼睛各摸一部。桂平摸到了一个女同学的手机，正想打开来看，眼睛朝那女同学一瞄，发现那女同学脸色很尴尬，桂平心一动，说，算了算了，女生的我不看，把手机还给了那女同学。女同学收回手机，嘴巴却又凶起来，说，你看好了，你不看白不看。桂平也没和她计较，但他自己运气就没那么好了，他的手机被一个最好事的男生拿到了，先翻看他的短信，失望了，说，哈，早有准备啊。桂平说，那当然，不然怎么肯拿出来让你看。那男生不甘心，又翻看他的储存电话，想看看有没有可疑人物。

真是不看不知道，一看吓一跳，那男生脸都涨红了，脱口说，哇，桂平，你厉害，连大老板的手机你都有？接着就将桂平手机里的储存名单给大家一一念了起来，这可全是有头有脸有来头的大人物啊，惊得一帮同学一个个朝着桂平瞪眼，说，嗬，好狡猾，这么厉害的背景，从来不告诉我们。也有的人说，这是低调，你们懂吗，低调，现在流行这个。桂平想解释也解释不清，只好一笑了之。

却不知他这一笑，是笑不了之的。第二天，就有一个同学找到他办公室去了，提了厚重的礼物，请桂平帮忙联系分管文化的副市长，他正在筹办一个全市最大也最规范的超霸电玩城，文化局那头已经攻下关来，但没有分管市长的签字，就办不成，他已经几经周折几次找过那副市长，都碰了钉子被弹回来了，现在就看桂平的力度了。

桂平知道自己的手机引鬼上门了，只得老老实实说，我其实并不认得该副市长。同学说，不可能，你手机里都有他的电话，怎么会不认识？桂平只得老实交代，从头道来。那同学听后，"哈"了一声，说，桂平，你当了官以后，越来越会编啊。凭良心说，这许多年，你在政府工作，我在社会上混，可我从来没找过你麻烦是不是？这是第一次，第一次求你你就这么对付我，你说得过去吗？桂平知道怎么说这同学也不会相信他了，但他也无论如何不可能去替他找那副市长的，只得冷下脸来，说，反正你怎么理解、怎么想都无所谓，这事情我不能做。同学一气之下，走了，礼物却没有带走，桂平想喊他回来拿，但又觉得那样做太过分，就没有喊。

那堆礼物一直搁在那里，桂平看到它们，心里就不爽，搬到墙角放着，眼睛还是忍不住拐了弯要去看，再把办公室的柜子清理一下，放进去，关上柜门，总算眼不见为净。本来他们同学间都很和睦融洽，现在美好的感觉都被手机里的一个错误的储存电话破坏了，右想左想，也觉得自己将认得不认得的领导都输入手机确实不妥，拿起手机想将这些电话删除了，但右看左看，又不知道哪些是该删的哪些是不该删的，全部删了肯定也是不妥，最后还是下不了手。

原来以为得罪了同学，就横下一条心了，得罪就得罪了，以后有机会再弥补吧。哪知那同学虽然被得罪了，却不甘心，过了两天，又来了，换了一招，往桂平办公室的沙发上一坐，说，你不答应我，我就不走了。桂平说，我要办公的，你坐在这里不方便。同学说，我方便的。桂平说，我不方便呀。同学说，有什么不方便，你就当是自己在沙发上搁了一件东西就行，你办你的公，你又不是保密局安全局，你的工作我听到了也不会传播出去的，即使传播出去别人也不感兴趣的。他就这样死死地钉在了桂平的办公室里。

即便如此，桂平还是不能打这个电话，因为他实在跟这位副市长没有任何交往，没有任何接触。这副市长并不分管他们这一块工作，即使开什么大会，副市长坐主席台上，桂平也只能在台下朝台上远远地看一眼，主席台上有许多领导。这副市长只是其中一位，除此之外，就是在本地电视新闻里看他几眼，他和副市长，就这么一个台上台下屏里屏外的关系，怎么可能去找他帮忙办事呢？何况还不是他自己的事，何况还是办超霸电玩城这样的敏感事情。

同学就这样坐在他的沙发上，有人进来汇报工作，谈事情，他便侧过脸去，表示自己并不关心桂平的工作，就算桂平能够不当回事，别人也会觉得奇怪，觉得拘束，该直说的话就不好直说了，该简单处理的事情就变复杂了。半天班上下来，桂平心力交瘁，吃不消了，跟同学说，你先坐着，我上个厕所。同学说，你溜不掉的。

桂平只是想溜出去镇定一下，想一想对策，但又不能站在走廊上想，就去了一趟厕所，待了半天，没理出个头绪来，也不能老在厕所待着，只得再硬起头皮回办公室。哪曾想到，等他回到办公室，那同学已经喜笑颜开地站在门口迎候他了。桂平说，你笑什么？同学说，行了，我拿你的手机给副市长打过电话了，副市长叫我等通知。桂平急得跳了起来，你，你，你怎么——同学说，我没怎么呀，挺顺利。桂平说，你跟副市长怎么说的？同学说，我当然不说我是我，我当然说我是你啦。桂平竟然没听懂，说，什么意思，什么"我是你"？同学说，我说，市长啊，我是改革委的桂平啊。桂平急道，副市长不认得我呀，副市长怎么说？同学笑道，副市长怎么不认得你，副市长太认得你了，副市长热情地说，啊，啊，是桂平啊。后来我就说，我有个亲戚，有重要工作想当面向您汇报。桂平说，你怎么瞎说，你是我的亲戚吗？同学说，同学和亲戚，也差不多嘛，干吗这么计较。我当你的亲戚，给你丢脸了吗？桂平被噎得不轻，顿住了。那同学眉飞色舞又说，副市长说了，他让秘书安排一下时间，尽快给我，啊不，不是给我，是给你答复。话音未落，桂平的手机响了，竟然真是那副市长的秘书打来的，说，改革委办公室桂主任吧，副市长明天下午四点有时间，但最多只能谈半小时，五点副市长有接待任务。桂平愣住了，但也知道没有回头路了，总不能告诉人家，刚才的电话不是他打的，是别人偷他的手机打的。同学怕他坏事，拼命朝他挤眉弄眼，桂平狠狠地瞪他，却拿整个事情无奈，赶紧答应了副市长秘书，明天下午四点到副市长办公室，谈半小时。

挂了电话，那同学大喜过望，桂平却百思不得其解，说，怎么可能，怎么可能？同学也不生气了，说，反正事情就是这样，你明天得陪我去，你放心，我不会空手的。桂平气得说，没见过你这样的。同学却高兴而去了。

同学走后，桂平把小李叫来，说，小李，我认得某副市长吗？小李被问得一头雾水，说，桂主任，什么意思？桂平说，我不记得我和他打过什么交道呀，他才当副市长不久呀。小李说是，年初人大开会时才上的，不过两三个月。桂平说，何况他又不分管我们这一块，最多有时候他坐在主席台上，我坐在台下，这是八竿子也打不着的呀。小李说，那倒是的，我也在台下看见领导坐在台上，但是哪个领导会知道台下的我呢。小李见桂平愁眉不展，又积极主动为主任分忧解难，说，桂主任，会不会从前他没当副市长的时候，你们接触过，时间长了，你忘记了，但是副市长记性好，没忘记。桂平说，他没当副市长前，是在哪里工作的？小李说，我想想。想了一会儿，想起来了，说，是在水产局，他是专家，又是民主党派，正好政府换届时需要这样一个人，就选中了他，后来听说他还跟人开玩笑说，我做梦也没有想到我会当副市长哎。桂平说，水产局？那我更不可能认得了，我从来没有跟水产局打过交道。小李又想了想，说，要不然，就是另一种可能，副市长不是记性好，而是记性不好，是个糊涂人，把你和别的什么人搞混了，以为你是那个人？桂平说，不可能糊涂到这样吧？小李说，也可能副市长事情太多，他以为找他的人，打他手机的人，肯定是熟悉的，你想想，不熟悉不认得的人，怎么会贸然去打领导的手机呢？无论小李怎么分析，也不能让桂平解开心头之谜。等小李走了，桂平把手机拿起来看看，看到刚才副市长秘书的来电号码，这是一个座机号码，估计是副市长秘书的办公室电话，就忽然想到，自己连这位副市长的这位秘书姓什么也没搞清楚，只知道他是刚刚跟上副市长不久的，桂平赶紧四处打听，最后才搞清了这位秘书姓什么，于是又拿起手机，手指一动，就把那秘书的电话拨了回去。那边接得也快，说，哪位？桂平说，我是改革委办公室的桂平，刚才，刚才——那秘书记性好，马上说，是桂主任啊，明天下午副市长接见已经安排了，四点，还有什么问题吗？桂平支吾了一下，一时不知道该怎么说，停顿片刻后，才说，我想问一问，你今天晚上有没有时间——那秘书立刻有习惯性的过度反应，说，桂主任，不用客气。桂平想解释一下，但那秘书认定桂平是要给他请客送礼，又拒绝说，桂主任，你真的不必费心，我知道你跟副市长关系不一般，副市长吩咐的事，我们一定会用心办的。桂平赶紧试探说，你怎么知道我跟副市长关系不一般？那秘书一笑，说，副市长平时从来不接手机的，他的手机都是交给我处理的，一般都是我先接了，再请示副市长接不接电话，但是今天你打来的电话，却是副市长亲自接的，这还不能说明问题？桂平被问得哑口无言，只得作罢。

　　桂平下班回家，心里仍然慌慌的，虚虚的。老婆感觉出来了，问有什么事。桂平也说不出到底是个什么事，只能长叹几声。老婆心里就起了疑。正在这时候，桂平的手机响了，桂平一看，正是那同学打来的，人都被他气疯了，哪里还肯接，就任它响去，它也就不折不挠地响个不停。老婆说，怎么不接手机，是不是我在旁边不方便接？桂平没好气地说，我就不接。老婆疑心大发，伸手一抓，冲着那一头怪声道，谁呀，盯这么紧干吗呀？一听是个男声，就没了兴致，把手机往桂平手里一塞，无趣地走开了。桂平捏着手机，虽然心里一千一万个不情愿，但听得手机那头喂喂喂的叫喊，也只得重重地"嗯"了一声，说，喊个魂。正想再冲他两句，那同学却抢先道，桂平啊，明天不用麻烦你了。桂平心里一惊，一喜，还没来得及说话，那同学却又说了，明天不麻烦，不等于永远不麻烦噢。他告诉桂平，刚接到文化局的通知，上级文件刚刚到达，电玩城电玩店一律暂停，副市长也没权了，审批权被省里收去了。桂平愣了半天，竟笑了起来，说，笑话笑话，这算什么事，人家副市长那边已经安排了时间，难道要我通知副市长，我们不去见副市长了？那同学笑道，那你另外找个事情去一下吧。桂平生气道，你以后别再来找我。那同学仍然笑，说，那可不行，以后还要靠你的。桂平说，你不是说审批权被省里收去了吗，我又不认得省领导。同学说，得了吧，你能认得这么多的市领导，肯定就是一个四通八达的人，省领导必定也能联系上几个的。不过现在还不到时候，情况还不明确，我马上会了解清楚的，如果省里可以松动，到时候要麻烦你帮我一起跑省厅省政府呢。桂平差点喷出一口血来，说，我要换手机了。同学笑道，你以为穿上马甲别人就认不出你了？

第二天桂平硬找了个借口去了副市长办公室，见到正襟危坐的副市长，心里一慌，好像那副市长早已经看穿了他的五脏六腑，忽然就觉得自己找的那借口实在说不出口来。正不知怎么才能蒙混过关，副市长却笑了起来，说，你是桂平吧，改革委的办公室主任，桂主任，其实我根本就不认得你噢。桂平大惊失色，说，市长，那你怎么？副市长说，嘿，说来话长——副市长看了看表，说，反正我们被规定有半小时谈话时间，我就给你说说怎么回事吧——你们都知道的，我们的手机，一直是秘书代替用的，一直在他手里，我自己从来都看不到，听不到，什么也不知道，个个电话由他接，样样事情由他安排布置，听他摆布，我一点主动权也没有，一点自由也没有，因为机关一直就是这样的，前任是这样，前任的前任也是这样，我也不好改变。停顿一下又说，你也知道，我原来是干业务的，忽然到了这个岗位，真的不怎么适应，开始一直忍耐着，一直到昨天下午，我忽然觉得自己忍不下去了，就下了一个决心，试着收回自己用手机的权利，结果，我刚让秘书把手机交给我，第一个电话就进来了，就是你的。当时秘书正站在我面前，看着我，我就让他给安排时间，我要让他知道，没有他我也一样会布置工作，事情就是这样。桂平愣了半天，以为副市长在说笑话，但看上去又不像，支吾了一会儿，实在不知道说什么才好。好在那副市长并不要听他说话，只是叹息一声，朝他摆了摆手说，不说了，不说了，今后没有这样的事情了，你也打不着我的手机了——我又把手机还给秘书了，我认输了，我玩不过它，就昨天一个下午，从你的第一个电话开始，我一共接了二十三个电话，都是求副市长办事的，我的妈，我认输了。停顿了一下，末了又补一句说，唉，我也才知道，当个秘书也不容易啊，更别说你办公室主任了。桂平说，是呀，是呀，烦人呢。副市长又朝他看了看，说，对了，我还没问你呢，桂主任，我并不认得你，你怎么会直接打我的手机呢？桂平也便老老实实地把事情的来龙去脉说了出来，副市长听了，哈哈地笑了几声，桂平也听不出副市长的笑是高兴还是不高兴。

桂平经历了这次虚惊，立刻就换了手机号码，只告知了少数亲戚朋友和工作上有来往的人，其他人一概不说，结果给自己给大家都带来很多麻烦，引来了很多埋怨。但无论出现什么情况，桂平都咬牙坚持住，他要把老手机和手机带来的烦恼彻底丢开，他要和从前的日子彻底告别，他要活回自己，他要自己掌握自己，再不要被手机所掌控。

现在手机终于安安静静地躺在办公桌上，但桂平心里却一点也不安静，百爪挠心，浑身不自在，手机不干扰他，他却去干扰手机了，过一会儿，就拿起来看看，怕错过了什么，但是什么也没有。桂平怀疑是不是手机的铃声出了问题，就调到震动，手机又死活不震动，他拿手机拨自己办公室的座机，通的，又拿办公室的座机打手机，也通的，再等，还是没有动静，就发一条短信给老婆，说，你好吗？短信正常发出去了，很快老婆回信说，什么意思？也正常收到了。老婆的短信似乎有点火药味。果然，回信刚到片刻，老婆的电话就追来了，说，你干什么？桂平说，奇怪了，今天大半天，居然没有一个电话和一条短信。老婆说，你才奇怪呢，老是抱怨电话多，事情多，今天难得让你歇歇，你又火烧屁股。说完老婆撂了电话。桂平明明知道自己的手机没问题，仍然坐不住，给一个同事打个电话说，你今天上午打过我手机吗？同事说，没有呀。又给另一朋友打个电话问，你今天上午发过短信给我吗？那人说，没有呀。

桂平守着这个死一般沉寂的新号码，不由得怀念起老号码来了。他用自己的新号码去拨老号码，听到"对不起，您拨打的电话已停机"，桂平心里一急，把小李喊了过来，责问说，你把我手机停机了？小李说，咦，桂主任，是你叫我帮你换号的呀。桂平说，我说要换号，也没有说那个号码就不要了呀，那个号码跟了我多少年了，都有感情了，你说扔就扔了？小李说，桂主任，你别急，没有扔，我帮你办的是停机留号，每月支付五元钱，这个号码还是你的，你随时可以恢复的。桂平愣了片刻，说，你怎么会想到帮我办停机留号？小李说，桂主任，我还是有预见的嘛，我就怕你想恢复嘛。桂平还想问，你凭什么觉得我想恢复，但话到嘴边，却没有问出来，连小李一个毛头小子，都把自己给看透了，真正气不过，发狠道，我还偏不要它了，你马上给我丢掉它！小李应声说，好好好，好好好，桂主任，我就替你省了这五块钱吧。

到这天下午，情况忽然发生了很大的变化，打到他手机上的电话多起来，发来的短信也多起来，其中有许多人，桂平明明没有告诉他们换手机号的事情，他们也都打来了。桂平说，咦，奇怪了，你怎么知道我的电话？对方说，哟，你以为你是谁，知道你的电话有什么了不起的。也有人说，咦，你才奇怪呢，我凭什么不能知道你的电话？也有心眼小的，生气说，唏，怎么，后悔了，不想跟我联系了？

桂平又恢复了从前的生活，手机从早到晚忙个不停，那才是桂平的正常生活，桂平早已经适应了这样的生活。他照例不停地抱怨手机烦人，但也照例人不离机，机不离人，他只是有点奇怪，这许多人是怎么会知道他的新手机号码的。

　　一直到许多天以后，他才知道，原来那一天小李悄悄地替他换回了老卡。

生于黄昏或清晨

　　单位里一位离休老同志去世了。这是一件正常的事情。人老了，都会走的。但这一次的情况稍有些不同，单位老干部办公室的两位同志恰好都不在岗，小丁休产假，老金出国看女儿去了。单位里没人管这件事，那是不行的，领导便给其他部门的几个同志分了工，有的上门帮助老同志的家属忙一些后事，有的负责联系殡仪馆布置遗体告别会场，办公室管文字工作的刘言也分到一个任务，让他写老同志的生平介绍。这个任务不重，也不难，内容基本上是现成的，只要到人事处把档案调出来一看，把老同志的经历组织成一篇文字就行了，对吃文字饭的刘言来说，那是小菜一碟。

　　虽然这位老同志离休已经二十多年，他离开单位的时候，刘言还没进单位呢，但是刘言的思维向来畅通而快速，像一条高质量的高速公路，他只在人事处保险柜门口稍站了一会儿，翻了几页纸，思路就理出来了。老同志一辈子的经历也就浮现出来了。档案中有多年积累下来的各种表格，它们相加起来，就是老同志的一生了。这些表格，有的是老同志自己填的，也有的是组织上或他人代填的，内容大致相同。即使有出入，也不是什么大的原则性的差错，比如有一份表格上调入本单位的时间是某年的六月，另一份表格上则是七月，年份没错，工作性质没错，只是月份差了一个月，也没人给他纠正，因为这毕竟不是什么大不了的事情。

本来这事情也就过去了，刘言的腹稿都打好了，以他的写字速度，有半个小时差不多就能完成差事了，他把老同志的档案交回去的时候，有片刻间他的目光停留在最上面的这张表格上了。表格上老同志的名字是张箫生，刘言觉得有点眼生，又重新翻看下面的另一张表格，才发现两张表格上的老同志名字不一样，一个是张箫声，一个是张箫生。刘言又赶紧翻了翻其他的表格，最后总共出现了三个不同的版本，除张箫生和张箫声外，还有一个张箫森。刘言问人事处的同志，人事处的同志有经验，不以为怪，说，这难免的，以本人填的为准。刘言领命，找了一份老同志亲自填的表格，就以此姓名为准写好了生平介绍。

生平介绍交到老同志家属手里，家属看了一眼就不乐意了，说，你们单位也太马虎了，把我家老头子的名字都写错了，我家老头子，不是这个"声"，是身体的"身"。刘言说，我这是从档案里查来的，而且是你家老同志亲自填写的。家属说，怎么会呢，他怎么会连自己的名字都填错了呢？刘言说，不过他的档案里倒是有几个不同的名字，但不知道哪一个是准的。家属说，我的肯定是准的，我是他的家属呀，我们天天和他的名字在一起，这么多年，难道还会错？刘言觉得有点为难，老同志家属说的这个"身"字，又是一个新版本，档案里都没有，以什么为依据去相信她呢？

他拿回生平介绍，又到人事处把这情况说了一下，人事处同志说，这不行的，要以档案为准，怎么能谁说叫什么就叫什么呢，那玩笑不是开大了？刘言说，可即使以档案为准，老同志的档案里，也有着三种版本呢。人事处同志说，刚才已经跟你说过这个问题了，你怎么又绕回来了呢？刘言的高速公路有点堵塞了，他挠了挠头皮说，绕回来了？我也不知怎么就绕回来了。人事处的同志笑了笑，说，你要是实在不放心，不如到老同志先前的单位再了解一下，他在那个单位工作了几十年，调到我们单位，不到两年就退了，那边的信息可能更可靠一点。

刘言开了介绍信就往老同志先前的单位去了，找到老干部处，是一位女同志接待他。女同志看了看介绍信，似乎没看懂，又觉得有些不解，说，你要干什么？刘言把事情经过简单说了，女同志"噢"了一声，说，我也是新来的，不太熟悉，我打个电话问问，就打起电话来，说，有个单位来了解老张的事情。电话那头问，哪个老张？她看了看刘言带来的介绍信，说，叫张箫声，这个声，到底对不对，到底是哪个sheng(shen、seng、sen)，是声音的声，还是身体的身？还是——她看了看刘言，刘言赶紧在纸上又写出两个，竖起来给她看，她看了，对着电话继续说，还是森林的森，还是生活的生——什么？什么？噢，噢，我知道了，原来是这样。女同志放下电话，脸色有点奇怪，有点不悦，对刘言道，这位同志，你搞什么东西，老张好多年前就去世了，你怎么到今天才写他的生平介绍？刘言吓了一跳，说，怎么可能，张老明明是前天才去世的，我们领导还到医院去送别了呢。女同志半信半疑地看了看他，最后还是相信了他的话，说，肯定老胡那家伙又胡搞了。他以为女同志又要打电话询问，结果她却没有打，自言自语说，一个个信口开河，胡说八道，谁都不可靠，还是靠自己吧，就自己动手翻箱倒柜找了起来。翻了一会儿，才发现了自己的问题，停下来说，咦，不对呀，他人都已经调到你们那里了，材料怎么还会在我这里？刘言说，我不是来找材料的，我只是来证实一下他的名字到底是哪一个。女同志说，噢，那我找几个人问问吧。丢下刘言一个人在她的办公室，自己就出去了。这个女同志有点大刺刺，刘言却不想独自待在陌生人的办公室里，万一有什么事情也说不清，就赶紧跟出来，看到女同志进了对面一间大办公室，大声问道，张箫声，张箫声你们知道吗？大家都在埋头工作，被她突然一叫，有点发愣，闷了一会儿，有一个人先说，张箫声，知道的，是位老同志了，什么事？女同志说，走了，名字搞不清，他现在的单位来了解，他到底叫张箫哪个"sheng(shen、seng、sen)"。另一个同志说，唉，人都走了，搞那么清楚干什么，又不是要提拔，哪个"sheng(shen、seng、sen)"都升不上去了。女同志说，别搞了，人家守在那里等答案呢。大家就七嘴八舌地说起来，说什么的都有，但好像都没有什么依据，有分析的，有猜测的，有推理的。不一会儿，大伙儿给老同志名字的最后一个字，又添加了好几个新版本，有一个人甚至连肾脏的肾都用上了。女同志头都大了，说，哎哟哎哟，人家就是搞不准，才来问的，到咱们这儿，给你们这么一说，岂不是更糊涂了？刘言也觉得这些人对老同志也太不敬重了，说话轻飘飘的，好像老同志不是去世了，而是坐在办公室里等着大家调侃呢。

女同志一喳哇，大家就停顿下来，停顿了一会儿，忽然有个人说，是老张吗，是张箫sheng(shen、seng、sen)吗，我昨天还在公园里遇见他呢，怎么前天去世了呢？女同志惊叫一声说，见你的鬼噢！另有一个女同志失声笑了起来，但笑了一半，赶紧捂住嘴。先前那人想了半天，才想清楚了，赶紧说，噢，噢，我收回，我收回，我搞错了，昨天在公园里的不是他，是老李，对不起。于是大家纷纷说，也没什么对不起的，时间长了就这样，这些老同志退了好多年，平时也见不着他们，见了面也不一定记得，搞错也是难免的。

刘言不想再听下去了，悄悄地退了出来。那女同志眼尖，看见了，在背后追着说，喂，喂，你怎么走啦？可是你自己要走的，回去别汇报说我们单位态度不好啊。刘言礼貌道，说不上，说不上，跟我们也差不多。

刘言重新回到老同志家，看到老同志的遗像挂在墙上，心里有些不落忍，对他家属说，还是以您说的身体的"身"为准吧。老同志家属说，果然吧，肯定还是我准，如果我都不准，还有什么更准的？刘言掏出生平介绍，打算修改老同志的姓名，不料却有一个人出来反对，她是老同志的女儿。女儿跟母亲的想法不一样，女儿说，妈，你搞错了，我爸的"sheng"字是太阳升起来的"升"。她妈立刻生起气来，当场拉开抽屉，拿出户口本来，指着说，在这儿呢。刘言接过去一看，张箫身，果然不差。刘言以为事情终于可以告一段落了，可是那女儿却也掏出一个户口本来，说，这是我家的老户口本。两个户口本的封皮不一样，一个是灰白色的硬纸板封皮，一个是暗红色的塑料封皮，一看就知道是时代的标志和差异。但奇怪的是母亲拿的是新户口本，女儿拿的反而是老户口本。刘言说，你们换新本的时候，老本没有收走吗？那女儿说，我们不是换本，我们是分户，我住老房子，所以收着老本，老本上，我爸明明是张箫升，升红旗的"升"。老太太仍然在生气，说，反正无论你怎么说，老头子是我的老头子，不会有人比我更知道他。女儿见妈不讲理了，说话也不好听了，难道你亲眼看见我爷爷奶奶给我爸取名的吗？老太太说，哼，一口锅里吃了六十多年，就等于是亲眼看见一样。女儿说，就算亲眼看见，都六十多年了，说不定早就搞混了。老太太气得一转身进了里屋，还重重把门关闭了。

刘言手里执着那份生平介绍，陷入了僵局，不知该怎么办了。那女儿却在旁边笑起来，说，咳，这位同志，别愁眉苦脸的，没什么为难的，你就按我妈说的写吧。刘言说，那你没有意见，你不生气？那女儿说，咳，我生什么气呀，哪来那么多气呀，我也就看不惯我妈，样样事情都是她正确，我得跟她扭一扭，现在扭也扭过了，至于我爸到底是"声"还是"身"还是"升"，人都不在了，管那还有什么意思呢。刘言如遇大赦，正要改写，忽见那老太太又出来了，手里举着几张证件，说，搞不懂了，搞不懂了。

原来老太太被女儿一气之下，就进里屋找证据去了，结果找出来好些证件，有身份证、工作证、医疗证、离休证、老年证、乘车证，等等，可是这些证件上的名字，居然都不统一。老太太气得说，怎么搞的，怎么搞的，这些人，不像话。那女儿却劝她妈说，妈，你怎么怪别人呢，你自己平时就没注意没关心嘛，你要是平时就注意就关心了，错的早就改了嘛。老太太说，改？这么多不同的字，照哪个改？那女儿嘻嘻一笑，说，照你的改。老太太这才把气生完了，看着刘言按照她的说法改了老张的全名叫"张箫身"，接过那生平介绍，事情算是办妥了。

刘言回到单位，把这遭遇说给大家听，大家听了，说，刘言你这么认真干吗，人都不在了，搞那么准，有必要吗？另一同事说，你追查清楚了想干什么呢，告慰老张吗？又说，你可别告慰错了，弄巧成拙。刘言想辩解几句，但想了半天，却不知道该辩解什么，也不知道该替谁辩解，最后到底也没有说出一句话来。

　　那天回家，刘言把自己的几个证件找出来，一一核对，不同证件上自己的名字是完全一致的，这才放了点心。但是老婆觉得奇怪，问他干什么？刘言说，我看看我的名字。老婆更奇了，说，这有什么好看的，名字生下来就跟着你了，难道今年会换一个名字？刘言既然心里落实了，也就没再吱声。

　　不几日就到清明了，刘言带着老婆女儿回家乡上坟，遇到一老乡，咧开嘴朝他笑。他认不出老乡了，但看着那没牙的黑洞洞，觉得十分亲切，他有点不好意思，便也笑了笑，点点头，想蒙混过去。不料老乡却亲热地挡住他，说，小兔子，你回来啦？女儿在旁边"哧"的一声笑了出来，说，哎嘿嘿，小兔子，啊哈哈，小兔子。越想越好笑，竟笑疼了肚子，弯着腰在那里"哎哟哎哟"地喊。刘言愣了一会儿说，大叔，你认错人了，我不是小兔子。老乡说，你怎么不是小兔子，你就是小兔子，你打小就是小兔子。刘言说，我排行第四，所以小名就叫个小四子。那老乡说，我不是喊你小名，你是属兔的，所以喊你小兔子。刘言"啊哈"了一声，说，果然你记错了，我不属兔，我属小龙。老乡见他说得这么肯定，也疑惑起来，盯着他的脸又看了一会儿，说，你是老刘家的老四吗？刘言说，是呀。老乡一拍巴掌道，那不就对了，就是你，小兔子，你小时候大家都喊你小兔子。刘言说，我怎么不记得了？老乡奇怪地说，你们从乡下人变成城里人，难

道连属相都要跟着变吗？刘言说，我可没有变，我生下来就属小
龙的。老乡也不跟他争了，喊住路上另外两个老乡，问道，老刘
家的老四，属什么的？那两老乡也朝刘言瞧了几眼，一个说，老
刘家老四，属狗的，小时候叫个小狗子。另一个说，不对不对，
老四属猴。刘言赶紧说，小时候叫个小猴子吧。他老婆和女儿都
笑得前仰后合，说，不行了，不行了，肚子疼死了。老乡不知道
她们俩笑的什么，感叹说，城里人日子好过，开心啊。

　　刘言也不再跟他们计较了，上了坟就赶紧到大哥家去。他兄
弟四个，只有大哥一家还在农村。俩兄弟到饭桌上，先洒了点酒
在地上祭了父母，然后就喝起来。大哥寡言，喝了酒也不说话。
刘言代二哥三哥打招呼说，本来他们也是要回来的，因为忙，没
走得成。大哥说，忙呀。刘言又说，不过他们都挺好的，让大哥
放心。大哥跟着说，放心。刘言说一句，大哥就跟着应一句，刘
言不说话，大哥也就不作声，就好像刘言是大哥，而大哥是老四
似的。后来大嫂过来给刘言斟酒，说，老四啊，明年是你大哥的
整生日，做九不做十，今年就要做了，你跟老二老三说一下。大
哥说，咳呀。意思是嫌大嫂多事，但大哥话没说出口来，刘言也
没听进耳去，因为刘言心里被"整生日"这说法触动了一下，
说，大哥，你都六十啦？本来他已经把路上那老乡的事情丢开
了，但喝了喝酒，又听到说大哥六十了，就觉得那岁月的影子还
在心里搁着，一会儿就隐隐地浮上来，一会儿又隐隐地浮上来，
忍不住说，大哥，你属什么的？大嫂笑道，老四你做官做糊涂
啦，你跟你大哥差十二岁，同一个属相。刘言说，属小龙。大嫂
说，咦，哪里是小龙，属大龙的。刘言说，奇了，我一直是属小
龙的呀。大嫂说，噢，也可能你小时候给搞差了吧。见刘言有点

蒙，又劝说，老四，没事的，小时候搞差的人多着呢，我姐的年龄给搞差了五岁呢，不也照样过日子。口气轻描淡写。还是大哥知道点儿刘言的心思，说，城里人讲究个年龄，不像乡下人这样马马虎虎。大嫂有点儿不高兴，说，那就算我没说，老四你该几岁还几岁，该属什么还属什么。大家就没话了。

离了大哥家，刘言三口人到乡上的旅馆住下。那娘儿俩嫌刘言打呼噜，便合睡一间，让刘言单独睡一间。刘言夜里听到乡下的狗叫，想起小时候的许多事情，结果就梦见了母亲，刘言赶紧问道，娘，老四是属小龙的吧。母亲笑眯眯的，眼睛雪亮，说，生老四的时候，天气好热，天都快黑了，还没生下来，后来就点灯了，也巧了，一点灯，就生了。刘言说，娘，你记错了吧，我是冬天生的，早晨七八点钟，太阳升起来的时候。母亲摇了摇头，转身就走了。刘言急得大喊，娘，你不能走，你走了，我再也不知道我是什么时候生的了。可是母亲还是头也不回地走了。刘言大哭起来，把自己哭醒了。好半天才回过神来，心里悠悠的，摸不着底。看看窗外，天已亮了，乡镇的街上已经人来人往了。刘言起来到隔壁房间门口听了听，那娘儿俩还睡着呢。刘言给老婆发了一个短信，自己就出来了。

到得街上，打听到乡派出所，刘言进去一看，已经有很多人来办事了，围着一张办公桌，吵吵嚷嚷的，他插上去探了一脑袋，那守在办公桌边的警察朝他看看，说，排队。又看他一眼说，你是外面来的？刘言赶紧说，是，是。警察说，那也得排队。刘言空欢喜了一下，发现大家都朝他看，有点尴尬，往后退了退，心里着急，这么多人，也不知道要等多长时间才轮到他，在后边站了站，听出来警察正在断事情呢，听了几句，觉得这警察虽然长得歪瓜裂枣、其貌不扬，说话倒是很在理，很有水平，也很利索，刘言干脆安下心等了起来。

两个老乡争吵，是为了一头猪，说是一家的猪跑到了另一家的猪圈去了，怎么也不肯回去，后来硬拖回来了，总觉得不是他家那头，咬定邻居偷梁换柱，又上门去闹，结果打起来，一个打破了头，一个撕破了衣裳。警察听了，问道，猪呢？那两人同时说，带来了，在院子里等着呢。警察就离了办公桌往外拱，大家自觉地让出一条道，除了那俩当事人，无关的人也一起出来围在院子里。那两猪果然被拴在树上。警察朝那两猪瞄了一眼，笑了起来，说，嚯，真像呀，难怪分不出来了。那逃跑的猪的主人指着其中一头猪说，喏，这是我家的。说过之后，却又怀疑起来，挠了挠脑袋，说，咦，是不是呢？警察说，你自己都分不清，怎么说人家偷换了呢。那老乡上前抓住猪的一条腿，扯了起来，神气地说，看吧，我做了记号的。一看，果然猪腿上扎了一根红绳子，因为沾满了猪粪，黑不溜秋，不仔细看是看不出来的。警察说，这猪是你的？那老乡说，本来是我的，逃到他家去了，他又还给我了，但我看来看去，觉得不是它。警察问另一老乡，你说呢？那一老乡委屈地说，他说他做了记号的，记号明明在他猪身上，他却又不承认。这一老乡说，谁晓得呢，猪在你家圈里待了两天，不定你把记号换过来了。警察说，你有证据吗？老乡说，我有证据就不来找你了。警察说，找我我也是要找证据的，证据就是这猪腿上的这根绳子，既然这根绳子在你这猪腿上，这就是你的猪，你服不服？老乡倔着脑袋，说，我不服。警察说，那你的意思是什么呢，你觉得那猪不是你的？老乡被问住了，走到那猪跟前，蹲下来，仔仔细细地看来看去。警察说，看够了没有，它是不是你的猪？老乡说，我吃不准，反正，反正，我心里不踏实。警察说，你是觉得你那猪变小了，变瘦了？老乡说，小多了，瘦多了。警察说，你是想要胖一点的那猪？老乡说，那当然，我家猪本来就比他家猪胖。警察说，那你觉得它们俩哪个胖一点？老乡又朝两头猪看了半天，也看不出来哪个更胖一点，说，我眼睛看花了。警察指了其中一头说，喏，这头胖一点。那老乡不依，说，我怎么觉得那头胖。警察说，弄杆秤来。刘言起先以为警察在挖苦他们，哪里想到真有人弄了秤来，是个带轮子的秤，轰隆轰隆地推过来，把猪绑了抬上去称，在猪的撕心裂肺的叫喊声中，两猪分量称出来了，它俩商量好了似的，居然一般重。警察笑道，随你挑了。那老乡还是不依，说，分量虽是一样重，但肉头不一样，我家的猪吃得好，他家的猪吃的什么屁。给猪吃屁的那老乡见两头猪一般重，就想通了，不恼了，说，换就换吧。就把腿上带绳子那猪牵到自己手里。给猪做记号这老乡换了一头猪之后，牵着猪走了几步，又觉得不靠谱，说，这是我的猪吗？警察骂道，你就是个猪。老乡说，你警察怎么骂人呢？警察说，你连自己是什么你都搞不清，还来搞猪的身份。这老乡不作声了，朝着被别人牵走的那头猪看了又看，有点依依不舍，说，我们还是换回来吧。那老乡好说话些，说，换回就换回。两人重又交换了猪。警察又笑道，白忙了吧。

　　两个人和两头猪走了以后，下面轮到的是一桩不养老的事情，一个老娘，两个儿子，都不肯养老。老大老二各自有新房子，老母亲住在旧屋里，七老八十了，没有生活来源。警察说，老大出二百，老二出一百。结果两个儿子均不承认自己是老大。问那老母亲，哪个是老大，老母亲老眼昏花，支支吾吾竟然连哪个是大儿子都说不清。警察恼了，说，两个儿子，不分大小，一人二百。两个儿子不服，说，这事情不该你警察管，该法官管。警察说，那你们找法官去。两儿子说，找法官也没用。警察说，知道没用就好，走吧走吧，一人二百。两儿子又互相责怪起来，言语难听，不过没动手，最后还是领了警察的命令走了。那老母亲蹒跚地跟在后面，撵不上两个儿子，喊着，等等我，等等我。

轮到刘言的时候，警察已经很辛苦了，但仍然认真地听了刘言的话，说，你想要证明一下自己的年龄？又说，你身份证丢了吧？刘言说，身份证没丢。警察怀疑地看看他，说，身份证没丢？拿来我看看。刘言拿出身份证交给警察，警察一看，笑了起来，你要查出生年月日，这上面不就是你的出生年月日吗？刘言说，可是这次我回乡，老乡说我是属兔子的，又说是属大龙的。警察说，老乡的话你也听得？刚才你都见了吧，猪也分不清，老大老二也分不清，他们还想搞清你属什么？刘言说，不是他们想搞清，是我自己想搞清。警察说，笑话，你自己的年龄你自己都不知道，那你自己是谁你知不知道呢？刘言同志，你可是有身份证的人，你可是有身份的人噢。刘言说，可有时候身份证上的信息并不可靠。警察说，身份证都不可靠，什么可靠呢？刘言说，所以我想来了解一下，就是我小时候家里头一次给我上户口时到底是怎么写的，到底是哪一年哪一月哪一日。警察听了，沉默了一会儿，眼神渐渐地警觉起来了，说，你查自己的年龄干什么，想把年龄改小是吧？少来这一套，你这样的人我见多了，要提干升官了，把你娘屙你出来的时辰都敢改掉，不过你别想在我这儿得逞。刘言说，我不是要改小，也不是要改大，只是要弄清楚自己到底属什么，查清楚了，说不定是要改大呢。警察惊讶地说，改大？那你岂不傻了，改大了有什么好处？现在当官进步，年龄可是个宝，万万大不得，别说大一年两年，不巧起来，大一天两天都不行。刘言说，我不是要改，我只是想弄清楚了。警察听了，又想了一会儿，理解了刘言的心情，同情地说，倒也是的，一个人连自己的出生年月日都搞不准，那算什么呢。刘言赶紧道，是呀，警察同志，就麻烦你替我查一查吧。警察说，你知道我这派出所管多少人多少事，要是什么烂事都来找我，我这不叫"派出所"，我这叫"垃圾站"得了。警察虽然啰里啰嗦，废话不少，但还是起了身朝里边走，嘴里嘀咕说，我去查，我去查，几十年前的存根，在哪里呢？

刘言感觉就不对，果然那警察刚一进去就出来了，表情很尴尬，说，对不起，那些存根不在这里，我大概翻错了地方。刘言想，我几乎就料到你会这么说。话没出口，感觉有人在拉扯他的衣服，回头一看，女儿不知什么时候已经站到了他的身后，老婆也跟来了，站在一边，抿着个嘴笑。刘言被女儿拉着揪着，分了心，眼睛也花了。再看警察时，就觉得警察的脸很不真切，模模糊糊的，刘言顿时就泄了气，他是指望不上这个认真而又模糊的警察了，他也不想证明自己到底是大龙小龙还是小兔子了，跟着女儿就往外走。那警察却不甘心，在背后喊道，哎，哎，你怎么走了？你等一等，我帮你查。刘言说，算了算了，我不查了。警察说，不查怎么行，一个人连自己的出生年月都搞不清，那算什么？刘言说，我搞得清，身份证上就是我的出生年月。警察说，身份证也有出错的时候。他见刘言坚持要走，有些遗憾，最后还固执地说，那你留一个联系电话吧，等我空一些，一定帮你查，查到了我会立刻打电话告诉你，眼睛就直直地盯着刘言手里的手机。刘言只得留下了手机号码。

一家人往外走的时候，有一个老乡正在往里挤，边挤边大声叫喊，钱新根，钱新根，你不要老卵钱新根。那警察说，我老卵怎么啦。刘言才知道这警察叫钱新根。那老乡说，钱新根，你再老卵，我就把你捅出来。警察说，你捅呀，你有种现在就捅。那老乡见钱新根无畏，反而退缩了，口气软下来，大喊大叫变成了小声嘀咕，说，你以为我不敢？你以为我不敢？警察说，我正等着你呢。刘言三人走出了派出所的院子，后面的话，也就听不清了。

开车回去的路上，老婆和女儿对乡下人的这些可笑之事，又重新笑得个人仰马翻的。刘言心里不悦，想起单位里刚去世的老同志张箫sheng(shen、seng、sen)的事情，说，你们也别这么嘲笑人家，有些事情，并不是城里人和乡下人的区别。老婆和女儿不知道他的遭遇，所以不理解他的心思，不同意他的说法，说，城里没见过这等事，下乡来才见到。

快到家的时候，刘言接到学校老师的电话，喊家长到学校去谈话。刘言问女儿在学校犯什么错了，女儿说，我犯什么错？我才不犯错，喊你们去是表扬我呢。刘言跟老婆商量谁去，老婆说，那老师年纪不大，倒像更年期了，说话呛人，我不去。

就只好刘言去了。老师告诉刘言，他女儿把学校填表的事情当儿戏，一式两份表格，父亲的职务级别居然不同，一份填的是科长，一份填的是处长。老师说，刘先生，你有提拔得这么快吗？在填第一张表格和第二张表格的时间里，你就由科长升为处长了？刘言目前既不是科长，也不是处长，是个副处长，熬那处长的位置也有时间了，没见个风吹草动，正郁闷呢，女儿倒替他把官升了。

刘言回家责问女儿捣什么蛋，女儿说，噢，我没捣蛋，一不留神随随便便就写错了。刘言批评说，你也太没心没肺了，表格怎么能随便瞎填呢？女儿不服，说，这有什么，填什么你不都是我爸？又说，你还说我呢，你自己又怎么样，从来不出差错吗，小兔子同志？刘言一生气，说，你怎么不把自己的生日填错呢？老婆在一边替女儿抱不平了，说，刘言你吃枪子了，女儿的生日怎么会错？她又不是你，她的出生证就在抽屉里，你要不要再看一看。刘言火气大，呛道，那也不一定，医院也有搞错的时候。老婆见刘言平白无故发脾气不讲理，性子也毛躁了，言语也呛人了，说，那医院还会犯更大的错呢，护士还会抱错孩子呢，你还可以怀疑她不是你亲生的，你要不要去做个亲子鉴定啊？刘言投了降，说，算了算了。

过了些日子，刘言的一个朋友过生日，办个生日派对，刘言去了，就问那朋友，你这生日，这年这月这日，最早是谁告诉你的？朋友愣了半天，说，咦，你这算什么问题，生日当然是从父母那里知道的啦，难道你不是？刘言说，我父母都不在了。朋友又愣了愣，捉摸不透刘言要干什么，说，怎么，父母不在了，生日就不是生日啦？刘言说，趁你父母健在，赶紧回去搞搞清楚，父母说的话，未必就是真相啊。朋友说，生你养你的人，怎会不知道真相啊？刘言说，最真实的东西也许正是最不真实的东西。朋友见他神五神六，不理他了，忙着去招呼其他人。一位来参加派对的客人听了他们的对话，又看了看刘言，说，刘言，你好像话里有话嘛。刘言说，你呢，你的生日你是怎么知道的？你父母告诉你的吗？这客人说，我家户口本上写着呢。刘言说，你那户口本是哪里来的呢？这客人翻了翻白眼，撇开脸去，不再和刘言搭话了。

大家喝酒庆生，刘言喝了点酒，指着过生日的朋友说，今天真是你的生日吗？朋友见刘言一而再再而三地对他的生日提出异议，不满道，刘言，你什么意思？刘言又说，你能肯定你真是今天生出来的吗？你能肯定你这几十年日子是你自己的日子吗？你真的以为你就是你自己吗？你有没有想过，你辛辛苦苦努力的，可能根本就不是你的人生呢？大家都被刘言的话怔住了，怔了半天，有一个人先回过神来了，一拍桌子大笑起来，指着那过生日的朋友说，啊哈哈，原来你是个私生子啊？朋友气得不行，手指着刘言，有话却说不出来，憋得嘴唇发紫发青。大家赶紧圆场，说，喝多了喝多了，刘言喝多了。也有人说，奇了奇了，从前他再喝三五个这么多，也不会醉。还有人说，废了废了，刘言废了。

其实刘言并没有喝多，他只是听到大家左一口生日快乐右一口生日快乐，句句不离生日，搞得跟真的一样，心里犯冲，就觉得"生日"这两个字很陌生，很虚无，他不能肯定到底是谁在过生日，也不能肯定这生日到底是谁的，便借着点酒意发挥了一下，让自己逃了出来，逃离了那个不真切的、模糊的、虚幻的"生日"。

刘言走出来的时候，手机响了，是一个陌生的号码，那个人说，刘先生你好，我就是那个警察呀。见刘言不回答，那警察又说，刘先生你忘记我了？我就是乡下那个叫钱新根的警察，其实我又不是那个叫钱新根的警察。刘言说，你帮我查到出生年月日了吗？警察说，我打电话给你，就是要跟你说一声对不起，我现在不当警察了，不过不是因为我干得不好，是因为我是个冒名顶替的。刘言说，原来警察也是假的。那警察说，也不能算是假的噢，钱新根是我的堂兄，他从部队转业回来，上级安排他当民警，开始他答应了，后来又不想干了，要出去混，可是放弃警察又太可惜，就让我去顶替了，我是他的堂弟，长得很像的。刘言说，你被发现了？那警察说，我不是被发现的，我堂兄在外面混不下去，又回来要当警察了，就把我赶走了，我下岗了。刘言说，荒唐。那警察说，不荒唐的，只可惜我没有来得及替你查到出生年月，其实我已经快要接近真相了，我已经知道那些存根在哪里了。刘言说，那些存根就很可靠吗，也许当初就有人写错了呢？那警察说，所以呀，所以说很对不起你，我正在争取重新当警察，以后如果能够重新当上，我一定替你寻找证明，我一定查出你的真正的不出一点差错的出生年月日。刘言说，你不叫钱新根，你叫个什么呢？那警察说，我叫钱新海，跟我堂兄的名字就只差一个字。刘言听了，眼前就浮现出那警察的面貌来，心里有些苍凉，说，谢谢你，钱新海，就挂断了手机。

哪年夏天在海边

　　去年夏天在海边我和何丽云一见钟情相爱了。

　　我们算是同事，又不算同事。我们都供职于一家大型国企，从这一点说，我们是同事。但是国企的总部在北京，我们不在北京，而在各自不同省份的分公司，这么说起来，我们又不是同事。在去年夏天到海边之前，我们根本就不认识，甚至不知道对方的存在。但我们之间有一点是相同的，我们都是各自公司里的精英、佼佼者，要不然，我们就不可能享受总部分配给每个分公司的海边休假的待遇。

　　就这样，去年夏天，我们在海边相遇了。

　　其他诸省分公司的人，明明将我们的事情看在眼里，但他们不会说三道四，他们和我们一样，都是有素质的人，更何况，也许他们自己也有着类似的情况呢。毕竟谁都无法否认，夏天，海边，休假，这是催生婚外情的最合适的因素呵。

　　我们如胶似漆地度过了这个假期，但是我们心里明白，只有这十天时间是属于我们的，十天以后，我们就分道扬镳，从此天各一方，很可能一辈子都不再见面。这是我们相爱的前提。因为我们都是有家室的人，都有优秀的配偶和孩子，都有体面的光鲜的家庭和事业。我们都不会因为一次露水情而毁了自己艰辛打拼多年才得到的一切。

可是，许多事情不以人的意志为转移，到了分手的前夜，我们才发现，我们已经无法分手了。我们又不是机器人，可以随意开关。机器人有时还不听指挥呢。

那天晚上，我们静静地躺着，何丽云给我说了一个故事，是她的母亲讲给她听的。有一位女子，从年轻的时候开始，每年秋天到远离家乡的一个小镇的小旅馆，和情人相会三天，然后回到自己的生活中，一年中没有任何联系，第二年再来。这样的日子一直延续到她老去。老年的她，仍然每年去那个小镇，他也同样。直到有一年，他没有再来。她并没有去打听他的情况，仍然每年都去，像从前一样度过每年完全属于自己的三天。

说了这个故事后，她沉默了，我也沉默了。最后我问她，是你妈妈的故事吗？她说不是，是母亲读过的一个外国小说。

于是我们决定，照着别人的小说展开自己的故事。

为了等待明年的这一天，为了不影响我们现在所拥有的一切，我们一起删除了对方的所有联系方式，手机号码，单位电话，电子邮箱，通讯地址等等。也就是说，在明年的这一天之前，我找不到她，她也找不到我。

这一天终于来到了。今天就是这一天。

今天的一切，都是那么的顺利，订机票，打的三折，出发去机场，一路畅通，好像今天红灯全部关闭、绿灯全部为我开放了。飞行过程也很好，没遇上什么气流，飞机不颠簸，机上的午餐也比以往可口。下飞机打车到宾馆，司机开得又稳又快，据他自己说，只用了平时一半的时间。

虽然时隔一年，但我记忆犹新，熟门熟路到总台，事先预订了房间，不会有问题，我想要入住517房，给我的就是517房。

拿到钥匙后，我没有急着去房间，在总台前稍站了一会儿，然后忍不住问了一下，515有没有客人入住。

值班员到电脑上一查，冲我笑了一笑说，入住了。

我脸上一热，好像她知道我的来意，知道517和515的故事。

其实是不可能的，那是在我自己心底里埋了一年的秘密。

我没有再打听515房间的情况。

上电梯，过走廊，进房间，放下简单的行李，我去卫生间刮胡子——其实出门时已经刮过胡子，我又重新刮了一下，洗了脸，换了衣服。

这是去年夏天来海边时穿的衣服，这一年中，我都没有再穿它，小心地将它叠在衣橱里，一直到今天出门来海边。

一切的准备，在无声的激动中完成了，我按捺住心情，走出517，过去按了515的门铃。

无声无息，门却迅速地打开了，和我的脸色一样，开门的女士一脸的惊喜，但也就是在这一瞬间，我们俩的脸色都变了。

她不是何丽云。

很明显，我也不是她正在焦急等候的那个人。一眼看清了我的模样后，她的笑容顿时凝冻住了，眼睛里尽是失望和落寞。

说实在的，我被她的眼神伤着了，我知道，其实我的眼神也一样伤着了她。我有点尴尬，赶紧往后退了一步，说，对不起，对不起，我敲错门了。

女士礼貌地点了点头，也往后退了一步，关上门。

我回到自己房间，心思一时无处着落，阳台的门敞开着，微风吹进屋来，阳台上有藤椅，我想坐到阳台上去，可是我的阳台和515的阳台是连在一起的，中间只有一道矮矮的隔栏，如果515那位女士也上阳台，我们就会碰见。

我不想碰见她，所以没有上阳台，只是到靠近阳台的沙发上坐下，点了一支烟，望着远处的大海，慢慢沉静下来。

515住的不是何丽云，并不意味着何丽云就不来了。我有一个星期的假期，我有耐心等她，也有信心等她。

在苦苦守候的一年中，我们双方音讯全无。我有好多次想打听她的消息，最终还是忍住了。她也和我一样，严守诺言，始终没来找我，我们一起努力工作，等待着今年的这一天。

今年是我们的头一个年头，我相信她会来。

我特意提前一点到餐厅，去预订去年我们常坐的那个位子，结果发现，住在515房间的女士已经先占了那个座，我犹豫了一下，没好意思提出换座，挑了旁边的一个双人座。

看得出来，她也在等人。

用餐的人人渐渐多起来，不一会儿餐厅就满员了。有人站在那里到处张望找位子。服务生忙碌地穿梭着，四处打量，看到我和515那位女士的双人座上都空着一个位子，过来和我们商量，想请我们合并为一桌。

我们不约而同说，不行，这个位子有人。

我们像是相约好了似的，继续等待，又像是约好了似的，一直都没有等到。服务生来了又走，走了又来，始终彬彬有礼，一点也没有不耐烦，最后倒是我不好意思了，只得招呼服务生点菜。

我点了何丽云最喜欢的海鲜套餐，这期间，我下意识地瞥了

515那位女士一眼，发现她也在点餐了，她点的是牛肉套餐。

牛肉套餐是我最喜欢的。

她也和我一样，在等一个人，这个人和我一样，喜欢牛肉套餐。

我们都点了别人喜欢的菜，但是喜欢吃这道菜的人，最终也没有来。

我吃掉了为何丽云点的晚餐后，有些落寞地到海滩去散步，又遇见了515的女士，也是一个人在散步。

两个人的行动如出一辙。

既然躲不开，我上前和她打个招呼。她也落落大方，朝我笑了笑，说，我们住隔壁。我说，我姓曾，叫曾见一。她说，我姓林，叫林秀。

和和气气的，我们擦肩而过。

虽然心怀失落，却是一夜无梦，早晨醒来的时候，更有些沮丧，心想，竟然连个梦也不给，够小气的。

我没有去餐厅吃早餐，叫了送餐，二十分钟后，早餐送来了，我开了门，看到一辆送餐小车停在门口，车上还有另一份早餐，餐牌上写着515。我好奇地看了一下那位林秀女士要的早餐，一份麦片粥，一杯热牛奶，一份煎鸡蛋，一小盘水果。和去年何丽云要的早餐完全一样，我目睹服务员将早餐送进了515，心里的疑惑像发了芽的种子，渐渐地长了起来。

上午是下海游泳的最佳时间，不晒人。我到沙滩的时候，林秀已经来了，不过她没有换泳衣，只是坐在遮阳伞下，也没戴墨镜。在这样的沙滩上，不戴墨镜的人非常少。

何丽云也不戴墨镜。去年夏天在这里，我走过的时候，看到她独自坐在遮阳伞下，一个人静静地望着大海。

我下海后，回头朝沙滩上看，林秀就一直静静地坐在那里，看着海里游泳的人，连她端坐的姿态也和何丽云十分相像。

可她为什么不是我朝思暮想牵肠挂肚等了整整一年的何丽云，而是一个陌生的女人？

下午，我忍不住坐到自己的阳台上去了，我感觉林秀也会在那里，出去的时候，她还没在，我刚刚在藤椅上坐下，她就出来了。看到我在阳台上，她并不惊讶，好像预感我会在那儿。我们互相笑了一下，隔着矮矮的镂空的围杆，两个人就像在一个屋子里。

我开始说话，从昨天晚餐以后，我就开始酝酿了，现在我终于要说出来了。我把自己去年夏天在海边的故事，把自己和何丽云的故事，从头到尾地点滴不漏地说给林秀听。

林秀一直静静地听着，没有打断我，也一直不动声色，一直到我说完了，她仍然一动不动地坐着。

完了，我想。

可就在这一瞬间，我忽然看到她的五官都变了样，她的表情夸张到令我感到恐惧，身上竟然起了一层鸡皮疙瘩。

她"忽"地站了起来，她的柔和的声音忽然变得十分尖利。

你是谁？

你怎么知道这件事情？

你为什么要打听我的私事？

起先我被她突如其来的质问搞得一头雾水，手足无措，但是很快我反应过来了，理清了思路，一旦思路清晰了，我立刻被更大的恐惧攫住了。

林秀并不需我的回答，她说，我知道了，是他的太太让你来的。

虽然她的话没头没脑，但是我能听懂，我心里很清楚，她碰到的事情和我碰到的事情一模一样。

林秀没有给我更多的时间思考，她开始说话了。

她细说了自己一年来的思念。她说自从去年夏天在海边发生了婚外情以后，这整整一年的日子，都是为了这一天。可是最后他却没有来。

我和林秀，素不相识，狭路相逢，两个陌生人，合作完成了同一个故事，一个完整的故事，我讲的是上半段，她讲了下半段，配合得天衣无缝。

我再也坐不住了，进到房间，立刻拨通了管伟的手机。管伟那边声音嘈杂，只听得管伟大声说，你等等，我出来接。

我把这个事情尽可能简单地告诉了管伟，管伟听了一半，就"啊哈"了一声，说，你下手快嘛，一次休假就钓上了。我没有心思说笑，说，你马上帮我去打听一下何丽云到底在哪里。管伟说，你这位何丽云是哪个分公司的？我说，四川分公司的，你现在就打电话。管伟说，曾哥，你在海边享受得昏头了吧，今天是周日，哪里找得到人，你以为我是中央情报局啊。话虽是这么轻飘飘的，但毕竟是我的铁哥们儿，哪能不知道我着急，又赶紧说，你放心，明天一上班我就替你找，今天晚上，你就安心地享受月光沙滩海浪仙人掌吧。

管伟果然给力，第二天上午九点刚过，电话就来了，可惜他的消息不给力，四川分公司根本就没有何丽云这个人。我说不可能，我怀疑你根本就没有去打听。管伟说，曾哥，这可是人品问题。我又问，你托谁去打听的，这个人可靠吗？管伟说，吕同，可靠吧？我说，吕同怎么和四川分公司有往来？管伟说，你不知道了吧，他和那边总办的姐们儿有意思，噢，对了，据说也是哪年夏天在海边度假钓上的，凭这么密切的关系，就错不了。

我说，你马上找吕同要那姐们儿的电话告诉我。管伟说，早知道你会来这一招，早替你要来了，你自己找去吧。于是报了那个办公室女士的号码和名字，最后嘀咕一句，什么夏天在海边，蒙谁啊。我说，你说什么，你什么意思？管伟说，我没什么意思，联系方式你也有了，有本事你自己找去吧。

我让自己冷静了一会儿，才把电话拨过去，听到一个爽朗的女声说，哪位？我说，我是吕同的同事，我叫曾见一。那姐们儿笑了起来，说，今天怎么了，吕同和他的同事排了队来找我。我说，无论是吕同还是管伟，都是我请他们帮忙的。那姐们儿说，我已经知道了，你要找一个叫何丽云的，可是我们分公司确实没有这个人啊。我说，去年夏天，总部给每个分公司一个去海边休假的名额，你们四川分公司是何丽云去的。那姐们儿怀疑说，不会吧，我查了近三年的公司人员名单，没有何丽云——这姐们儿是个热情的人，知道我心急如焚，又赶紧说，这样吧，你稍等一等，我再到人事部替你仔细查一下，等会儿给你回电话。

通话戛然而止，四处一点声音也没有，夏天的海边真安静。接下去又是等待，是再等待。其实我不再抱有希望，我几乎彻底失望了。去年夏天在海边的那个人、那个何丽云，到底是怎么回事呢，是假的，是骗子，或者根本就没有这个人，是我自己的幻想？无论真相是怎样的，我都想要丢开它了。

偏偏那边的电话很快就回过来了，那姐们儿告诉我，四川分公司从前确实有个何丽云，但是三年前出车祸去世了。我惊愕不已，愣了半天，才结结巴巴问道，她，那个何、何丽云，去世前，公司有没有安排她到海边度过假。那姐们儿说，这个我也问了，是有过的，就是度假回来不久遇上了车祸。那姐们儿很善解人意，料定我还会追问，主动说，她走得突然，一句话也没有留下。我再也说不出一句话来，和她走的时候一样，太突然，一句话也没有。

我觉得自己快要疯了。我要联系何丽云，无论是死是活，我都要联系上她。可是我早已经去除了关于她的一切联系方式，一切可能找到她的方法也都被我自己丢弃了。当初我们相信爱情，相信时间，把一切交给了时间，但是最后时间却无情地抛弃了我们，残害了我们。

我跑到阳台上，林秀不在；我隔着阳台喊了一声，林秀应声出来。我们两个面对面地站着，我劈面就说，你认得我。林秀笑了一笑说，你告诉过我，你叫曾见一，准确地说，两天前我认识了你。我急了，说，你不叫林秀，你就是何丽云。林秀说，你什么意思，谁是何丽云？我说，你为什么要骗我？你是不是整了容？你为什么要整容？林秀又笑了起来，她揉了揉自己的脸皮，说，我整容？你从哪里看出来我整容了？见我不说话，她回屋去拿了一张身份证出来，朝我扬了扬，说，这是我好多年前拍的照片，你看看，我有没有整容。又说，有个韩国电影，妻子为了考验丈夫是不是真心爱她，去整了容，回来丈夫不认识她，她说出了真相，丈夫却不再爱她了。

我逃离了阳台，逃出了517房间，一路往海滩跑，路上我看到一个摄影师正在冲着我微笑，我在疑惑中隐约感觉到什么，赶紧问他，你为什么冲我笑，你认得我吗？摄影师说，不能说认得你，只能说见过你，去年夏天在海边，我给你和你太太拍过一张照片——当然，是在你们不知情的情况下。我说，我和我太太？摄影师说，也许，她不是你太太，是女友吧，总之是一位优雅的女士。我像落水的人抓到了最后一根稻草，追问说，是去年夏天吗，你确定是去年夏天吗？摄影师说，应该确定的吧，总之是夏天，是在海边，这错不了。我说，照片呢，给我看看。摄影师说，以前拍的照片，我不可能随身带着，我回去找找看。我却无法再等待，迫不及待地问，你说的我的那位太太，或者女友，她长得什么样子？摄影师笑了起来，说，奇怪了，你自己带着的女人你不知道她的长相吗？再说了，我一年要给多少人拍照，怎么可能全都记住他们的长相呢？我说，你既然记得住我，为什么记不住她呢？摄影师说，我只对比较特殊的事情有特殊的记忆，比如说，长得比较特殊的人，我才会过目不忘。我不解，说，我长得特殊吗？摄影师说，你的长相并不特殊，但是你的眼睛和别人不一样，特别不一样，所以我记住了你。我不知道自己的眼睛有什么与众不同，但此时此刻我只能相信摄影师的话，我别无选择，我要从他那儿探出哪怕是点滴的信息。我说，你不征求本人的意见就给人家拍照？摄影师说，我只是拍照而已，又不拿出去展览，不用于商业用途，更不出卖给别人——他停顿一下，又说，其实我也不想这样，我看到美的画面就想拍，但是大部分人是不会同意我拍他们的，因为，因为——他笑了一下，因为什么你应该知道。

我当然知道。

摄影师最后感叹了一声，说，更何况，从艺术的角度看，只有在不知情的情况下，拍出来的效果才是最真实最美丽的。

摄影师说得没错，可是在我这儿，却出了差错——最真最美的东西消失了，现在唯一的希望就在摄影师的照片上了。摄影师说，你放心，我回去就找，如果找到了，明天上午我会放在总台上。我说，你知道我住哪个酒店？摄影师说，嘿，在海边待得时间长了，能够分辨出来。你住的那个酒店，我也替好多人拍过照片，都寄放在总台上，大部分人都将照片取走了。

我回到宾馆，昏昏沉沉正要睡去，我的导师吴教授忽然推门进来了。我一见导师，喜出望外，赶紧求救说，老师，老师，你帮帮我。我导师淡然地朝我看了看，说，你出问题了。我说，我是出问题了，可我不知道问题出在哪里。我导师说，你的程序出差错了。我摸不着头脑，诧异地问导师，我的程序？我的什么程序？我导师说，三年前，是我给你设计的程序，我太过自信，还以为是世界一流的程序呢，方方面面都考虑周全了，却在婚外恋这一块上马失前蹄——我只给你设计了一次婚外恋，你超出这一次婚外恋，程序就错乱了——当然，这也不能完全怪你，是为师的三年前远见不够，现在看来，我们的预测远远赶不上发展的速度啊。我委屈地叫喊起来，没有，没有，我只有一次，就是何丽云，可是，可是她却——我导师打断我说，你不用辩解，你的错乱，足以证明你突破了设定的程序，而且还是程度相当严重的突破，这套程序有自我修复的能力，如果是一般程度的混乱，它完全能够自我调整。我越听越觉得不可思议，大声抗议说，老师，一定是你搞错了，我又不是机器人，我怎么会有程序？我导师微微一笑，说，你去看看你的眼睛就知道了。我想起那个摄影师也说过我的眼睛奇特，赶紧去照镜子，结果果真把自己吓了一跳，我的眼睛闪耀着五彩缤纷的光亮。我导师坐到电脑前捣鼓了一番，重新设计了程序，回头问我，现在，新的三年开始了，你是清零以后重新开始新三年呢，还是在前三年的基础上延续第二个三年？我想了想，说，还是不要清零吧，我总得把那些搞乱了的事情想起来才好。我导师说，当然，各有各的好处和坏处，你不清零，就得背负着前三年的种种痛苦，后悔，迷茫，等等，当然也有幸福，快乐，成就，等等。如果从零开始，虽然一身轻松，却是什么积累也没有，你想好了？我说我想好了。我导师果断敲了一下回车键——"咔嗒"一声巨响，把我惊醒过来了，外面电闪雷鸣，才知道是做了一个白日梦。

我忍不住去敲隔壁515的房门。林秀开了门。我朝里一看，她正在准备行李，我说，你要走了？林秀还没来得及回答，房门就被撞开了，冲进来一群穿白大褂的人，上前摁住林秀就绑，林秀也不挣扎，很镇定地任凭他们摆布。倒是我看不过去了，上前阻挡说，你们干什么？你们找错人了。那些人也没把我放在眼里，说，抓的就是她，谁也别想从精神病院逃走。林秀朝我笑了笑，说，他们没错，抓的就是我。我急道，错了错了。医生说，错不了，烧成灰也认得她。我嘀嘀咕咕说，她没有病，她，她是，她是——她到底是什么，我到底也没说得出来。

那些人听到我嘟哝，都回头看了我。其中一个说，怎么会有这么多精神病跑到海边来了。另一个说，不是从我们那里逃出来的，不关我们的事。

他们带着林秀走了。

我回到自己房间，开始收拾行装，意外地发现茶几上有一块标着号码的牌子，我不知道这是怎么回事，打电话叫来一个服务员，服务员是个爱笑的女孩，拿起那块牌子看了看，笑着说，好像是附近一家精神病院的工牌。我说，怎么会在我房间里？那女孩只管朝我笑，不回答。我说，你误会了，我不是逃出来的精神病人。那女孩又笑，说，从精神病院出来的，不一定都是病人，也可能是医生哦。

退房的时候，我抱着最后一线希望向大堂值班经理打听有没有照片留给我，值班经理说没有。我说，海边的那位摄影师没有来过吗？值班经理说，海边的摄影师早就离开了。我说，是那个喜欢拍情侣照的摄影师吗？经理说，是呀，几年前他拍了一个女孩和情人的照片，结果被跟踪而来的情人太太发现了，抓到了证据，女孩跳海自杀了，摄影师从此就失踪了。

我顾不得惊讶，赶紧跳上出租车往机场飞奔而去。

在飞机上，我随手翻了翻画报，看到一条内容，标题是：人的大脑有无限的潜能吗？内容如下：人类大脑未开发的部分达80％至90％。化学药品能够激发大脑进行记忆和处理信息的功能，或令思维变得更加敏捷。喝咖啡和能量饮料的人清楚这一点。

我正在喝咖啡，但是我知道，它不能告诉我，到底是哪年夏天在海边。

飞机颠簸起来，遇上气流了。

人群中有没有王元木

老龚该换个手机了。其实老龚对手机电脑这一类的用品，并不怎么讲究，只要能用就行。若要赶着时尚更新换代，他是跟不上的。但是他的那个老手机实在太寒碜了，先不说样子有多老土，内存也小，功能也少，输入法只有一种，标点符号找不到，用起来要多不方便有多不方便，总之，它真是跟不上时代的变化和发展了，别说同事朋友奚落，儿子说他out，连一向节俭的老婆也瞧不上他。

即便是如此的众叛亲离，老龚也还没有觉得手机非换不可，直到有一天，手机跟他罢工了，他才意识到了这个问题。

那是他往手机通讯录里输入一个十分重要必需保存的新号码的时候，手机告诉他，通讯录已满。老龚这才看了一下自己手机原有储存的数字，是158位联系人。他本来知道自己的手机内存小，所以在储存电话的时候，尽可能拣重要的存，拣经常联系的存，也有些电话他是很想存下来的，却因为容量有限硬是存了又删，删了又存，忍痛割爱。但即便是忍痛割了许多爱，通讯录爆满的这一天还是到来了。

老龚当时就问了一个同事，问他的手机可以储存多少电话。那同事马马虎虎地说，多少？具体我也不是太清楚，反正，一千多吧。另一个同事说，我的，不知道。老龚说，不知道是什么意思？那同事说，就是不知道存多少才会满。又反问他，老龚，你问储存量干什么？老龚说，我这个，怎么才158就存不进去了？同事都笑了。

老龚这才知道，真的该换手机了。

在儿子龚小全的指导下，老龚买了一款新手机。现在他扬眉吐气了，开会的时候，将手机调到静音状态，就搁在桌面上，瞧那机子，嘿，超薄，大屏，乌黑铮亮，几乎是一台小电脑了。当然，这些还都是表面的光鲜，更令人满意的是它的内部的豪华设置，内存超大，功能超多，速度超快，尤其是通讯录空间无限，用龚小全的话说，这个手机能够储存的人和号，够老龚用一辈子。这让老龚有了一种自由奔放的随意性，过去条件不够被挤出来的，现在统统可以放进去，有一些为了某项临时性的工作而临时发生关系的人，用过以后就会作废的，明明是不必要储存的，但是既然有那个地方空着，不用也白不用，他便将那个暂时的名字暂时地储进去，等这项工作完成了，基本上不再会有下次的联络了，他再记得将那个名字和电话删除掉。也有的时候，储进去的时候是想到事后要删除的，但事后却忘记了，这也无所谓，反正通讯录里有的是位置，不碍事。

这样不知不觉老龚手机通讯录里的人名越来越多，有时候上厕所忘了带报纸，就拿手机玩玩，偶尔也会翻翻通讯录，看着那一排又一排的熟悉亲切的名字，爽。

有一天他翻通讯录找一个电话的时候，无意中看到一个储存电话的名字叫"不接"，不禁哑然失笑。虽然已经记不得这个"不接"是谁，但有一点绝对能够肯定，他不愿意接这个人的电话，甚至厌烦这个人的名字，所以就录入了一个"不接"。但是在录入"不接"以后，他从来没有接过"不接"的来电，现在看到这两个字，自己也觉得好笑，太敏感，太怕人家纠缠，嘿嘿，你不接，人家还不打呢。这也算是新手机带给沉闷生活的一点乐趣呢。

所以，虽然他想不起"不接"到底是谁了，他也没有将他删除掉，反正有的是地方，让"不接"就安安静静在那儿待着吧。

这是一个星期天的早晨，老龚美美睡了一觉醒来，阳光普照，心情美好，起床后，不急不忙地打开手机，不用担心信息会"哗哗哗"地进来，星期天大家不必那么赶脚。

这应该是个安静的日子。

果然，过了好一会儿，一直到他洗漱完毕，拿了一张报纸准备去上厕所的时候，才有一条信息进来。打开一看，显示的是一个人名，是他储存的电话，这个人叫王元木，给他发了一个段子。

老龚一时有点蒙，想了想，想不起这个王元木来了。他盯着这名字，怎么看怎么都觉得陌生。这时候便意来了，老龚就带着手机进了厕所，坐到马桶上慢慢研究去了。

他先看了一下段子，段子说的是皮鞋的故事，不仅不算精彩，而且也已经过时了，从段子里无法启发出发段子的王元木到底是谁。再说了，朋友之间，经常有段子往来，这些段子都是转来转去，发来发去的，又不是发段子的人自己创造的，所以仅从一个段子的内容上无论如何也分析不出这段子到底是谁发来的。

老龚便扔开段子，专心想起王元木来。

他先想到了一个人，似乎还有一点印象，前些时办行业年会时特地从总部过来指导工作的，单位让老龚负责接待安排，那个人好像就叫王元什么，但这个"什么"到底是不是"木"，老龚一时还不能断定。他努力地回想他在接待那位王指导的过程中有没有什么特别的印象和经历，灵感闪现，就想起来了，喝酒。一次喝酒的时候，老龚劝酒，王指导明明能喝，却又矜持拿捏，老龚忍不住开玩笑说，你肯定有酒量。那王指导说，怎么见得？老龚说，你的名字里有个"洪"字，那是什么，那是洪水般的量啊，说得大家笑起来，那王指导也就趁势放开来喝了。

所以，那个人不叫王元木，而叫王元洪。

老龚丢开王元洪，再想，又想起一个，这个人出现在老龚生活中比先前那个王指导更偶然，几乎就是一个不期而遇的过客。他本来不是来老龚的单位办事的，却阴差阳错地走进老龚的办公室，问老龚说，你们主任在吗？老龚又不知道他问的是哪个主任，回答说，主任不在。这人自来熟，说，主任不在，您不是在吗，向您报告一下也行吧。这话让老龚有点受用，就听他聊了起来，重要之处还记录下来，最后这人留下了自己的名字和联系方式，老龚答应他，等主任回来向主任报告后再答复他。

可是等到主任回来，老龚向他报告时，主任满脸的疑惑，似乎根本就听不懂老龚在说什么，最后七搞八搞，才知道这人根本就是找错了门，他说的事情，和老龚所在单位的工作没有一毛钱的关系。主任当着其他下属的面把老龚训了几句。老龚心里不爽，阴脸说，主任，他到我们办公室来找主任，我怎敢怠慢？再说了，他谈的事情确实和我们单位没关系，但我当时想，也许是你的私事呢，我是想拍你马屁的呢。

这件事情现在重新浮现出来，那个在老龚脑海的某个角落若隐若现若即若离的名字，似乎也跟王元木有点关系，有点相像，但他到底是不是王元木呢？老龚又想起事情的后续，主任被老龚阴损后，有火难发，便怪到那个无辜的人头上去了。主任说，他叫什么来着？叫王丛林？我看他应该改名叫王杂草，他那脑子里，简直杂草丛生。

那个也不是王元木，是叫王丛林。

唉，又是擦肩而过。

老龚已经在马桶上坐了蛮长时间了，但是他没有感觉到腿麻，却是感觉脑袋有点麻，不仅有点麻，还有点乱，这个乱字一旦被他感觉到了，就像雨后春笋般地迅速生长起来，很快就乱成一团了。他心慌起来，恐惧起来，生怕自己会不可控制了。幸好这时候，老婆在外面发话了，怪声怪气说，奇怪了，报纸也没有带进去嘛，不看报纸也能在里边待那么长时间？他没吱声。老婆停顿了一下，似乎是进了卧室又出来了，又说，不带报纸必带手机，给人发信息呢吧？这下子他不能不吱声了，赶紧说，没有，没有发信息。老婆说，别说你躲在厕所里发，你当着我面发，我也不稀罕看你一眼。老龚又不吱声，装死。老婆却不放过他，又说，幸亏当初我有远见，坚持买两卫的，如果照了你的意见，只买一卫，家里大人上班，小孩上学，还不都给你耽误了。老龚忍不住嘀咕说，今天不是星期天吗，星期天上个厕所你也要催。老婆说，我才不催你，你自己不要坐脱了肛才好。

老龚这才被提醒了，感觉到腿麻了，还麻得不轻，像有成千上万的蚂蚁在肉里爬动，还有那两瓣屁股，已经深深地嵌在了马桶坐垫的边框里，稍一挪动，老龚就"哎呀呀"地喊了起来。

老龚"哎哟哟哎哟哟"地出了厕所，老婆和儿子都在吃早餐了。老龚挪动两条麻木的腿，艰难地来到餐桌边，手撑住桌沿，问老婆，我认识一个人，叫王元木，他是谁？

老婆撇了撇嘴，说，你的关系户，什么时候告诉过我？他有点没趣，又问儿子，龚小全，你知道爸爸认得一个叫王元木的人吗？龚小全扯下耳机说，王元木？老大，你搞错了，我同学叫王元元，不叫王元木。老龚赶紧摆手说，不是你同学，是你老爸的一个熟人。龚小全说，你熟人？你熟人能不能搞到周六演唱会的门票？他母亲插嘴说，能，你爸爸熟人朋友多得数不清，他有什么不能的。龚小全说，老妈，你这句话还是比较中肯的，要不是我老大当初交友不慎，也就没有我龚小全啰。他母亲"呸"他说，那你就跟着他学吧，一辈子混在人堆里。龚小全说，一辈子混在人堆里，低调，安全，也不是什么坏事呀。他母亲来气了，指责他说，龚小全，为什么我说一句你顶一句，你存心跟我过不去是不是？等等，等等。见老婆和儿子开了战，老龚赶紧抓了根油条进里屋去了，不然一会儿战火就烧到他身上了。

老龚闲下来，心里还惦记着王元木，想不起来，总觉得是个事情，搁在心里横竖不爽，又不能直接给王元木打电话，问他，你是谁啊？那岂不是太不给人家面子，万一是个有身份的人，更是得罪大了。老龚给一同事打了电话，问谁是王元木。同事说，不认得，没听说过。老龚说，你再想想，和我们的工作有关系的，不要往关系近切的想，要往关系一般的想。同事奇怪说，为什么？老龚说，关系近的，我怎么可能忘了他，肯定是有过什么关系，但又不怎么密切的。同事这回认了这个理，就往远里想了想，还是没有王元木，说，没有，真的没有。见老龚还不罢休，干脆讨饶说，老龚，你放过我吧，你又不是不知道，我痴呆了，脑萎缩，什么事，什么人，过眼就忘。

老龚又换了一个人，是一老同学，问认不认得王元木，又问同学中有没有叫王元木的？同学手机那边闹哄哄的，似乎正在办着什么热闹的事。那同学有些不耐烦说，王元木？不知道，你找他干什么？老龚说，我不找他，我是想问一问，你记不记得我认得一个叫王元木的人？那老同学说，龚璞，你怎么啦，说话怎么叫人听不懂？老龚说，我认得一个叫王元木的人——老同学赶紧切断他说，切，认得你还来问我？老龚说，可是我现在又忘记了他，怪了。那老同学赶紧总结说，这有什么奇怪的，这太好理解啦，你得健忘症了呗，说完就挂了电话忙去了。

老龚听到"健忘症"三个字，愣了半天，才想起到自己的手机通讯录里去查看，检查一下自己的记性。哪知一看之下，顿时魂飞魄散，惊恐万状，手机里储存的人名，竟然有一大半记不起来了，对不上谁是谁。

包子力

关三白

吉米

金马

田文中

辛月

言玉生

……

一个都不认得？

老龚赶紧闭上了眼睛。过了一会儿，再胆战心惊地睁开眼睛，小心翼翼地瞄到手机上，希望能有奇迹出现。

但是奇迹没有出现，那手机上仍然还是：

包子力

关三白

吉米

金马

田文中

辛月

言玉生

……

一个都不认得。

老龚深深地吸了一口气，先克制住慌乱，稳住神，去泡杯茶，还好，茶叶放在哪里还记得。看着茶叶在茶杯里慢慢舒展开来，他想起了好多的事情，远远近近的，什么都像在眼前，哪里健忘呢，什么也没有忘呀，忘掉的只是手机里的一些人名而已。没等喝上茶，他就想出办法来了，给王元木发了一个短信，实事求是地说，你好，我的记忆可能出问题了，我看到你的名字，但是想不起你是谁了，你能告诉我你是谁吗？片刻过后，王元木的回信来了，说，神经啊你。老龚无奈，换了一个人，关三白，还是说，你好，我知道你是我的朋友，但是我只知道你的名字，却忘记你是谁了，你到底是谁啊？那个关三白回信说，我是鬼。这样老龚试了好几个人，他们以为老龚恶作剧，都很不耐烦，有的说，你有病；有的说，你找抽；还有一个时髦的，说，不要迷恋姐，否则姐夫会叫你吐血。估计是个女的，以为老龚调戏她呢。冤枉。

发信探问这一招彻底失败，老龚只得背水一战，直接拨打电话。首先仍然是王元木，是他惹出来的事情，当然得先找他。那王元木接了电话，先亲热地"嘿"了一声，老龚赶紧说，哎哎，真对不起，刚才给你发的那信，是真的，我真的忘了你——那王元木的声音立刻就变得生疏隔膜了，硬呛呛地说，老龚，你升官了是吧，打官腔啊，我的声音你都听不出来？！老龚赶紧解释说，不是的，不是的，没升官，不好意思，可能，确实，我的记忆出了点问题，你早晨是发了个段子给我的吧，我看到你的名字，可我怎么也想不起你是什么样子，想不起你是谁，怎么说呢，我好像忘了你这个人。那王元木来气了，说，你忘了我这个人，你还给我打电话，老龚你到底搞什么，你以为天天都是愚人节吗？老龚败下阵去，再换个人如此一番，又被骂了个狗血喷头。也有人很体谅他，建议说，老龚，你去精神病院看看吧。老龚说，你骂我？那人心平气和地说，老龚，我没有骂你，我有个同事，本来什么问题也没有，但自己总觉得有问题，到精神病院去了一趟，什么药也没有用，回来就彻底好了。

虽然他说得很在理，但老龚才不会听他的，最多就是健忘而已，跟精神病是扯不上关系的。为了证明自己没有这方面的问题，老龚干脆把手机关了，扔到公文包里，在家里喝茶上网看视频，做出一副十分惬意的样子给自己看看。

刚刚关机不一会儿，老婆就从外面回来了，轰开房门，生气地说，给你发个短信你都不回？我到超市买东西，忘了带超市优惠卡，叫你送一下。老龚说，我关机了。老婆奇怪地看他一眼，说，好好的关机干什么？省电啊？老龚愣了片刻，忽然向老婆一伸手，说，把你的手机给我看看。老婆下意识地往后一退，身子一缩，警觉地说，干什么，你要干什么？老龚说，不干什么，看看你的通讯录。老婆说，我的通讯录凭什么要给你看？老龚说，难道你有见不得人的联系人？老婆说，你还管我见得人见不得人，你的手机什么时候给我看过？老龚哪是老婆的对手，他只得找儿子要手机，可不等他开口，龚小全就说，老大，淡定，你最需要的是淡定。老龚不服，说，我怎么不淡定啦，我只是忘记了一些人，我想要回忆起来。龚小全说，老大，失忆是忘记曾经的回忆，回忆是想起曾经的失忆。老龚咀嚼了半天，也没嚼出什么味来。

好不容易熬过了休息日，上了班，老龚迫不及待地向大家诉说自己的遭遇，可周一上午是最忙碌的，大家似乎都没怎么听老龚说话。只有一个人听进去了，说，这有什么稀奇，我也有过的，有一个名字，我到现在还没想起来呢。老龚说，兄弟，你那是一个名字，我这可是大部分的名字。那兄弟不以为然说，一个和十个，和百个，性质是一样的嘛。停顿一下，又说，想不起来就别想了吧，现在信息爆炸，脑子里东西本来就太多了，忘掉一点说不定是好事呢。老龚说，怎么是好事呢？那同事哀叹说，要不我和你换换，让我把你们他们都忘记吧。老龚说，怎么个换法？没法换的，这样吧，我知道你忙，我也不耽误你事情，你把手机借我看看。那同事赶紧带上手机走开了。老龚又到处找人要手机看，终于有几个人注意到老龚的异常了，他们一起把老龚攻击了一番，说，这年头，谁肯随随便便把自己的东西给别人看？老龚说，我就不相信了，这么大个单位，人情都这么淡薄？他又到其他办公室去尝试，结果搞得同事们见了他都绕道走。

老龚想到人情，便想到了自己的父母，人情再淡薄，父母不会淡薄的，中午休息时老龚就赶往父母家去了。老龚的父母合用一个手机，母亲一听说老龚要看他们的手机，也不问干什么，赶紧拿出来拱到老龚跟前，你看，你看。老龚心头一软，暖乎乎的。可是打开一看，父母手机里的通讯录却是空白的。老龚奇怪说，咦，你们没有储存电话？父亲说，储那个干什么？母亲说，我们不会储呀。老龚不满说，我明明教过你们，好几次试给你们看，你们都说学会了，结果还是没存。父亲和母亲同时说，哎呀，我们老了，新的东西学不会了，不学也罢了。老龚有些泄气，顿了顿又说，那你们要找人的时候，电话号码怎么知道呢，你们记得住、背得出来？父亲拿出一个破破烂烂的小笔记本，摊开来给老龚看。老龚一看，上面果然胡乱记着一些电话号码，但是几乎没有人的全名，都是张阿姨李大爷王大妈之类，老龚看了看，头大，说，你们这样记人家的名字，搞得清谁是谁？父亲说，这有什么搞不清的，我们虽然老了，但没有老得连李阿姨王大妈都认不得了。

父母送老龚出来，走出好一段，他回头看看，父母还站在那里，母亲的手还一直没有放下。他心里忽然酸酸的，想到父母送他时那异样的担心的眼光，总感觉自己有什么地方不对头，浑身上下摸了摸，没摸出什么来，手往脑袋上按了按，脑袋也不疼，这让他心里更加不踏实了。

老龚绕了一点路，将车开到精神病院，挂号时人家问他，你一个人来的？没有家属陪同？老龚说，咦，人家说，来精神病院的也不一定就是精神病啊。那挂号的说，说是这么说啦。又问他，你看什么科？老龚说，我还、我还不知道我什么病呢。那挂号的笑了笑，说，到我们医院来看病的还能看什么病呢？又热情介绍说，看起来你是头一次来噢，我们有精神科，神经科。神经科呢，又分神经内科和神经外科，还有普通精神科，老年病专科，儿童心理专科，妇女心理专科，等等，你呢，既然不是老年，也不是妇女儿童，先挂个普通精神科看看再说吧，说完就给他挂了号。老龚到门诊去等就诊，坐在走廊的长椅上，坐下来时没有什么感觉，过了一会儿，觉得浑身有些不自在，抬头一看，吓了一跳，周边有一些神情异常的人都在盯着他看，老龚赶紧站起来想离远一点，就听到叫他的名字了。

进了门诊，医生是个和他差不多年纪的男医生，神色淡定，目光柔和，先听老龚自诉，老龚说着说着，就发现医生的眼神开始变化，起先是怀疑，渐渐地惊恐起来，最后医生阻止了老龚说话，说，你等一等。医生在自己的白大褂口袋掏来掏去，什么也没掏出来，急了，朝外面喊道，小张，小张。一个护士在门口探着头问，刘医生，什么事？医生急切地说，我的手机呢？护士和老龚同时"咦"了一声，医生才发现，他的手机正在桌上搁着呢。医生打开自己的手机通讯录仔细地看了看，一边收起手机，一边说，还好，还好，好像放了点心。但他继续听老龚自诉的时候，老龚总觉得他有点走神。

开CT单的时候，医生竟然把他的名字写错了，写成"龚璟"。老龚到CT室去做CT，护士拿了单子一念，念成了"宫颈"，又说，你到底是名字叫宫颈呢，还是做宫颈检查？话一出口，自己又笑，说，哎哟，你哪来的宫颈哟。把CT室的人都笑翻了。

做了CT，老龚从床上下来，拍片医生说，两天后来拿结果吧。老龚说，医生，你拍的时候大致能够看出什么情况吧，是脑子有病变吗？那医生大概想到宫颈了，笑道，当然，要有病也肯定在脑子里，不会在别的地方哈。吓得老龚哆嗦起来，急问道，你看出来了？你看出来了？医生指了指自己的眼睛说，我这是人眼，不是X光。要是人眼看得出来，还要你掏几百块钱做CT干吗，宰你啊？

这天下班回家，进了客厅，看到父母亲坐在那里，老龚正奇怪，中午明明刚去看了他们，怎么又来了呢？他老婆在厨房忙着，没有听到他进门，正背对着他的父母一迭声地说，他的手机，我不知道的，他和谁谁谁交往，和谁谁谁密切，从来不告诉我。他的手机总是随身带着，为什么？有秘密不能让我看吧。他可是从来不曾让手机落空过，上厕所也要带进去的，洗澡也要带着的。

老龚不满地弄出了声响，老婆才回头看了看他，说，我说得不对吗？我歪曲你了吗？你的手机不是这样的吗？老龚的父母才不关心老龚的手机呢，他们关心的是老龚本人。老龚一进门，老两口就站起来，走到老龚身边，一个拉着手，一个在另一侧伺候着，好像一个正壮年的儿子随时都会倒下去似的。老龚为了让父母放心，拍了拍胸，说，看看，看看，像有问题的吗？不料他这一说，父母反而更加紧张，互相对视一眼，似乎早就有了商量，他母亲小心翼翼地说，你吴叔叔的儿子，是心理医生，我们是不是请他来看看？老龚哑然失笑，说，妈，爸，你们以为我是心理疾病啊？母亲赶紧说，没有没有。父亲说，只是向吴医生请教请教而已。老龚还没说话，他老婆从厨房那儿探过头来，说，我看有这个必要。

既然那三人意见一致，下面就由不得老龚了，父亲赶紧掏出随身带着的小本本，找到吴叔叔的电话，一通交谈，父亲搁下电话对老龚说，吴医生正在医院值班，这会儿来不了我们家，吴叔叔让他一会儿打电话给你，你准备好要说什么。过了片刻，电话来了，果然是那个吴医生。老龚见家里人个个如狼似虎地瞪着他，不乐意了，便拿了手机走进卧室，"砰"地关上门，听到老婆在外面说，你们看到了啊，一直就这种腔调。

老龚向吴医生从头说起，事情开始于星期天的早晨，他收到一条短信，是个段子，段子水平一般。吴医生说，你拣最重要的，简单说明就行，我这里还有病人等我呢。老龚吃了一闷棍，停顿下来，听到吴医生催促，才说了一句，我记不得手机上储存的人了。吴医生一时没听懂，说，什么意思，你再说一遍。老龚说，我也说不清，举个例子说吧，比如我收到一个短信，是王元木发来的，王元木的电话存在我的手机里，是不是说明我认得这个王元木？吴医生说，那是当然，不认得的人，你怎么会储存呢？老龚说，可是我不认得王元木，至少，我想不起他是谁了。吴医生清脆地笑了一声，说，噢，这个啊，没事没事，很多人都有过，我也有过，而且经常有，人太疲劳，精神压力大，工作紧张，家庭关系、子女问题等，处理不好，都会发生这种现象。老龚说，这是健忘吗？吴医生说，这不叫健忘，这可能属于间歇性失忆。老龚说，有什么办法治疗吗？吴医生说，不用治疗吧，你自己放松一点，想不起来不要硬想，慢慢会恢复的。老龚觉得这吴医生也太马虎了，反问说，就这样，就算好了？吴医生听出了他的不满意，说，当然，也还有别的办法，比如，你可以请两天假，到安静的地方去待一待，或许就好了。

老龚心情沉重，出房间来，对父母老婆说，间歇性失忆，医生让我出去待两天，安静安静，试试看。那三人正在发愣，龚小全回来了，照旧嘻嘻哈哈的，他妈看不惯他，说，龚小全，你别哼哼了，你爸得病了，间歇性失忆，说不定马上连你、连我都记不得了。龚小全"啊哈"了一声，朝老龚说，老大，多少人改姓了白，我可是看好你，你别变成老白啊。老龚说，你什么意思？他老婆说，说我们都是白痴呗。龚小全道，说你们吧，还真不忍心，不说你们吧，你们还真姓白，老大，你做什么CT，看什么心理医生，失什么忆啊，又不是你的病，这是一款手机病毒，"PNY"病毒。见大家目瞪口呆，龚小全又说，这病毒专门拆解汉字，上下拆，左右拆，里外拆。老龚虽然没太听懂，但已经隐隐约约意识到什么了，赶紧说，龚小全，你快说，怎么个上下左右里外拆？龚小全说，这还不好理解，一个姓郑的，就左右拆啦，姓郑的就姓了关，上下呢，比如一个"贵"字，就拆剩一个"中"，里外拆也是一样嘛，一个国，可以变成一个玉，以此类推，如此而已。

老龚愣了片刻，回过神来，赶紧拿起手机，打开通讯录，根据龚小全介绍的病毒特征一分析，顿时恍然大悟。

王元木——汪远林

包子力——鲍学勤

关三白——郑泽楷

吉米——周菊

金马——钱骏

田文中——黄旻贵

辛月——薛明

言玉生——许国星

……

啊哈哈，老龚大笑起来，王元木，关三白，田文中，啊哈哈，汉字拆开来用，太有才了。他老婆却不信龚小全，喷他道，龚小全，你说鬼话，病毒怎么不搞我的手机呢？龚小全说，老妈，你不够格，只有老大这样的人才有条件被感染，条件有三：一、手机超豪华；二、通讯录超大；三、机主超烦。说罢朝着老龚一伸手，老大，拿来，我帮你解毒。

老龚将手机递给龚小全。手机还没碰到龚小全的手，他又缩了回来，忽然问，你刚才说的，三个条件最后一个是什么？龚小全说，机主超烦。老龚说，咦，机主超烦它也知道？它成心理医生了？龚小全说，它不是心理医生，它是自动统计学专家，通过统计机主使用通讯录的概率，来分析机主的心情。老龚恍然道，原来如此——既然如此，这病毒不解也罢，都拆解掉，都不认得，岂不就不烦心了？龚小全朝他做了个手势说，老大，你算是真正懂得了这款病毒的用意。龚小全这一说，老龚又不明白了，说，什么用意，病毒还能有什么好的用意？龚小全说，PNY，平你忧，老大，你要是真不解毒，我真喊你老大。

可他老婆来气了，冲老龚说，平你个头啊，他神经，你也神经啊，你不解病毒，手机里的人都不认得了，你要找人怎么办？

254

老龚耸耸肩，潇洒说，我找人干什么？老婆立刻说，龚小全马上要毕业了，工作还没着落呢，你不找人？

不找人还真不行呢。

隔了一天，有个朋友来找他，这人叫常肖鹏，写小说的，喜欢写真实的故事，还非要用人家的真名实姓，因此经常被对号入座，告上法庭，官司是必输无疑的。可必输无疑他还屡教不改，臭毛病重得很，说是如果换一个完全不真实的姓名，没有了现实感，写起来不过瘾，不爽。

那常肖鹏消息灵通，开门见山地说，龚璞啊，来找你求教呢，听说你的拆解法很神奇，能够把人的名字拆解开来，既不是原来的他，又还是原来的他——老龚打断他说，你搞错了，我才不是龚璞，我是龙王。常肖鹏反应足够快，笑道，龙王？你把自己也拆解啦，龚璞变龙王？老龚说，我帮你也拆解拆解吧，你这常肖鹏很好拆，一拆就成了小小鸟。

常肖鹏大笑说，小小鸟，小小鸟好。唱了几句："我是一只小小小小鸟，世界如此的小，我们注定无处可逃；我是一只小小小小鸟，生活的压力与生命的尊严，哪一个更重要？"

后来常肖鹏就用小小鸟的笔名发表小说，并且使用拆解法将真实故事中的真实姓名改头换面，从此没有人再对号入座，写作进步，屡获大奖。

老龚的生活却没有什么变化，他依旧每天使用手机，每天都能看到手机通讯录里的人名，他们是：

鲍学勤

黄旻贵

钱骏

汪远林

许国星

薛明

郑泽楷

周菊

......

梦幻快递

　　有一天我送快递到一个人家，收件人是个年轻的女孩，就是最热衷网购的那种，从屋里出来，接了快件就向我要笔签收，我提醒她说，先开箱看一下货吧。

　　这可不是因为我有责任心，这是公司的规定，公司规定一定要让收件人开箱后再签收，否则后果一律由我们送货人自负，我才不想负这么多的后果，所以我坚持要她先开箱后签收。她似乎有些不耐烦，对我送来的货物看起来也不怎么在乎，马马虎虎说，哎呀，不开了吧，我忙着呢。我说不行，不开箱不能签收的，除非——她赶紧问我，除非什么？我说，除非你在单子上写明。她又问要写什么。我说，写收件人自愿不开箱验货，与递送员无关，一切后果自负，等等，再签上你的名字。她又嫌烦，说，哎哟，烦死人，要写那么多字，算啦算啦，就打开来看看吧。可是箱子包裹得很严实，她又皱眉，又想马虎过去。还好，我随身带着小刀子，将包扎箱子的胶带划开来。我这小刀子是专门对付那些嫌麻烦的收件人的。他们会以没有工具打开箱包为由，就强行直接签收，马虎了事。这种做法我是不能允许的。

　　当然你们也都知道的，其实收件人并不都是这样的人，有些人的习惯正好相反，他们对付快递来的货物的顶真程度让你简直忍无可忍。比如一个妇女喜欢从网上购买衣服，每次拿到衣服，她都上上下下前前后后里里外外反复检查，甚至连线缝都扒开来看个仔细，我在旁边看得心里暗笑，她是不是以为这衣服是我本人缝制出来的，就算看出线缝有问题，她拿我有什么办法呢？另有一个妇女也是经常买衣服的，有一次打开箱子验货时闻到一股橡胶味，她坚持说这是假冒伪劣产品，当场就要退货，又说穿这种衣服会得癌的，说得吓人倒怪。但无论是货真价实还是假冒伪劣，都与我无关，她这是在为难我。我耐心跟她解释了条例，验货时只有当货物损坏或原先确认过的尺寸颜色不符才能拒收，没有一条规定说，衣服有异味也能当场拒收的。最后磨了半天，她还算讲理，收下了那件可能很恐怖的衣服，决定打客服电话要求退货。后来怎么样我就不知道了，也不关我事。还有一个收件人也很奇怪，一定要问我叫什么名字，我说公司没有规定要报名字，可以不告诉她，但见她执意要问，我就告诉她了，我还心存侥幸地以为她要给我介绍对象呢。不料下次去的时候，她又问我的名字，我说上次告诉你了，她说记性不好，忘了，我又告诉一遍，如此三番几次的，我心里有疑问，我跟她解释说，其实，送快递跟名字没有关系的。她说，怎么没有关系，我连送水工都要问他们名字的。我想她可能是防患于未然吧，生怕哪天出了事找不到人。但其实她不知道快递公司都有规定的，哪一片区域归哪一个快递员，都是清清楚楚的，她只要说出她的地址，公司就能知道是谁送的，除非那是个不规矩的公司。如果是不规矩的公司，你知道快递员的名字也没有用，即使你知道老板的名字，也同样不能解决问题的。

258

真是林子大了什么鸟都有。什么鸟你都得小心应付，谁让你是快递员呢。现在快递中的差错很多，无论谁是谁非，最后鸟屎总是要拉在我们头上的，我们只能如履薄冰地保护着自己的脑袋不受鸟的欺负。

　　不说鸟了，还是回到眼前的这个人身上吧，她终于打开纸箱，拎出那个货物，我才没心思管她是什么货物，就算大变活人也不关我事，可是她还偏偏把那货物扬到我的眼前，喏，看见了吧。我貌似瞄了一眼，是一条打底裤，还洋红色呢，我心里就很瞧不起她，别以为我不知道，网购一条打底裤，贵不过几十元，最便宜的十块钱就卖了。她倒没为她的低廉的打底裤难为情，扬过打底裤后，又说，行了吧，算验过了吧，可以签收了吧。

　　当然可以了，我又不是有意要刁难她，只要她按规矩办就行。我请她在单子上签了名，我撕走上面一张，就可以走了。她也回屋里去了。两下刚刚转身，忽然我听到她那里发出一声尖叫，我以为又出错了，赶紧回头看，她却已经笑得直不起腰了，弓着身子在那里哎哟哟，哎哟哟。我不知道她哎哟个什么劲，既然她不是找我麻烦的，我赶紧撤。她见我要撤，才勉强直起了腰，冲我说，哎哟，我买过一条一模一样的哎。哎哟，我怎么忘得干干净净，一点也记不得了？看到它，我才想起来，前几天才买过的呀。这与我无关，我还是得撤。她又说，我不会得老年痴呆了吧，我才二十五岁呀。这仍然与我无关，我再撤。

　　我这才撤走了。

　　我开始干这一行的时候，还有些新鲜感，但时间一长，什么感也没有了，什么都一个样，收件人呢，恐怕有七八成都是刚才那样的小八婆，手里有一点钱，钱又不多，尽在网上淘些不值钱的甚至没多大用的东西，我真是替她们想不通，她们那手，整天就那么的痒，非得拿鼠标点一下，又点一下，再点一下。当然，就是因为她们手痒痒地点一下，又点一下，快递公司就那样如雨后春笋般地冒出来了，而且越冒越多，越冒越强，我都听说了，现在有一千多家快递公司。我同事说，一千多？谁统计的，那些连册都不注的黑公司他统计得了吗？我同事比我有想法，统计的数字是一千多家，按照他的想法，那就不知道是多少家了，难怪竞争这么激烈。

当然，这无数无数的收件人，她们收到的东西，也不一定都是她们自己买的，也有别人赠送或代购的，比如男朋友啦，比如父母啦，比如别的什么人啦，但那个比率是很小的。

说起来，我不应该抱怨她们，更不应该瞧不起她们，有了她们，才有快递公司的生意，才有我们的饭碗。其实她们中间也有好多不错的女孩，如果她们的手不那么痒，其实真是很好的，如果我能够找其中的任何一个做老婆，也都心满意足了。

有一次我到一家送快递，那姑娘开了门，还客气地紧着请我进去。我知趣，才不会进去。但她太热情了，甚至还过来拉我，说，进来呀，进来呀，没事的。那我也只能站在她家门口，就这么一站，我顺便朝她屋里一望，我的个妈呀，堆了半屋子的快递，多半都还没有开包呢，封得死死的。我不知道这是哪家快递公司递送的，怎么能不开箱验货就给她了呢。不过这也不关我事，我只要做好我的工作就行了，还管别家快递公司干什么，各家有各家的规矩。我只是想，这样的老婆我不娶也罢，她这哪里是购物，分明是在做游戏，我一个送快递的，哪有那么多钱给她过家家啊。

我这算是自卑呢，还是自卑呢？我这算是一厢情愿呢，还是一厢情愿呢？

这是关于收件人的林林总总。关于寄件人呢，我是看不见他们的，但我也知道，反正五花八门，什么样的都有，因为我看不见他们，我也懒得说。

我还是更关心一下我自己吧。有时候我到了某一个小区的时候，会有一种做梦的感觉。为什么是做梦呢？因为对这些小区太熟悉了，因为这些小区也太相像了。我每天进入不同的小区，但它们好像又都是同一个小区，无法区别，不仅梦里会梦到它们，就是醒着的时候，也会把它们当成是梦境。

其实，即使你不进入这些小区，你闭上眼睛想一想，难道不是这样吗？这许许多多新建起来的小区难道不是差不多的模样吗？火柴盒似的竖在那里，一幢贴一幢，只是有的贴得紧密一点，有的贴得宽松一点，这就是小区与小区之间仅有的差别了。前者呢，就叫个普通小区，后者则可以称作高档小区。至于那些楼的形状和颜色虽略有差异，但这不是问题的关键，只是表面现象而已。我们都是成年人，不会被表面现象蒙蔽了双眼哦。

然后你再找到某一幢，到几零几，是高层的话，就坐电梯，不是高层，就爬楼梯，然后，你敲门，或者按门铃，然后，有一个人在里边问，谁呀，你说，快递。然后，门就开了，你往里边一瞧，别说大楼和大楼相似，这屋里的装饰，也差不多少。

如果你每天每天都行进在这差不多的空间和时间里，你也许真的会搞不清什么时候是梦，什么时候是梦醒了。

好了好了，别做梦了，现在我已经从打底裤那儿出来，又来到另一个差不多的小区，找到一幢差不多的楼，上了几乎一模一样的楼梯，然后，按响门铃，里边问，谁呀，我答，快递。门立马就开了，都没从门镜里朝外看一看再开门，不知道是他们的警惕性太差，还是对递送来的货物太看重，太着急。

前些时有个新闻说，某女独住，被快递员杀了。这个新闻出来后，我和我的同行以及我们的老板都有些沮丧，有很不好的感觉，以为快递业要下滑了，以为快递件会大大减少了，结果呢，根本就没少，还越来越多了，所以我们老板又神气起来了，到那一年的11月11日凌晨，那个电子购物，不叫购物，叫秒杀。那可是杀得个昏天黑地。

有时候我也很无聊，就幻想着哪一天能够碰到一个不太相同的收件人，但是没有，真的没有。现在站在我眼前的这个，还是那样子，她打开箱子，眼睛往下一扫，算是看过了，说了声，我晕，就签收了。我不知道她"晕"什么，反正我也没注意快递的是什么东西。关于递送的货物，每一联的单子，无论是在最后执在我手里的一联，还是贴在箱子上留给收件人的那一联，上面都有写明，但是我才没那么多时间和那么好的心情将每天要送的东西一一看过来，我只管送，不管知情，更不管收件人对于收到的货物的表情，所以她对于货物晕不晕，不关我事，她既然签了，我就完成任务走了，至少比前面那些个不肯验收的打底裤干脆些。

没想到的是，她的这个晕，后来晕到我头上来了。那货送后的第三天，也就是中间隔了两天，我接到一个妇女的电话，问快递怎么没到？这事情不稀罕，多了去了，我也不着急，先问她怎么个情况，她说我前天上午给她打过电话，说马上送到，结果等了两天也没到。

这也是个人物呀，等了两天才给我打电话，真不着急啊。

我回想了一下我前天的工作，没有遗漏呀，前天的任务我都完成了呀，不过我也仍然没有着急，我又问她，你前天接到的电话，确定是我打给你的吗？她说当然呀，我手机上还保留着你的电话呢，要不我怎么会打电话给你呢？幸亏我留着，否则还不知道找谁呢。其实她的话是不对的，或者说不完全对，快递收不到，不一定完全是快递员的问题，也可能是其他的某个环节出了问题。不过我也还是理解她的，像她这样的妇女，又不知道快递公司是个什么样子，又看不见公司的操作程序，她能看见的，就是快递员了，她不问我问谁呢，何况我的手机号码已经落在她手里了呢。我再跟她确认一遍，你是说，前天，我跟你联系过，说马上送快递给你？她说，是呀。我很有经验哦，又再核对说，那你报一报你的地址和收件人姓名。她报来，我赶紧拿笔记下，承诺她尽快答复。这种事情，我当然得尽快，像她这样的，看起来性子不算太急，有些性急的人，根本不问青红皂白，不论谁错谁对，一下子就给你捅到公司里，让你吃不了兜着走，即便是日后查清楚了到底是谁的责任，你在老板的心目中，也已经不是十全十美的了，已经是有了污点的了，亏吧。

前天的运送单早收在公司了，我赶紧挤时间回公司调前天的单子，调出单子我就仔仔细细一一检查，根本就没有疏漏呀，张张单子都有人签收，这说明什么呢？说明我没有出差错。我给那个妇女回了个电话，告诉她，她的那个地址，确实有快件，货物也确实已经投递了，因为有人签收了。她立即"咦"了一声，说，签收？不可能，我们家白天除了我，没别人的。我说，我这里白纸黑字，这是无可抵赖的。她又说，奇了怪，那是谁？谁签收的？我看了看那个名字，签得龙飞凤舞，我勉强看出来了，告诉她，是某某某。她愣了一会儿，说，某某某？某某某是谁？我说，就是你家签收的人呀。怕她不明白，我又重新说清楚一点，就是说，我把货物投递到你家，你可能不在家，但是你家有另一个人签收了。那妇女说，不对呀，我根本就不认得你说的这个某某某，她不是我们家的人，你投错了。她的口气倒是一直蛮平静蛮客气的，可客气有什么用，她再客气我也要把快件投给她呀，可是快件到哪里去了呢？我的脑袋"轰"地一下大了，我赶紧冷静下来，让脑袋缩回去，仔细想了一想可能发生的错误在哪里，既然签收的人名错了，首先，我当然想到了地址。我还是有些经验的，我再和那妇女核对地址，果然，地址错了一个字，"洪福花园"，写成了"洪湖花园"。

我首先想到的是，那不是我的责任，那是寄件人的责任，怪不着我，当然，也同样不能怪收件人。我赶紧安慰她说，好了，你别着急，我知道问题在哪里了，我投到寄件人提供的错误地址上去了，这事好办，我到那儿跑一趟，拿回来，再给你送去就是。那妇女说，也太粗心了，地址都会写错。我当然知道她说的不是我，我放心下来，赶紧着往那个错误的地址去。

这时候我仍然一点也不着急，写错地址的事情太多了，写错人名的也很多，许许多多的错误，只有你想不到的，没有他们犯不出的。有一次我打电话问收件人，你是某某街某某号某某小区某幢楼某零某室吗？对方说是的呀，我正在家等着快递呢。我就送过去了，那个人也高兴地签收了。可是很快又有人来电话讨要这个快件，我说已经准确投递了，而且签收了，但是他并没有收到，更没有签收，这真是奇了怪。这事情后来经过长时间的反复纠缠，搅得我们大家都不知所以了。最后终于发现，这个快件根本就投错了一个城市，两个城市竟然有两个同名的小区，不仅小区同名，连街名和门牌号都是一样的，你以为这样的事不会发生吗，它真的会发生。

更多的是写错收件人电话的，你打到那个错误的电话上，人家好说话的，告诉你打错了，不好说话的，还骂人，你能和他对骂吗？当然不能。

总之事情就是这样的，无论是正确的寄件人和收件人，还是错误的寄件人和收件人，他们都是你上帝，只不过这些看得见的上帝和那个真正的看不见的上帝才不一样呢。有一次我手机出了故障，用不起来了，我知道情况紧急，赶紧去维修，可是就那么短短一个小时时间，有客户就已经投诉到公司了，说我关机，一个送快递的怎么能关机呢？强盗逻辑呀，难道送快递的就不能有一点特殊情况吗？万一我路上遭遇车祸昏死过去了呢——我呸。我还是别遭遇车祸吧。无论你遭遇什么祸，人家都是上帝，你都是上帝的仆人。

现在我到了洪湖花园的那幢楼，上了那个几零几，敲门，门开了，一个陌生的妇女出现在我面前，有些茫然地看着我。尽管很可能我前天刚刚见过她，但我仍然觉得她陌生，我不可能记住每一个收件人的面孔，这很正常，我如果有那样的超常的记忆力，恐怕我也不必再风里来雨里去送快递，我干脆毛遂自荐到情报部门工作算了。

不过她的脸陌生不陌生倒也无所谓，我又不是来找她本人的，我是来讨回送错了的货物的。我直截了当跟她说明了情况。我一边说，她一边摇头，摇到最后，她说，你搞错了，我没有收你送来的快件。我说，我是前天来你这儿投递的，是你自己签收的。虽然我觉得她是个陌生人，但我一定得先强加于她，否则——没有否则，事实就已经是这样了。她说，你投快件给我，我收的？你见过我吗？我怎么没有见过你？我不好说见过她，但也不敢说没见过她，我换了个思路问她，那你，平时有网购、有电视购物这些吗？她说，有呀，经常有，我经常收快递，不过，不是你送来的。只要她承认收过就好，我这才拿出单子来，递给她看，我说，你看，这地址，是你的吧？她看了看地址，有些奇怪地说，咦，地址确实是我的，但是收件人不是我呀。不等我再发难，她又进一步看出了问题的实质，跟我说，不仅收件人不是我，签收的人也不是我，名字不是我，笔迹也不是我的呀。

我满以为这样一个小错误，只要到这里跑一趟，就能解决了，哪知情况复杂起来了。我的脑袋又大起来。她倒是蛮善解人意的，跟我说，是的呀，现在送快递麻烦的，很容易搞错，现在的人都是粗枝大叶的。看来她是深知我的难处，又说，你要是不相信，你拿纸出来，我签个名你比比看，看那单子上到底是不是我的字。我也没有其他的法子，只能这样做了，显得我很不相信人，很小肚鸡肠，但是你们不知道，干我们这行的，不得不这样，不然你稍稍粗心一点，赔得你倾家荡产。

她在我提供的纸上，写下了她的名字，我只瞄了一眼，心里就认了，我手里的运送单，肯定不是她签收的。她见我没说话，又指点着她的字跟我说，你看，这字体，完全不一样，再说了，我要是签了，我为什么要抵赖呢，没必要吧？虽然我一眼就看出来不是她的字，但我还是不甘心，我不能甘心，我一甘心，这事情就没有余地，没有退路了。我又换了个思路，再问她，会不会你不在家，是你家里人签的？她说，我家里人白天都不会在家的，再说了，我家里也没有叫这个名字的人呀。她看我一脸的疑惑，又说，你快递的什么东西呀，贵重物品吗？我说，好像不是贵重物品，没有保价，是某某电视购物的拖把。她说，那就更不可能有人冒领了，冒领个拖把干什么？值吗？我说，可是，可是那把拖把会到哪里去呢？她态度一直很好，可我仍在怀疑她，她终于也有点不高兴了，开始批评我说，你自己也有问题，单子上的收件人明明叫张三，你却让李四签收，连个"代"字也不写。我不能同意她的说法，公司规定也没有说一定要本人签收，家人是完全可以代收的。再有，如果有人存心冒领，写个"代"字有屁用。

我就真的奇了怪。虽然说起来，送快递的奇怪事情很多的，但是因为我这个人生性谨慎，也知道保住饭碗不易，所以一般是不会出差错的。这一回问题到底出在哪里呢？我整理了一下思路，先是寄件人把小区的名字写错了，我当然是按照寄件人写的地址去投递，这第一步，我没有错；第二步，电话没有错，我也通过电话，收件人本人也接到过电话，等待我送货去的，这第二步我也没错；第三步，我到了寄件人给的错误地址那里，人家确实正在等着快递呢，就签收了，虽然不是收件人本人的名字，但反正他们是一个屋檐下的，应该不会错，这第三步，我仍然没有错。

我没有错，拖把就不会有错，但是那把正确的拖把它到底到哪里去了呢？

我再调动起以往的经验教训，仔细想了一下，是我走错了楼层吗？应该到五楼的，结果潜意识里我想偷懒，就少爬了一层，到了四楼？或者，我走错了一幢楼，把三幢看成了二幢，这也是有可能的；或者，我根本就没有来过这个小区，我到的是另一个小区？

反正你们知道的，小区和小区之间，楼和楼之间，楼层和楼层之间，真是很相像的。

这个想法一出来，立刻把我自己吓了一跳，正如我在梦里看到的，一幢一幢的楼，一个一个的小区，都是一样的，但是我是按图索骥的，难道我手里拿着一个地址，会走到另一个地址去吗？我如果没有去过那个小区，我怎么会记得那个小区呢，难道是在梦里去的？

难道梦里的事情比现实更清楚？

我不敢说"不可能"。

什么都是有可能的。

只是现在没有任何证据来证明我到底是犯了哪一项错误。

我回忆起前天送快件的情形，忽然灵光闪现，我想起来了，我在那个小区，曾经遇到了一个熟人，我们还站在小区的路上说了一会儿话，我只要找到这个人，事情就迎刃而解了。

可是事实上，我离迎刃而解还差得远呢。

我本来是个不着急的人，所以我难得犯错。一个难得犯错的人，一旦犯了错，肯定比经常犯错的人要着急，我就是这样。

我现在有点着急了，倒不是因为丢了一个拖把，而是因为我的工作责任心和我的记性，这两者比起来，后者更重要，如果连两三天前发生的事情都不能记起来，岂不要让我吓出一身冷汗来。

我着急呀，一着急，就把我在小区里碰见的那个熟人的名字给忘记了。我努力地回想，努力地想要在自己的混乱的脑海里捞出他的确定的身份来。

他到底是谁？

家人？同学？同事？亲戚？邻居？

还好，像我这样的人，关系密切的人也不算多。我先在手机通讯录里找了一下，用他们的名字对照我记忆中那个人的长相，想启发一下自己。开始的时候，我看着每一个名字，都觉得像，但再看看，又觉得每一个都不是。

　　然后我又不惧麻烦地一一地把有可能的人都问了一遍，有人听不懂，不理我，凡听懂了的，都特奇怪，说，什么小区？听都没听说过，我到那里干什么，你怀疑我包二奶吗？也有的说，你什么意思，今天又不是愚人节，就算今天是愚人节，你的把戏一点也不好玩。还有一个更甚，说，你在跟踪我？谁让你干的？你不说我也知道，是谁谁谁让你干的。我一听，这不快要出人命了吗，赶紧打住吧。

　　如此这般，我心里就更着急了，再一着急，不好了，连那个和我在小区里说话的人长什么样子都忘记了，我们在那里说了什么，更是一点印象也没有了。我急呀，我怕这个明明出现过的人一下子又无影无踪了，就像从来没有一样。

　　见我抓狂了，我一同学提醒我说，你去看看小区的摄像吧，只要你们站的位置合适，也许会把你和那个人录下来的。我大喜过望，赶紧跑到那小区，可是那物业上说，这个不能随便给人看的，要有警察来，或者至少要有警方出具的证明。这也难不倒我，我再找人吧。联系上警方，警方问我什么事要看录像，我说，我送快递的，丢了一把拖把。警方以为我跟他们开玩笑，把我训了一顿。我不怕他们训我，打我也不要紧，我再央求他们，又把事情细细地说了，拖把虽然事小，但是丢饭碗的事大。结果果然博得了他们的同情，其中更有一个警察，特别理解我，说，你们也挺不容易的，现在快递太多了，我老婆就上了瘾，天天买，甚至都不开包，或者一开包就丢开了，又去买，害人哪。

我靠着警方的这点同情心，终于可以看小区的录像了。小区物业也挺热心的，帮着我一会儿快进，一会儿快退，找到我所说的那个时间段，再慢慢看，我的个天，果然有我，我还真的是进了这个小区的。我看到我电瓶车上绑了如此之多的快件箱子，自己把自己吓了一跳。要是看到的是别人，我一定会替他担心的，这轻轻飘飘的车子，能载这么多的货物吗？

但那确实就是我干的事情。只是平时我骑着车子在前面走，那许许多多的货物堆在我身后，我看不见它们。

跟着我的身影再往下看，我的个老天，我真的看到我在小区碰到的那个人了。

那个人是我爷爷。

你们别害怕，我爷爷死了三年了，我遇见的是三年前去世的爷爷，我都没害怕，你们更不用怕。

大家都说，在现在的这个世界上，什么都可能发生的，难保死而复生的事情就不会发生哦。

爷爷穿着绿色的邮递员的制服，推一辆自行车，车上也绑着大大小小的纸箱子。不过这并不奇怪，因为爷爷年轻时是邮递员，我干上快递的时候，我妈曾经骂过我，说，龙生龙，凤生凤，老鼠生子打壁洞。我干脆一不做二不休，跟我妈开了个恶心的玩笑，我说，我是爷爷生的吗？把我妈气得笑了起来。

虽然爷爷的出现没有让我觉得奇怪，但我多少还是有些不解，在小区的摄像头下面，我问爷爷，你这么老了，怎么还没退休？爷爷说，我本来是休息了，可是他们说人手不够，请我们这些早就休息了的，都出来帮帮忙。我想了想，觉得这也无可厚非。所以你们别以为你们平时能够看到大街小巷的驼着快件的快递员穿来穿去，其实还有一部分你们并没有看见哦。我正这么想着，爷爷又跟我说，现在这日子真的方便，就算你从美国买个东西，几天就收到了，不像过去，等一封平信都要等上十天半月的。我说，那是，现在这速度，简直就不能叫速度了。爷爷说，那叫穿越。我正想夸爷爷时尚，爷爷又说了，快过年了，我想给你奶奶买个新年礼物快递过去。我吃了一惊，说，我奶奶？她不是死了二十多年了吗，她能收到吗？爷爷说，孙子哎，咱们这是赶上好日子啦，你说现在这日子，有什么事是办不成的？

说了几句，爷爷就推着自行车送快递去了。我也想得通，他年纪大了，装了这么多东西的车子，他骑不起来了，只能推着走。

我回家告诉我妈，说我三天前在某某小区遇见了爷爷，我妈"呸"了我一声，骂道："做你的大头梦吧。"

我妈这一呸，让我迷惑起来，或者说，让我惊醒过来，难道小区里发生的一切，真是我做的一个梦吗？

一直到我的手机响起来，我才确认，这会儿我醒着呢。但是我又想，真的就能够确认吗，人在梦里也会接打电话的呀，我自己就经常做打电话的梦，那真是活灵活现，按键，接听，说话，无一不和醒着的时候一模一样。

电话是应收拖把的那个妇女打来的，她说拖把收到了，还谢了谢我。我很惊奇，我还没找到拖把呢，她倒已经收到了，真叫人费解，这把拖把到底是哪一把拖把？或者，是哪个好心人知道我纠结，替我把拖把补上了；也或者，是另一个粗枝大叶的寄件人，也写错了地址，恰好错到她的地址上去了，于是别人的拖把就错递到她家去了；再或者，是我爷爷心疼我，躲在哪里作了个法。

谁知道是怎么回事呢，反正拖把到了，不再有我什么事，我很快就把拖把抛到脑后了，只要不再追究我的责任，就一切OK。

我回到公司，又接了一沓单子，低头一看，第一张单子的投送地址是：梦幻花园。

我就出发往梦幻花园去了。

　　我老婆其实不是我老婆。或者说，现在还不是我老婆，我们还没领证呢。

　　没领证，在出租房里同居，这种事情很多，也很普通。我们大学毕业，远离家乡，在陌生的城市打拼，要有事业，要赚钱，还想要爱情，还想有家庭和孩子，想要的确实太多了一点，那日子会比较辛苦。

　　不过目前还好啦，我们还没有想得那么远，我们辛勤工作，可以积攒下来一些钱，为今后的日子作准备，虽然必须省吃俭用、精打细算，但毕竟还是比较轻松自由的。

　　不料出了意外，我老婆怀上了。孩子我要的，我跟老婆说，孩子都有了，我也甩不掉你了，我们去领证吧。我老婆说，领证可以，按先前说定的办。

　　先前我们说定了什么呢，这一点也不难猜，又是一件再正常不过的事情，先买房，后领证。

　　没有房子怎么结婚，这是正常要求，即使老婆不提，我也会做到的。但现在的问题是，我得把我积攒了几年的钱倾囊而出，才能付首付，接下去的日子，就不知怎么过了。我把我的忧虑和我老婆说了。我老婆说，那我管不着，反正没有房子不领证，这是当初说好了的，也是最起码的。她说得不错，这确实是最起码的。我老婆也不是个物质至上主义者，她没有要车，没有要其他更多的东西。

但即便是她的最起码的想法，目前我也有难处，我得靠我的嘴上功夫，让她暂时地将这个念头搁存下来。于是我开始说，老婆，买房这么大的事，急不得呀。我又说，那是买房呀，不是买青菜萝卜，说买就能买来。我再说，老婆，现在我们的当务之急，尤其是我的当务之急，是保养好老婆，保养好老婆肚子里的孩子。我还说，老婆，你也是有文化有知识的年轻人，你想一想，到底是人重要呢还是房重要？

我老婆才不理会我的战略战术，她才不和我对嘴，她沉得住气，原则性强，从头到尾只有一句话，按原先说的办，不买房，不领证。

我无话可说了。

我的思想已经受了我老婆思想的影响，看来房是非买不可的了。一想到买房，我的想象就像长了翅膀，立刻飞翔起来，我想到，买了房，就得装修，装修房子，那可又是一件令人激动的大事啊。我一激动，灵感就闪现了，我就突发奇想了，我说，老婆，你想想，就算我们现在立刻买房，我们肯定买不起精装修房，肯定是毛坯房，毛坯房得装修吧，再怎么简装，也得几个月吧，那时候宝宝已经出来了。我老婆说，宝宝出来跟房子没关系。我说，怎么没关系，新装修的房子，你敢住吗，就算你不怕，你敢让宝宝闻那种有毒的油漆味吗？

那是常识，装修完了，怎么也得晾它个一年半载才敢入住啊。

我这是拿还未出世的孩子要挟她，我以为这下子将到她了，哪知她早就想好了应对的台词了。她说出来的台词，吓我一个跟斗，你以为我急着买房子是急着要住吗？我奇了怪，不急着住干吗要急着买？我老婆问我，你以为我买的是房子吗？我也不傻，我说，我知道，你买的是安全嘛。可是我若要变心，不会因为有房子就不变心的。我老婆说，是呀，你变了心，我至少还能得到一套房子。

这种对话实在平常而又平庸，大家见得多了去了，不过请耐心等一下，这只是为下面的事情作铺垫，马上就会出现不一样的事情了。

现在我完全没有退路了，只好朝买房的方向去考虑了，好在这是我的第一套房，应该是比较优惠的。我打听了一下买房的程序，先到房产局去开证明，证明我是无房户，这样才能享受到第一套房的种种优惠。

到了房产局，他们一查电脑，却告知我说，我已经有房了。我大吃一惊，以为天上掉下馅饼来了。不，这可不是一块馅饼，这是一套房子啊，难道是圣诞老人或者干脆是上帝他老人家送给我的？

做梦吧，别说房子，天上连馅饼都不会掉的。

可我的名下确实有一套房，这到底是怎么回事呢？

房产局那人用怀疑的眼光看着我说，现在全部都联网了，想冒充无房户是不可能的。我着急解释说，我确实是无房户，我和我老婆住在出租房里，现在我老婆肚子大了，我们要结婚，要买房，等等。他哪里爱听这样的话，但后来看我真的急了，或者他自以为从我的焦虑的眼睛里看到了我的诚实，他才告诉我说，既然你不肯承认你名下的这套房是你的，那只有一种可能。我赶紧问，什么可能？他说，有人用你的身份证买了房。他见我发愣，又补充说，虽然可能是别人买的，但既然用了你的名字和身份，你就不是无房户了。

我怎能相信这种莫名其妙的事情，我说，会不会你们搞错了？他又朝我看看，还朝他的电脑看看，反问我说，你不要吓我，你是不是想说，有人黑了我们的系统？我也吓了一跳，若是真有人黑了房产局的系统，岂不要天下大乱？

我知道那是不可能的。但如果他不可能出错，那么错在哪里呢？谁会用我的身份证买房呢？那人看了我一眼，觉得我连这样的问题都想不明白，极其笨。其实我怎么会想不到呢，这个"谁"的可能性还是比较多的，比如亲戚朋友啦，比如老板啦，比如骗子啦。

可是现在我脑子里一片空白，我依据什么去把这个"谁"想出来呢？

见我站在窗口什么也不干，光发愣，后面排队办事的人着急了，我只得先退到一边，朝大厅的椅子上一坐，犯起糊涂来。

我旁边有个人架着二郎腿，哼着小曲，心情特好，我朝他一看，他立刻对我笑了笑。我说，你笑什么，我认得你吗？他说，恭喜你，你有房子了。见我干瞪眼，他又说，不是有人用你的名义买了房吗，既然是用你的名字，房子就是你的嘛。房子是什么，不就是一个人的名字嘛。我说，可房子不是我买的，钱不是我出的，怎么会变成我的房子呢？他说，这个太简单了，我教你怎么搞啊，你带上你的身份证，先到售房处去复印合同，人家问你为什么要复印合同，你就说合同丢了。我说，那可能吗？他说，他们没有理由不让你复印呀，房子就是你的嘛，身份证和人都对上号了嘛。然后你拿了合同，再到房产局去，补办房产证，你也可以跟他们说，房产证丢了，你有身份证，有购房合同，他们同样没有理由不让你补办，等办好房产证，房子就是你的了。

我听后，简直如梦如幻。他见我的傻样，以为我担心什么，又指点我说，你怕夜长梦多吗，那就赶紧把房子卖了。

我的心里早痒起来了，一套房子，就这么到手了，只费了一点点吹灰之力？他见我不信，鼓励我说，信不信由你，你做做看就知道了。我疑惑说，这是违法的吧？他说，如果那个人确实在你不知情的情况下，用你的身份证买房，那是他违法在先。

他违法在先，我违法在后，那我不还是一样违法吗？出主意的这人挺为我着想，说，你急于出手房子，一时找不到合适的买主，可以卖给我，我要。

我赶紧走开了，他还在背后说，要不要留个电话给你？我摆了摆手。他又说，不留电话也没事，我经常在这里，你要是想通了，就来这里找我。

我只听说外面骗子很多，很离奇，我以为这个人也是骗子，但我又不能确定他是骗子。无论他是不是骗子，他指点我做的事情我是不能做的。

如果我不能买首套房，我就买不起房，因为首套和二套的首付是不一样的，契税和房贷也不一样。可我不甘心就这样白白地丢失了我的第一套房的资格，虽然那套房已经在我的名下，但它毕竟不是我的房呀。

我得找到用我的名字买房的那个人。

我到了售楼处，把情况跟他们说了，他们爱理不理，说，这事情你别来找我们麻烦，跟我们无关。我气不过，说，怎么跟你们无关，你们没有尽到你们的责任，把我的名字让别人用去了。售楼处说，你跟我们有什么好吵的，你自己把身份证借给别人买房，还怪我们。我说，我怎么可能把身份证借给别人买房？他们说，这事情现在多得很，不管是怎么借的，出让身份证的人，肯定能得好处的。我跟他们生不得气了，我只说我要看那购房人的资料，他们又不同意，说客户的资料是要保密的。我反驳他们说，保密个屁，我单位有个同事，刚买房，登记在售楼处的信息立刻被出卖了，装修公司，中介公司，高利贷公司，各色人等立马来骚扰。他们见我这样指桑骂槐，也不跟我生气，但就是不肯透露信息，他们是怕我影响了他们的声誉，搅黄了他们的生意吗？可他们这种人，也有声誉吗？

我回去将这离奇的事情告诉我老婆，我老婆以为我骗他，以为我不肯买房，跟我闹别扭，我怎么解释她也不信，我没办法了，只好说，要不你和我一起去那售楼处。她又不肯去，说，你肯定事先和售楼处的人商量好了来骗我。

女人的想象力真丰富啊。

我只好又回到售楼处，威胁他们要举报，他们还是怕我举报的，最后把购房者留下的联系电话给了我。我一看两个号码，一个是手机，一个是座机，寻思着肯定打手机更方便找到人，就立刻打了那个手机号码，却不料听到的是"已停机"。我心头顿时掠过一丝不安和惊慌，手机都已停了，座机还会有人接吗？但无论如何死马得当活马医呀，再照座机号码打过去，呼叫声响了六下，我心里又"咯噔"了一下，料是无望了，但就在这绝望刚刚升起来的时候，在电话铃响到第七声的时候，有人接电话了，是个女的。我一听是个女的，下意识地"咦"了一声。那边就说，咦什么咦，打错电话了吧，以后把号码搞搞清楚再打，把人搞搞清楚再说话。我说，哎——我没有打错，我找的就是你，你在某某小区买了套房吧？那女的立刻警惕说，买房？买什么房？你个骗子，又想什么新花招？我说，我不是骗子，可是我碰到了骗子，骗子用我的名字买了房子。那女的说，那你找骗子去。我说，我找的就是你，房子就是你买的，在售楼处登记的就是你的这个号码。那女的停顿半刻后惊叫了一声，说，什么？什么房子？我说，我的身份证被你盗用了，在某某小区买了一套房，有这事吧？那边没声音了，我以为她想抵赖，我不怕她抵赖，我有的是证据。哪知过了片刻，她大叫一声，我操你个狗日的！你竟敢买房！这声音实在刺耳，我说，你怎么骂人呢，又不是我买房，是有人盗用我的名字买房。她不听我解释，仍然骂人说，你个乌龟王八蛋，叫我住出租房，自己竟然有钱买房养小三。我这才明白过来，她大概是骂她老公或者男友的。果然，她又骂了许多脏话粗话，我实在听不下去，说，事情还不知道怎么个真相呢，你已经把祖宗八代都骂遍了，等到事情真相揭发出来，你还用什么东西来骂人？她忽然又大哭起来。

我不想听她哭，但我还是想从她那儿得到一点有用的信息，我只得耐下心来劝她，我说，你先别哭，可能里边有什么误会吧，你再仔细想想，既然你没有用我的名字买房，那是你家里其他什么人？她顿时停止了哭声，头脑冷静思路清晰地说，我老公为什么不用他自己的名字买房，怕我知道，所以，他用你的名字买房，你肯定是他的狐朋狗友，你才会借身份证给他，让他买房，包庇他养小三。

我怕了她，我还是赶紧败下阵去吧，我再也不想从她那儿得到什么了，我挂了电话。

她却没有罢休，反过来又打电话来，追问那套房子在哪里。她这追问还真提醒了我，我又到售楼处去了一趟，查到了房子的具体地址。

我到了那个小区，莫名其妙的，心情居然有些激动。小区是新建起来的，看起来刚刚交付，都是毛坯房，里边还没有住户，我找了一圈，找到了某幢某层，上去一看，门关着，里边不像。人的样子。我还是敲了敲门，自然也是白敲的。

我并没有泄气，跑得了和尚跑不了庙，他房子买在这儿，我不怕他不现形。过一天我又来了，还是没有人，我刚要下楼，看到有人上楼来了，手里拿着钥匙，开对面那套房的房门。但我看他的穿着和模样，不太像是房主。那个人看出我的怀疑，主动说，我是搞装修的。我怀疑他他倒不生气，还和我聊天，问我是不是隔壁的房主，需不需要装修。我说是来找他隔壁的人家的，他问找他们干什么，我没敢说出来。

他见我支吾，也没有追问，只是说，他接了这一家的装修活，来过几次，没有看见对面人家有人来过。又说，一般刚刚拿到手的毛坯房，如果不马上装修，房主是不会来的。我委托他代我留心点，留了个电话给他，他点头答应了。

我出小区的时候，又经过售楼处，心里来气，又进去了。他们都怕了我，躲躲闪闪，互相推诿。我责问说，你们提供的电话不对，你们是有意糊弄我的吧？他们指天发誓，那人留的就是这电话。我怀疑说，这电话的主人根本不知道买房的事，难道你们不和买房的人联系吗？他们说，我们还和他联系什么呢，房子已经售出，一手交钱，一手交货，我们再也不会联系他，只有他可能来联系我们，我们最怕的就是这个了，如果接到他的电话，那必定是哪里出了问题，麻烦来了。

还是那个搞装修的人讲信用，有一天他给我发了个信息，说对面房子有人来了，让我赶快去看一下。我立刻赶到那儿，这回终于让我抓住了一个真实的存在。可是最后结果并没有显现出来，因为被我抓住的这个人，并不是房主，他是房屋中介。

原来那个用我名字买房的人，打算出租他的毛坯房。不管怎么说，我庆幸自己又推进了一步，有中介就有房主，我离那个盗用我名字的人应该不远了。

这时候我还不知道，其实我前面的路还遥遥无期呢。接着中介就告诉我，房主是在QQ上留的言，没有其他联系方式，只有QQ号。也就是说，我要想找到房主，仍然要守候，只不过是从毛坯房前挪到QQ上而已。

我先上去找他，说我要租房，希望他能够现身。可是他没出现，我想我可能暴露了，因为他明明已经委托了中介，租房应该和中介联系，为什么要直接找他呢？他一直不出现，我急了，耍了个流氓手段，在群里发言说，有人用我的名字买了房子，我现在已经复印到了购房合同，打算明天就去补办房产证了。群里大家欢呼雀跃，为我高兴。

我以为这下子可以把他逼出来了，可是他仍然隐身。他这才叫耍流氓，那是真流氓，我这假流氓倒也拿他无奈，我不能真的去办房产证啊。

正在我山穷水尽疑无路的时候，先前那个骂人的女人倒来给我指路了，她主动打了个电话给我，情绪大好，和当天电话里那个愤怒的女人简直判若两人，完全判若两人。她耐心地告诉我，冒我名字买房的不是她老公，而是她现在住的出租房的前任住户，她已经通过房屋中介，帮我了解了他的踪迹，提供给我进一步追查。最后她还向我道了歉，说上次说话难听不是针对我的。

我虽然有些奇怪，但她的态度也让我更相信了一个事实，爱情确实能够让一个人完全变成另一个人。

我根据她提供的信息，找到了那个冒充者现在居住的另一处出租屋，我不知道他为什么要从一个出租屋搬迁到另一个出租屋，唯一能够让我作出一点判断的就是前后两处出租屋大小和质量有所差别，这地方比那地方更小更简陋。看起来他的经济状况也不怎么样，恐怕每个月的还贷压力很大吧。这也是我很快将要面临的难题哦。

所以一看到这样的出租屋，我立刻联想到了自己的生活，在胡思乱想中我敲开了这间出租屋的门。开门的是一个孕妇，肚子和我老婆的肚子差不多大，看到她的一瞬间我真吓了一跳，以为她就是我老婆呢。本来嘛，同样的出租屋里的孕妇，能有多大的差别呢。

本来我肯定是气势汹汹的样子，但一看到这样的屋子，屋子里这样的人，我的气势顿时瘪了下去，我能够对着一个和我老婆一样的住出租房屋的孕妇大吼大叫或者横加指责吗？

我平息了一下积累在心头的愤怒，尽量用和缓的口气询问她老公在哪里，我不跟孕妇说话，我要找的是她老公，那个冒充我的名字买房的人。可孕妇告诉我，他们虽然在一起几年了，她肚子也那么大了，但从法律的意义上说，他还不是她老公，他们还没有领证。我心里"嘻哈"了一下，真是和我的遭遇越来越像哦。由此我又联想到，在这座城市之中，在许许多多的城市之中，在苍穹之下，还有多少和我们的日子相差无几的男女呢？

但无论如何，我还是得找到冒名者，要他还我名来，还我购买第一套房的优惠权。我不能因为他们没有领证就放弃我的寻找，我再问了一遍，你老公现在在哪里？孕妇倒也很坦白，告诉我她老公回老家补办身份证去了。

我感觉到事情正在渐渐地浮出水面，又出来了一个身份证，这是好事，只要能和身份证联系上，我相信离我的目的会越来越近。我赶紧抓住她的话头，问她老公叫什么名字，她说她老公叫吴中奇。

我觉得很荒唐，荒唐得让我笑出了声。可是任我怎么笑，她也不觉得奇怪，只是很平静地看着我。我拿出我的身份证递过去想让她确认一下，可她并不接，她根本不要看。我只得说，他是冒名的，他不是吴中奇，我才是真正的吴中奇，他捡了我丢失的身份证，他就做起了吴中奇，但他是假的。那孕妇说，他不是捡的，他是买的。我嘲讽地说，买身份证？这都是电视上才能看到的新闻，你们居然就是新闻。孕妇并不计较我的态度，她很淡定，继续告诉我说，她老公的身份证丢失了，原本打算要回老家补办的，但时间来不及了，只好先去办一张假的，然后等有时间回去补办真的身份证，等到补办好了真的证，那假的也就自然作废了。我奇怪说，那他真的就办了一张名叫吴中奇的假身份证？怎么这么巧，恰好就是我的名字。孕妇说，这么巧是不可能的，他们办假证的人手头有一大堆真的身份证，有的是捡来的，有的是收购来的，不知道有没有偷来的，或者是别人偷来卖给他们的，反正里边有一张你丢失的身份证，卖给了我老公，所以他暂时只能叫吴中奇了。她见我发愣，又给我补充说明，其实我老公当时也怀疑过的，用别人丢失的身份证，万一被丢身份证的人发现了怎么办。人家笑话他说，你看看这身份证上的地址，离我们这儿多远，八竿子都打不着，你想碰上都没有一点可能性。

我说，你老公不长脑子吗，他不想想，那么远的身份证，怎么会丢在这里，丢在这里，只能说明我离得并不远。她说，他哪有想那么多，那时候急着买房，也不管不顾。虽然她很坦白，说得也很对路，但我还是觉得可疑，因为我的身份证丢失以后，我立刻去补办了新的身份证，原则上说，在我补办了新身份证的同时，我丢失的那个身份证就已经作废，可是他们居然用作废了的身份证顺利地买了房。我表示怀疑说，你们竟然用一张已经失效的身份证买房，卖房子的人怎么这么随意，不仅没有核对本人和身份证的信息，甚至都没有上网核查。这孕妇说，核对什么呀，他们只核对钱，别的一概马马虎虎。说实在的，买房时我们也有点担心的，照片上的你，毕竟和我老公不太像，但他们连看都没看一眼，就跟我们签合同收定金了。

这种事情也稀松平常，别说售楼处，就算是银行，也经常有人用捡来或偷来的身份证开户，然后透支，然后银行找到身份证的主人，然后主人说，我冤枉呀。银行可不管你冤不冤枉，要你还钱，然后就是打官司上法院了。那可是没完没了的战争，一直搞到你筋疲力尽。

现在我也轮上一件这样的事，我可不想追究，我实在没有那工夫，我要工作赚钱，我要照顾怀孕的老婆，我要为即将出世的宝宝作准备，最重要的，我还要买房子，我哪里有一点空闲的时间去跟他们纠缠真假身份证的事情，我只希望这个冒充者早点补办好他自己的身份证返回来，然后我们去过户，把我的名字还给我就行了。

这孕妇见我着急，安慰我说，别急别急，很快的，一两天就能回来了。她态度好，我却好不起来，我来气地说，现在房子多得是，你们就那么着急买房子，急到都不能用自己的名字买房？什么事那么急呀？那孕妇奇怪地朝我看看，说，你是明知故问吧，我怀上了呀，是做人流手术，还是生下来，取决于房子，他要孩子，当然就要立刻买房子，哪怕先借用别人的名字。

苍天，怎么跟我的事情越来越像，我心头竟滋生出一些恐惧，下意识地朝她看看，我是不是该怀疑她是我老婆扮演的一个人？

孕妇看起来一点也不想瞒着我什么，她又主动告诉了我一些情况，但是我对他们的气仍然郁积着，我也顾不得她身怀六甲，恐吓她说，你们不怕我真的把房子卖掉？孕妇说，怎么不怕，就是因为看到你在QQ群上留的言，我老公才会在这时候赶回去补办身份证。我就要生了。也许他还没回来，孩子就生下来了。

我实在无言以对。

现在唯一可以指望的就是冒充者从老家带回他自己的真实的身份。

其实，在焦虑之余，我倒是很想见一见这个假我。

可是我一直没有见到他。

他没有再出现，他失踪了。但不管怎么说，他还算是个负责任的人，他把办好的真的身份证寄给了他老婆，还委托了他的堂弟，冒充他去帮嫂子办过户，但他自己从此没有再出现，他说他自己失踪了，房子留给老婆。可那孕妇哭着说，留给我有什么用，我用什么来还房贷啊。

我忽然吓了一大跳，我知道他们的房产证上，是用的他们两个人的名字，啊不，不是他们两个人，是我们两个人，是我和这个不是我老婆的孕妇的名字。

既然名字是我的，搞不好银行会来向我收贷款，我赶紧催着她去办过户，她自知理亏，答应我约到堂弟就去。

我提心吊胆地等了一天，还好，那个冒充者的堂弟也讲义气，就和我们一起去办过户了。当然，如果我不去，他们一定还能再找到一个人去冒充我的。

那天在办理大厅，我注意观察了一下那个堂弟的神色，发现他一点也不慌张，谈笑风生的。

出来的时候我问他，你冒充你堂哥，倒蛮镇定的嘛。你是不是经常做这样的事情？那堂弟说，现在有谁来注意你的真假，一手交钱，一手交货，干脆利索。何况，他毕竟是我堂哥，我们毕竟还是有点像的，即使是完全不像的两个人，只要有证件，都能办成事情，甚至哪怕证件也是假的。假人加假证件，也一样能办成事。

他说得一点也不错，这正是我所经历的。

那天我回到家，老婆告诉我，房贷利率又提高了，她已经算了一下，买房以后，每个月我们两个不吃不喝，刚够还款。我以为她的意思是别买房了，就顺着她的意思说，是呀，除非我们能够做到不吃不喝，我们就买房。哪知我老婆教训我说，吃喝重要还是买房重要啊？

那一瞬间，我简直怀疑那个失踪了的人就是我自己。

他怎么不是我呢，我们的经历几乎是一模一样，我们的名字也是一样的。

他失踪了，我难道没有失踪吗？

有些事情很难说哦。说不定真的就有两个我呢。

那个我，冒了我的名，害我忙了一大通，才做回我自己。不过我还是觉得挺同情那个我的，这家伙忙了半天，结果什么也没留下。

可我哪里是有资格同情别的人，哪怕那是另一个我，我都没有能力去关心他，我还是可怜可怜我这个我吧。

几经周折，总算将那套房子换了名字，现在好了，我的名下没有房子了，我又恢复了购买第一套房的资格，我喜滋滋地去买房了。

到了售楼处，我被告知，刚刚颁布了新的条例，单身不能在本地买房，除了要有本地本单位的证明，最重要的是要结婚证。我说，我还没结婚呢。他们说，那你先结婚嘛。我说，没有房不肯结婚呀。他们说，不结婚不能买房呀。

我真急了，说，怎么说变就变呢？他们说，所以说这东西像月亮，每天一个样嘛。我说，你们这是存心不让我们买房呀。我这样一说，他们委屈大了，差一点要哭了，说，我们也没办法，我们也不想这样，我们恨不得什么条例也没有，我们恨不得什么条件也不讲，人人都能买房。但是现在在风头上，抓得紧，谁违反谁吃不了兜着走。

我原来以为我碰到的事情够沮丧，结果发现他们比我更沮丧。他们一边沮丧一边还劝我说，要不这样，你再等一等，虽然新规定很强硬，但过一阵，风头过去了，就会松软多了。

我想我老婆这回该死心了，不会再出幺蛾子了吧。哪料想我老婆要买房的意志无比坚定，说，那就先领证。

我心里窃笑，她这可是自打耳光，早答应了先领证，也就没那么多麻烦了嘛。虽然我对我老婆言听计从，只不过有些事情并不是她说怎么就能怎么的，就说这领证吧，规定必须在一方的户口所在地办证，我和我老婆的户口都在老家，我们得回一趟老家才行。

回一趟老家可不得了，别说数千里路迢迢，要转几趟车，我老婆又大着肚子，我单位还不给这么长时间的假，更重要的是，我们现在要买房了，恨不得把牙缝都塞上，哪有闲钱回老家呀。

我们求助于老家的村长，村长很热情也很负责任，替我们打听了，说规定是不允许的，一定要本人到场，但他有办法，我们只需要将标准照片寄给他，再打一点费用过去，他找两个假人冒充我们去登记，为保万无一失，他会陪他们到登记处去，万一情况不妙，他还可以出面找人打招呼，总之，让我们尽管放心。

我们把照片和钱都寄过去了，果然很快，大红的结婚证就寄来了。

现在我们终于可以买房了，我们有身份证，有结婚证，有钱，还愁买不到房吗?

真的还是买不到房，因为我们被查出来，结婚证是假的。我被村长糊弄了，我打电话去责问村长，村长开始还抵赖，指天发誓那证绝对是真的，又说，是不是乡下的证和城里的证不一样，又说，你们在城里过日子干什么都要有证，也忒麻烦人了，等等，反正是死活不承认我那结婚证是假的。

他不肯坦白，我也有办法对付他，我查了县民政局的电话，问结婚登记处，一问就问出来了。村长这回没话说了，坦白了，说，我是带了两个人去的，长得和你们很像的，我好不容易才物色到的，可还是被发现了。现在这些狗日的，眼睛凶呢。我不好向你交代了，你不是急等着用嘛，我到登记处外面街上，就有人招揽生意，说可以办一张假的，我看收钱也公道，就办了。

我简直目瞪口呆，村长还继续为自己的行为辩解，说，我真以为你看不出来的，不知你们是怎么看出来的。我还拿来和我儿子的结婚证比照了一下，真是一模一样的，看不出来的呀。

我说，看得出看不出那都是假的。村长"嘿"了一声，还亲切地喊了我小名，说，狗蛋啊，你从小可不是个计较的人，你念了大学，在城里做事了，反而变得计较了，其实人还是马虎点，活着自在。我说，也不能马虎到用一张假证来骗人呀。村长说，哎哟，什么证呀，不就是一张纸嘛，有什么真的假的，现在假夫妻比假结婚证多得多了，也没人管。

虽然我气村长的这种行为，但村长的话倒也给了我一些启发，我跟售楼处说，虽然证是假的，但我们两个人是真的，我们都有身份证，你们也查过了，身份证是真的，何况，我老婆肚子都这么大了，肚子里的孩子不能是假的吧。他们说，身份证和你老婆大肚子都是真的，但是你们用假结婚证骗人是不对的。我强词夺理说，也不能说我们的结婚证就是假的。你看，这照片是我们吧，这名字也是我们吧，这年龄等等，都是我们。也就是说，内容是真的，形式是假的，我们两个是真的要结婚，在乎一张纸干什么呢？售楼处显然很想卖房子，他们去请示了上级，但是上级不同意，说不能因为出售一套房子犯了规矩，查出来要被罚款的。

我们再一次被打了回来。房子再一次离我们远去。

我已经精疲力竭了，但我老婆斗志昂扬。我老婆说，不行，我们还是得回去领证。

我老婆说这话的时候，阵痛已经开始了。

就在这天晚上，我老婆生下一对双胞胎，我给他们取名：吴一真，吴一假。

他们两个长得太像了，简直一模一样，我一直都分辨不出，到底哪个是真哪个是假。

后记　纪念何锐老师

我在《山花》上发表的第一篇作品，是个短篇小说，题目叫《又在秋天》，那是1995年12月。

1980年发表小说处女作。过了十五年，我才遇到了《山花》。

那之前我已经在《人民文学》《上海文学》等刊物发表了多篇小说，而且还和其他许多文学刊物建立了联系，发表作品。其中有些刊物，今天的年轻作家，大概都没有听说过，比如《启明》《希望》《织女星》，等等。

由此可见，我和《山花》的结缘真不算早，甚至是比较迟晚的了。

对于《山花》来说，一个作者的出现，可能无所谓早晚，你不出现，自有别人出现，但是对于我和《山花》的关系，却确实是有点迟晚。

但是我想，起步不在早晚，缘浅缘深，与时间有关，又无关。

反正在1995年，我们已经开始了。

1995年《山花》的主编是谁，我记不得，也许是何锐老师，也许不是，但是后来把我和《山花》紧紧连在一起的，一定就是何锐老师。

1995年在《山花》发表了第一篇小说以后，不知为何中间又停了四年。从1999年开始，我与《山花》的关系就紧密起来，后来是越来越紧，每年都会在《山花》上发表一篇小说，不是几乎，而是完全没有中断过。这样的状况一直持续了十多年。

一切来之于何锐老师的鼓励，推动，不折不挠的催促。

那些年里，经常接到何锐老师的电话，说实在话，每次电话，基本上听不太懂何锐老师说的什么，正如叶兆言说的那样，接何锐老师的电话，基本上只能听懂三个字，"我何锐"。

而其实，这三个字基本上也不是真正听清楚的，是因为了解因为熟悉因为亲切，所以就知道是他，那是感觉出来的。

接下来说什么并不重要，重要的是，赶紧答应给《山花》稿子。何锐老师的要求还蛮高的，不仅要答应给稿，还要答应给一个最好的，还要答应什么时间给稿。就这个月。不行。那下个月。下个月也来不及。那么，你三个月之内一定要给哦。也或者，到了年底的时候，电话来了，说，我何锐，给我个稿子，我发明年一期。

这真是立等可取的态度呵。

以至于我还真有几篇小说，发表于《山花》的某某年和某某年的第一期。当然这样立等可取的小说，肯定不是立等出来的，多半是已经完成，正打算投给别的刊物，结果何锐老师来得及时，手到擒来。

因为我的态度尚可，何锐老师常以我为榜样，约别人稿子的时候就刺激别人说，你怎么拖三拉四的，你看看范小青，我一约，她稿子就来了。

当然，我现在写下的这些和何老师的对话内容，基本也是想象出来的，但是这个想象不是天马行空的胡乱想象，是建立在真实可信的基础上的想象，因为只要你答应给稿，而且保证了给稿的时间，电话就戛然而止了。

这就是我接触的何锐老师，也是许多作家了解的何锐老师。

在何锐老师的心中，没有别的事情，也不想聊别的事情，只有稿子，只有给《山花》投稿。

就这样，一个乡音重到让人几乎听不懂的主编，因为他的隔三差五的听不懂的电话，我和我的很多同行都被他征服了。

我们虽然听不懂他电话里的话，但是我们听得懂他的心声。冲着他的这份心意，冲着他对文学、对文学刊物这样的挚爱痴爱，我们都愿意给《山花》写稿。事实上，从1999年开始，我连续在《山花》发表了十多篇小说，几乎每一篇都被各选刊和年选选载转载。2007年第四届鲁奖开评，《山花》在有限的推荐名额中，居然推送了我的两个短篇小说《城乡简史》和《我们的战斗生活像诗篇》。这两篇小说，题材和风格差异较大，但是它们携手共进，在评奖中走得都蛮远，最后《城乡简史》获奖。后来有的评委还跟我说，其实另一篇也挺棒。

何锐老师的工作可不仅仅就是约稿催稿，他对于文学也不仅仅就是挚爱痴爱，他对小说的判断，他对文学的理解，他的文学观，他的写作理念，等等，影响着《山花》，渗透了《山花》，使得《山花》从许多省级文学期刊中脱颖而出，一飞冲天，真正成为绽放在高山顶上的烂漫之花。

听口音看相貌都有些老土的何老师，骨子里却是一位先锋战士。

对于我来说，何锐老师的认同、肯定和鼓励，不仅是激励我写作的极大的动力，更是我在写作中不断探索的极大的动力。记得有一次，我尝试了一个路数比较奇怪的小说给了《山花》，心中正忐忑不安，就接到何老师电话了，我能听懂的大约是"这篇小说有变化，好"。

后来就出事了。

在第四届鲁奖颁奖的晚上，何锐老师摔成了重伤，当我们在热闹的舞台上头顶光环的时候，何老师躺在冰冷的地上，昏迷不醒。

我闻讯到医院看望他的时候，经抢救他已经醒过来了，但意识并不是十分清醒，眼睛也睁不开，陪护他的女儿凑到他的耳边告诉他，范小青来看你了。

那一瞬间，何老师睁开了眼睛，他的灰暗的眼睛发出了光彩，他不仅睁开了眼睛，他的一只手，从被子底下伸了出来，伸到我的面前，口齿含糊地说，范小青，你给我送稿子来了？

虽然口齿含糊，但每一个字我都听懂了，听得分分明明，真真切切。

看着那只瘦骨嶙峋却刚强有力的手，我想，回家第一件事，就是打开电脑，给何老师写稿。

再后来，何老师退休了。

从《山花》退休后，何老师并没有停止他的文学追求和事业，他又给我们打电话了，我们仍然听不太清，我的大致感觉，好像是他到了一个什么企业性质的什么刊物，而他借用这个刊物的平台，开始做他的新的文学项目、小说项目。

果然，连续几年，何老师组织出版了多部不同题材的当代中国经典小说丛书。何老师编经典丛书，不仅仅是选择作品，还必须配上作家自己的创作谈，所以在后来的几年中，他仍然一直来电话，第一年让我写一篇关于经典的创作谈，我这个人，向来不怕写小说，却怕写创作谈之类的文章，但是既然是何老师约的，没有二话，写。第二年何老师又要一篇，我又写了。到第三年电话又来的时候，我忍不住说，何老师，关于经典我已经写了两篇了，实在写不出来了，他则简洁果断地说，还要再写一篇，什么什么时候要。

没有讨价还价的余地，也没有人想跟何老师讨价还价。

因为我们都知道，文学是他的生命，是他的灵魂，是他的所有一切。无论在哪里，无论在这个世界，还是在另外的世界，何锐老师永远在这里。